AF286381

ullstein

Eine Frau, erschöpft von der Arbeit der Emanzipation und der Liebe: *Siegfried* ist ein Roman über alte Ordnungen und neue Ansprüche, über Gewalt und das Schweigen darüber, über eine Generation, deren Eltern nach dem Krieg geboren wurden und deshalb glaubten, er sei vorbei.

ANTONIA BAUM, geboren 1984, ist Schriftstellerin und Autorin für DIE ZEIT. Ihre Bücher – zuletzt der Roman *Tony Soprano stirbt nicht*, das Memoir *Stillleben* und eine persönliche Bestandsaufnahme des Werkes von Eminem – haben große Medienresonanz erhalten. *Siegfried* ist ihr erster Roman bei den Ullstein Buchverlagen.

Antonia Baum

SIEGFRIED

Roman

Ullstein

Besuchen Sie uns im Internet:

www.ullstein.de

Wir verpflichten uns zu Nachhaltigkeit
- Papiere aus nachhaltiger Waldwirtschaft und anderen kontrollierten Quellen
- ullstein.de/nachhaltigkeit

Eine Formulierung auf Seite 75 geht zurück auf Franz Kafka, eine andere auf Seite 113 ist von Elena Ferrante.

MIX
Papier | Fördert
gute Waldnutzung
FSC® C021394

Ungekürzte Ausgabe im Ullstein Taschenbuch
1. Auflage Juli 2024
© Ullstein Buchverlage GmbH, Berlin 2023 / Claassen Verlag
Wir behalten uns die Nutzung unserer Inhalte für Text und Data Mining im Sinne von § 44b UrhG ausdrücklich vor.
Umschlaggestaltung: zero-media.net, München, nach einer Vorlage von Nurten Zeren, Berlin
Titelabbildung: © Krišjānis Kazaks / Unsplash;
© Diego PH / Unsplash
Satz: LVD GmbH, Berlin
Gesetzt aus der Arno Pro
Druck und Bindearbeiten: ScandBook, Litauen
ISBN 978-3-548-06930-2

Eins

Siegfried ist mein Stiefvater, aber er war immer da, ich bin mit ihm aufgewachsen. An dem Tag, an dem ich in die Klinik fuhr, wachte ich morgens aus einem Traum auf, in dem er tot war. Es war die Art von Traum, die nach dem Aufwachen noch ein bisschen bleibt. Das T-Shirt war an der Brust durchgeschwitzt, mein Atem ging zu schnell, und ich hatte das Gefühl, mein Herz würde zittern, nicht schlagen. Durch das offene Fenster hörte ich eine Sirene, sie war zu nah und kam mir unecht vor, aber ich war mir sicher, Siegfried ist wirklich tot. Ich hatte sofort dieses Bild vor Augen: wie seine großen Lederschuhe in die Luft geragt haben mussten, während man ihn auf einer Liege durch die Notaufnahme irgendeines vermutlich ostdeutschen Krankenhauses gejagt hatte, in Potsdam, Dessau oder in Magdeburg, wie beim letzten Mal, und dann tastete ich in unserem Bett nach meinem Telefon, um nachzusehen, ob die Nachricht darüber schon angekommen war. Ich suchte unter der Decke, unter den Kopfkissen, dann schmiss ich einfach das ganze Bettzeug auf den Boden. Mir fiel wieder ein, dass ich die Nacht allein verbracht hatte, und ich sah mich um.

Es war, als hätte jemand die Gewissheit, dass Siegfried tot

ist, vor mir in unserem Schlafzimmer abgestellt, mitten in die bleiche Stille des Morgens hinein, die mir Angst machte, nicht nur an diesem Tag. Ich lief ans Fenster, ich wollte wissen, wo die Sirene herkam, doch da war nichts, nur ein Lieferwagen vor dem Supermarkt schräg gegenüber. Ich wusste, dass ich nicht verrückt war, ich wusste in dem Moment genau, dass die Sirene eigentlich nicht da war; und dass es sein konnte, dass Siegfried wirklich tot war, wusste ich auch. Er hatte einen Herzinfarkt hinter sich und niemals aufgehört, anderthalb Schachteln Marlboro pro Tag zu rauchen. Er trank, schlief zu wenig, arbeitete zu viel, und wenn er essen ging (meistens), bestellte er Fleisch. Wir hatten uns am Vortag gesehen, er war kurz in Berlin gewesen, wir hatten uns zum Kaffee im Hotel Savoy getroffen, weil ich Geld brauchte, und nach dem Aufstehen hatte er das Gleichgewicht verloren und seinen einen Meter fünfundneunzig langen Körper auf mich gestützt. Ich wäre fast mit ihm umgefallen, *spinnst du?*, hätte ich ihn fast gefragt. Sein Gesicht war grau oder eigentlich eher bläulich gewesen. Die Falten hatten noch ein bisschen tiefer gewirkt als sonst, Falten wie Schnitte, die zu den Rasierklingen gehörten, die früher immer bei uns im Bad gelegen hatten, und zu dem scharfen Alkoholgeruch des Aftershaves daneben, wie Noten einer bestimmten Melodie oder eine vertraute Abfolge von Haltestellen auf dem Weg nach Hause. Siegfrieds Falten gehörten auch zu den eckigen Schultern der Jacketts, die er auf seinen Baustellen trug, und zu den Häusern und Büros, die er baute oder bauen ließ, vor allem in Ostdeutschland. Von den Geschäftsreisen hatte er mir früher oft diese kleinen, schön verpackten Hotelseifen mitgebracht und manchmal auch Nähzeug. Damals dachte ich, ihm gehörten die Hotels, aus denen die Seifen kamen, ich dachte eigentlich, ihm gehöre so gut wie jedes Haus.

Es machte mich wahnsinnig, dass mein Telefon weg war, noch einmal hob ich alle Decken und Kissen hoch und warf sie beiseite, und dann lief ich durchs Zimmer, guckte beim Bücherregal, unter der kleinen Bank, die vor dem Bett stand, unter Alex' Kleidern, die darauf lagen. Ich wusste nicht, was ich machen sollte, ich legte mich quer über das Bett auf den Bauch, um ruhiger zu atmen, manchmal half das. Ich sah zum Fenster. Das Licht würde sich jetzt immer entschlossener an den Vorhängen vorbeidrängen, die Farben im Zimmer kräftiger werden lassen, und dann würde es losgehen, alles würde von vorne beginnen und in gleicher Geschwindigkeit. Ich musste mich beruhigen, um da mitmachen zu können. Ich musste Alex dazu bringen, mir zuzuhören, mir zu glauben, sein Vertrauen wiedergewinnen. Ich musste die Sache mit der Verlegerin und mit Benjamin klären. Ich musste wissen, was mit Siegfried war, und die Sirene musste endlich aufhören.

Ich lag da und atmete, als wäre ich gerannt. Wenn Hilde, Siegfrieds Mutter, mal wieder der Auffassung gewesen war, dass die Menschen um sie herum einfach nicht kapierten, wie gut es ihnen ging, hatte sie mir immer von der Flucht erzählt, während der sie wochenlang in irgendwelchen Brandenburger Wäldern auf dem Boden geschlafen und Hundefleisch gegessen hatte, von einem Hund, den sie sogar gekannt hatte. Ich musste lachen, weil sie darauf so stolz gewesen war. Dann sah ich plötzlich das Telefon auf der Fensterbank liegen und sprang auf. Der Daumen, mit dem ich das Display entsperrte, zitterte, aber da stand nichts, keine Nachrichten und nichts von Siegfrieds Tod.

Ich schrieb ihm, dass er sich melden solle. Es war sechs Uhr fünfzehn, meistens stand er früh auf, vielleicht rief er gleich zurück. Vielleicht kam der Schrecken nur aus dem Traum, der sich gleich ins Dunkel zurückziehen würde.

Ich setzte mich ans Fußende des Bettes. Draußen schien die Sonne, es würde ein heißer Tag werden. Das Licht fiel wie ein umgefallener Stab an den Vorhängen vorbei auf den Boden. Ich hatte schon immer das Gefühl, dass an heißen Tagen Unglücke passierten, dass man da besonders vorsichtig sein musste, weil die Leute die Nerven verloren. In fünfundvierzig Minuten würde ich den Tisch decken, Frühstück machen, die Tasche packen, die Waschmaschine füllen, meine Liste für den Tag schreiben und dann Johnny wecken, ihr beim Anziehen helfen, ihre Zöpfe flechten, später unbedingt Persil kaufen. Johnny hieß eigentlich Johanna, aber wir sagten Johnny. Alex hatte auf der Couch geschlafen. Das machte er in letzter Zeit häufiger, wenn er getrunken und zu viel gekifft hatte, aber in dieser Nacht war ich der Grund gewesen. Mein Atem, der sich gerade etwas beruhigt hatte, ging wieder schneller, alles war wieder da.

Er hatte nicht mehr gesprochen, nachdem ich ihm gesagt hatte, dass ich ihn *betrogen* hatte, mit Benjamin. Wir hatten uns in der Küche gegenübergestanden, er barfuß. Gebräunte junge Füße mit hervortretenden Adern, schöne Füße. Während ich immer schneller redete, hielt Alex sich an der Arbeitsplatte fest und beugte den Kopf nach vorne, sodass die hellbraunen Haare sein Gesicht verdeckten. Er sah zweimal kurz hintereinander auf die Uhr an seinem Handgelenk, eine Rolex, die irgendein betrunkener Gast mal in der Bar vergessen hatte, in der er arbeitete. Normalerweise regte diese Uhr mich auf, aber in diesem

8

Moment nicht. Er stieß sich mit den Unterarmen von der Arbeitsplatte ab und nahm eine Flasche Wein aus dem Kühlschrank, dann verließ er die Küche. Ich lief ihm hinterher, durch die Wohnung, sogar ins Bad folgte ich ihm. Ich setzte mich auf den Wannenrand und hielt mich da fest, während er duschte, ich bewachte ihn. Ein erniedrigender Vorgang für uns beide, aber das war mir egal gewesen. Die ganze Zeit über hatte ich sein Gesicht beobachtet und gedacht, ich habe ihn kaputtgemacht. Er hatte mich nicht angesehen, seine Augen waren wie zugesperrt gewesen.

Ich verstand nicht genau, warum, aber ich wollte noch zwei Kinder haben, von Alex. Viele meiner Freundinnen hatten in den letzten Jahren geheiratet und Kinder gekriegt, und jetzt waren sie eigentlich alle sauer auf ihre Männer oder hassten sie sogar. Als sie diese Männer mit Anfang dreißig getroffen hatten, waren sie nicht nur die große Liebe gewesen, sondern auch noch pünktlich in den Leben meiner Freundinnen eingetroffen, was eigentlich nicht sein konnte. Eher hatten sie alle zur gleichen Zeit das Gleiche gewollt. Oder gedacht, es zu wollen. Bei Alex und mir war es anders gewesen, wir waren uns wirklich nahe, doch jetzt hatte ich Angst. Dass es so oder auch nur annähernd so sein würde, wie es jetzt war, so schrecklich und klassisch verkorkst, hatte ich immer mit allem, was mir zur Verfügung stand, zu verhindern versucht.

Nach dem Duschen hatte Alex wie erschossen auf dem Sofa gelegen. Er hatte sich nicht noch mehr Wein geholt oder den Fernseher angemacht, sondern nur dort gelegen, auf dem Bauch, und ich hatte noch kurz neben ihm gestanden und seinem regelmäßigen Atem zugehört, der mir maschinenhaft vor-

9

gekommen war, bis ich mich irgendwann dumm und ungebeten gefühlt hatte und ins Schlafzimmer gegangen war. Die Dunkelheit dort war so unerträglich gewesen, dass ich das Licht wieder angemacht und auf den Tag gewartet hatte. Jetzt war er da, und ich wusste nicht, wie ich ihn überstehen sollte. Mir war heiß, ich hatte das Gefühl, schlecht Luft zu bekommen, und vielleicht kam mir da das erste Mal der Gedanke, in die Psychiatrie zu fahren. Eine meiner verheirateten Freundinnen hatte mir mal von dieser psychiatrischen Ambulanz erzählt, da sollte ein sehr guter Oberarzt sein. Kompetent und pragmatisch, modern, angeblich trug er eine unauffällige runde Brille und einen Bart. Man brauchte keinen Termin, man konnte sich einfach ins Wartezimmer setzen. Niemand, der mich kannte, würde mich sehen, dachte ich. Ich könnte mich da ein bisschen ausruhen.

Die Sirene wurde lauter. Normalerweise waren um diese Zeit nur die Vögel zu hören, zwischendurch die Müllabfuhr. Vielleicht musste ich einfach anfangen, aufstehen, Johnny wecken, und alles würde von selbst besser werden. Ich könnte ins Bad gehen, mein Gesicht unter kaltes Wasser halten, manchmal half das. Mir fiel das Waschmittel ein und dass ich meine Literatursendung vorbereiten musste, die morgen im Radio lief, wie jeden Dienstag. Ich sah aufs Telefon, Siegfried hatte sich nicht gemeldet, ich überprüfte unseren Kontostand, aber das Geld von ihm war noch nicht da. Um fünfzehn Uhr dreißig war das Treffen mit Benjamin und Frau Rieger, der Verlegerin, ich musste vorher noch so etwas wie ein Exposé zustande bringen, was völlig unmöglich war. Der Vorschuss war längst aufgebraucht, ich hätte den Roman schon vor über einem Jahr abgeben müssen, aber ich hatte Benjamin immer wieder vertröstet. Bei unserem letzten Treffen hatte ich ihn um mehr Geld gebeten, damit ich schreiben konnte. Alles, was ich brauche, hatte ich gesagt, ist Zeit, und dass ich genau wüsste, was ich schreiben wollte. Das stimmte nicht (dass ich schreiben wollte, schon). Aber mir hatte auch einfach Geld gefehlt, um unseren Dispo auszugleichen, um Schulden zu bezahlen, Löcher zu stopfen. Benjamin hatte mir fünftausend Euro zugesagt, aber er müsse das vorher mit Frau Rieger besprechen, die sich ohnehin freuen würde, mich mal wieder zu treffen. So oder so, hatte Benjamin gesagt, brauche er wirklich etwas zum Vorzeigen. Wenigstens zwanzig Seiten. Ich hatte keine einzige.

Ich saß auf dem Bett, den Kopf in die Hände gestützt, und sah zwischen den Fingern hindurch zum Fenster, das nun mitten in der Sonne lag. Wir würden uns in dem Café am Tiergarten treffen, draußen auf den unbequemen Holzstühlen unter den dunkelgrünen Sonnenschirmen, gegenüber von dem Spielplatz. Benjamin würde trotz der Hitze ein langärmliges Hemd tragen, das aussah wie neu, die oberen Knöpfe geöffnet. Er würde schwitzen, aber unangestrengt wirken; er würde überhaupt nicht gut aussehen, aber irgendwie trotzdem attraktiv. Ich würde sein Parfüm riechen und den Duft wiedererkennen. Und Frau Rieger, die kluge, strenge Frau Rieger, mit den schwarz gefärbten Haaren und der unterspritzten Zornesfalte würde ihre herzlich-professionellen Sprüche machen und dabei zu laut lachen, so als würde sie die Leute in ihrer Nähe mit ihrem Lachen besiegen wollen. Es erinnerte mich an das von Siegfried, satt und unaufhaltsam, aber es passte nicht zu den ballettartigen Bewegungen ihrer Hände. Erfolgreiche Frauen in Frau

Riegers Alter versuchten oft, so siegfriedhaft zu lachen, und es ging eigentlich immer schief (es wirkte falsch, irgendwie *deformiert*, auch wenn ich so nicht denken wollte).

Das Treffen war weniger eine Verabredung als eine Bedingung. Benjamin hatte versucht, diesen Eindruck abzuschwächen, er hatte am Telefon gesagt, ich müsse mir keine Sorgen machen, niemand zweifle an meinen Fähigkeiten als Autorin. Es gehe nur darum, noch einmal über *Inhalte* und einen *konkreten Zeitplan* zu sprechen. Dabei wollte Frau Rieger einfach wissen, was los war. Sie wollte wissen, warum das alles so lange dauerte und ich einfach nichts schrieb, verständlicherweise. Siegfried hätte das auch verstanden, er hätte gesagt: Klar, ein Vorschuss muss sich amortisieren. Ich dachte daran, dass Formulierungen wie *amortisieren* und dass Summen *darstellbar* beziehungsweise *nicht darstellbar* waren auf die gleiche Weise zu Siegfried gehörten wie seine Schuhe, das Aftershave und so weiter. Das alles war mir peinlich, aber ich würde etwas Schönes anziehen, den alten Max-Mara-Hosenanzug mit den Punkten von meiner Mutter vielleicht. Ich würde ein stilles Wasser bestellen, wenn wir unter dem grünen Sonnenschirm auf den unbequemen Gartenstühlen saßen, einen Espresso, nichts zu essen, und es wäre gut, wenn es mir irgendwie gelänge, nebenbei zu erwähnen, dass meine Sendung beliebt und die Hörerschaft zuletzt wieder etwas gewachsen war. Denn das würde Frau Rieger gefallen. Sie würde sagen, dass sie, obwohl sie kaum Zeit hatte, versuchte, nie eine Sendung zu verpassen, und wie toll es sei, dass ich den Fokus auf die Würdigung von Schriftstellerinnen legte. Dann würde sie innehalten, mich auf diese komplizenhafte Weise anlächeln und verständnisvoll fragen, wie es denn um den Roman stehe. Benjamin würde danebensitzen, mit dem rechten Bein wippen, wahrscheinlich würde er, ohne es zu registrieren, sein Telefon aus der Hosentasche genommen und auf den Tisch gelegt haben, er würde es manchmal in die Hand nehmen, damit herumspielen, obwohl er sich das längst abgewöhnen wollte. Insgesamt würde er freundlich gucken und sich nichts anmerken lassen, auch dann nicht, wenn sich unsere Blicke trafen. Und dann würde es sich nicht mehr vermeiden lassen, dann wäre der Punkt erreicht, an dem ich sagen müsste, dass ich keine einzige Seite hatte. *Ich muss leider noch mal von vorne anfangen*, könnte ich sagen, und wenn sie dann wissen will, woran es liegt, worin die Schwierigkeit besteht: *Wissen Sie, ich mag die Probleme meiner Protagonistin nicht. Zu viel Schmerz, zu schwach. Das ist das Problem.*

Ich bin das Problem, Geld ist das Problem, dachte ich. Ich ließ mich rücklings aufs Bett fallen und wiederholte flüsternd, so wie ich früher morgens vor der Schule noch schnell ein Gedicht auswendig gelernt hatte, was passieren musste, damit es weitergehen konnte: das Exposé, das Treffen, die Sendung, das Waschmittel, der Kontostand. Ich musste Siegfried erreichen, ich musste mit Alex sprechen. Um halb sechs musste ich Johnny aus der Musikschule abholen, dann das Abendessen. Ich könnte auf dem Rückweg Pizza aus unserem Lieblingsladen mitbringen, was ich eigentlich nicht mehr machen wollte, um aufs Geld zu achten, aber das war jetzt auch egal. Kurz hoffte ich wirklich, dass Alex mir nach dem Essen zuhören würde, ich hatte für einen Moment dieses Bild vor Augen, wie wir auf dem Sofa Gin Tonics tranken, die dabei halfen. Es wäre so einfach.

Ich liebte Alex, doch ich verlor meine Hoffnung sofort wie-

13

der und schloss die Augen. Am Ende heißer Tage sahen die Leute immer aus wie geplatzte Tomaten, wegen der Farbe, aber auch weil sie wie beschädigt wirkten, so verletzt. Was wir hier alle immer wieder voneinander verlangten, war einfach falsch, dachte ich. Ich sah auf das Display des Telefons in meiner Hand. Es zeigte an, dass Siegfried nicht angerufen hatte, dass es zwanzig nach sieben war, dass Johnny schon längst hätte aufstehen müssen, ich stand auf, und während ich zur Tür ging, um sie aufzureißen, dachte ich, dass sich unser Schlafzimmer im Laufe des Tages unerträglich aufheizen würde, und dabei hörte ich, wie die Sirene hinter mir lauter wurde, sie klang fast wie ein Tier.

Ich hörte sie auch noch, als ich in der Küche stand, in T-Shirt und Unterhose, schnell atmend, mit vom Körper weggestreckten Armen und Händen, so als würde ich befürchten, von hinten überfallen zu werden. Alex und Johnny waren aufgestanden, ohne dass ich es mitbekommen hatte. Alex stand über die Arbeitsplatte gebeugt, barfuß, in Jeans und weißem Hemd. Das weiße Hemd war frisch gewaschen, ich hatte es gewaschen. Als wir uns acht Jahre zuvor kennengelernt hatten, hatten seine Kleider ganz anders gerochen (fremd, für mich irgendwie blau und nach Platte, Spee). Alex schmierte ein Brot für Johnny, er hob den Kopf nicht, er sagte nichts. Neben der Spüle stand eine leere Flasche Wein, guter Wein, eine Flasche, über die wir ein Jahr lang lachend gesagt hatten, dass wir sie nur noch ein bisschen aufheben würden, für einen besonderen Tag. Ich hatte den Wein vom Sender bekommen, als mein Format mal einen wichtigen Preis erhalten hatte, nun hatte Alex ihn getrunken. Ich wollte ihn anschreien, aber ich tat es nicht (tat es auch sonst so

14

gut wie nie). Johnny saß am Esstisch auf ihrem Platz, sie redete vor sich hin und spielte mit dem Essen. Als sie mich sah, begann sie sofort zu erzählen. Sie sprang auf mich zu, und dabei fiel ihr Stuhl um. Ich zuckte zusammen, denn normalerweise hätte Alex jetzt gebrüllt oder zumindest die Stimme erhoben, und dann wäre es losgegangen, dann hätte ich besänftigend abwechselnd auf ihn und auf Johnny eingeredet, um zu verhindern, dass es noch lauter wurde, dass etwas kaputtging. Mein Blick wäre Alex und Johnny gefolgt, er wäre fortwährend zwischen den beiden hin- und hergesprungen. Ich wusste, wenn Dinge kaputtgingen, wurde es ernst für Alex, wenn sie sich aus ihrem Rahmen, aus der für sie vorgesehenen Form lösten, er hatte mal gesagt, dass er das brauche, einen festen Rahmen, weil er aus dem Nichts komme, und dabei hatte er gelacht, weil er den Satz so pathetisch fand. Siegfried war bei Krümeln auf der Tischdecke und umgestürzten Gläsern ausgerastet, das war sein Ding gewesen. Ich erinnerte mich an Situationen, in denen er deswegen den Tisch umgeworfen hatte mit allem, was darauf stand, und daran dachte ich, wenn Alex ausrastete, aber nicht währenddessen, da dachte ich gar nichts, erst hinterher. Ich dachte an meine Mutter, die einfach sitzen geblieben war, ohne sich zu bewegen. Sie hatte nur leise gesummt, als wäre sie verrückt oder als machte sie sich über ihn lustig, vielleicht war das sogar das Gleiche gewesen.

An dem Morgen, an dem ich beschloss, in die Psychiatrie zu fahren, rastete Alex nicht aus. Vielleicht war er zu traurig, jedenfalls war er ganz still. Nicht ruhig, still. Er stand an der Arbeitsplatte, ohne sich um den Stuhl zu kümmern, und schäumte Milch auf. Johnny war auf meinen Arm geklettert.

15

Sie drückte ihren braunen Lockenkopf gegen mein T-Shirt, wischte ihren Marmeladenmund daran ab und redete ununterbrochen. Ich hörte nicht, was sie sagte, wie so oft. Ich nickte nur, denn ich hatte mit der Sirene zu tun, und ich musste Alex ansehen. (Sah er mich an, wie lange würde er mich nicht ansehen?) Außerdem hatte Johnny keinen Zopf, die Haare hingen ihr ins Gesicht. Sie hatte ein Oberteil an, dessen Blau nicht zum Blau ihrer Hose passte, die außerdem zu kurz war, es sah lieblos aus. Ich wollte es ihr sofort ausziehen, da war auch ein Marmeladenfleck auf der Brust, ich musste unbedingt an das Persil denken. (Was war mit Milch, Brot, war noch genug Olivenöl da?) Johnny hörte nicht auf zu reden, sie fasste mir ins Gesicht, zog an meinem Ohr und rief *Mama*, aber ich sah zu Alex und der offenen Milchpackung auf dem Tisch. Ich suchte den Tisch, die Arbeitsplatte, die übrigen Flächen mit den Augen nach der Verschlusskappe ab (Alex verschlampte oft einfach die Verschlusskappe). Ich sah Milchtropfen und eingeweichte Cornflakes auf dem Boden neben dem umgefallenen Stuhl, neben der Spüle stand dreckiges Geschirr, Alex' Gitarre lag auf der Bank, die vor dem Küchentisch stand. An einem normalen Morgen wäre ich losgelaufen und hätte die Ordnung wiederhergestellt, dabei hätte ich Alex höflich und aggressiv darum gebeten, die Milchpackung zuzuschrauben, ich hätte versucht, Streit zu vermeiden, aber wir hätten uns wahrscheinlich trotzdem gestritten.

An diesem Morgen war es anders. Ich hielt die plappernde Johnny regungslos auf dem Arm und stand vielleicht zwei Meter von Alex entfernt, der den Kopf in den Nacken legte und seinen Espresso austrank. Ich bewegte mich nicht, aber ich sagte laut und deutlich: Ich höre seit heute früh um sechs Sirenen, hörst du das auch?

Das Geräusch war zwar leiser geworden, aber es klang echter. Alex antwortete nicht, womit ich gerechnet hatte, doch es traf mich trotzdem. Er kam auf Johnny und mich zu, ohne mich anzusehen. Er sagte zu Johnny, dass es schon spät sei, er nahm sie mir aus den Händen, als habe das so seine Richtigkeit, und verließ mit ihr die Küche. Ich muss einen längeren Moment gebraucht haben, denn als ich in den Flur kam, hatten beide ihre Schuhe schon an, und die Wohnungstür war auf. Alex trug seine Sonnenbrille, ich roch sein Parfüm und wusste, dass ich überhaupt nichts tun konnte. Er nahm Johnny bei der Hand, wie immer sah er im Moment des Gehens besonders gut aus. Bis später, Johnny, rief ich und wollte ihr nachgehen, sie noch mal anfassen, aber bevor ich mich bewegen konnte, fiel die Tür ins Schloss.

Mir kamen die Tränen, ich fing sofort wieder an, mein Telefon zu suchen, und dabei dachte ich an die Möglichkeit, in die Psychiatrie zu fahren. Ich fand es auf der Fensterbank in der Küche und fühlte Erleichterung und fast so etwas wie Dankbarkeit, als es glatt und klar in meiner Hand lag. Ich ging ins Bad, setzte mich auf den Toilettendeckel, drückte auf den Knopf in der Mitte, der Bildschirm erstrahlte. Siegfried hatte sich noch immer nicht gemeldet, aber mein Atem verlangsamte sich etwas, mein Rücken wurde runder, als ich meine Social-Media-Apps öffnete und Bilder ansah, eins nach dem anderen, der geordnete Strom der Fotos, der nie endete und der aus den anderen bestand, aber aus mir irgendwie auch. Wahrscheinlich wäre ich lange so sitzen geblieben, aber dann sah ich plötzlich

Benjamin, der Selina im Arm hielt, auf einer Lesung einige Tage zuvor. Sie war schön, jünger als ich, und bald würde ihr erster Roman erscheinen. Sie legte den Kopf schief, hielt den rot geschminkten Mund leicht geöffnet, sie trug eine Bomberjacke. Ich schloss die Augen, ich wollte Selina nicht sehen, und mir gefiel nicht, wie ich sie ansah. Ich kannte das Gefühl, wenn Frauen einen umbringen wollten. Es war eine so alte, simple Geschichte, aber so war es. Ich wollte das Telefon auf die Kommode rechts neben der Toilette legen, doch dabei rutschte es mir aus der Hand und knallte auf die Fliesen. Als ich es aufhob, war das Display zersplittert, das obere Drittel leuchtete in Spektralfarben, nur der untere Teil wurde noch angezeigt, und ich weiß noch, dass sich in diesem Moment all die Dinge, die ich in Ordnung bringen musste, übereinanderwarfen. Es war wie eine Explosion, wenn etwas unter hohem Druck zerreißt und einen Augenblick lang alles in der Luft steht.

Aber die Sirene hörte auf.

Auf der Rückbank des Taxis trug ich keine Schuhe, aber dafür einen Trenchcoat. Ich hatte nicht wie sonst die Nylonhandtasche meiner Mutter dabei, ich hielt meinen Rechner mit beiden Händen auf dem Schoß fest. Ich hätte nicht sagen können, was seit der Situation im Badezimmer passiert war. Es beunruhigte mich aber nicht sehr, ich fand meine Idee, in die Psychiatrie zu fahren, sehr gut. Jemand würde mir sagen, was mit mir los war, dieser Arzt würde mir helfen, die Dinge zu sortieren, ich hatte mir sogar seinen Namen notiert. Ich würde dort sitzen und für Reihenfolgen nicht zuständig sein. Es würde eine Diagnose geben. Ich bildete mir die Dinge nicht ein, ich war keine Simulantin, ich war nicht überempfindlich. Ich war auch nicht verrückt, es gab Gründe.

Ich legte den Kopf an den Rücksitz und sah aus dem Fenster, auf den Verkehr, die Leute und alles drum herum. Ich war froh, damit nichts zu tun zu haben, und mir fiel nichts dazu ein. Ich sah die Straßenzüge und die pastellfarbenen Gründerzeithäuser nicht, weder die nackten, denen man den Stuck abgeschlagen hatte, noch die anderen, die ihn hatten behalten dürfen. Ich sah die wenigen übrig gebliebenen Lücken und Brandmauern nicht, nicht die hässlichen, nach der Wende aufgestapelten Zweckgebäude in den Baulücken, nicht die neuen, etwas brutal wirkenden Blöcke, die aussahen, als würden sie mit sich selbst nichts zu tun haben wollen. Ich sah nichts davon, und auch das fiel mir nicht auf. Ich empfand nur ein wenig Einsamkeit, vielleicht weil ich nicht beschreiben konnte, was ich sah, aber ich weiß noch, die Blätter der Bäume bewegten sich im Wind hinter der blauen Tönung der Scheibe, und das Auto war sehr leise. Es wirkte wie ein Trick oder ein Scherz, als plötzlich die Sirene wieder losging.

Als ich etwas später vor dem Eingangsportal stand, war sie wieder verstummt. Die Ambulanz befand sich im dritten Stock eines roten Backsteingebäudes, das zu Beginn des vorigen Jahrhunderts gebaut worden war. Im Aufzug fehlte der Spiegel, was mich nervte. Ich stand vor einer leeren Metallwand, und es war, als bliebe man mir eine Antwort schuldig. Bei uns zu Hause hatte neben dem Spiegel im Eingang früher eine dunkelbraune Bürste gelegen, mit der Siegfried über seine Jacketts gestrichen hatte, bevor er gegangen war. Wenn wir gemeinsam das Haus verließen, meine Mutter, er und ich, hatte er auch uns manchmal abgebürstet, halb im Scherz, aber eben doch geübt und mit einem Interesse für das Ergebnis. Ich hatte mit den Augen gerollt, aber irgendwie hatte ich es auch gemocht.

Im dritten Stock roch es nach Stein, Putzmittel und Essen. Wahrscheinlich war in der Nähe eine Kantine. Die Decken waren hoch und weiß, daran hingen runde alte Lampen, auch die Fenster und die Heizkörper waren alt, und der Linoleumboden glänzte grau. Ich hatte meine Mutter manchmal von den Linoleumböden erzählen hören, über die man hatte gehen müssen, wenn man sich in Ost-Berlin aufhielt, und dass das Putzmittel dort ganz speziell gerochen habe. Es war, als ob fast jeder Mensch, mit dem Siegfried und meine Mutter befreundet waren, das irgendwann mal sagte, so als müsse es der Richtigkeit halber erwähnt werden. Damit schien irgendeine kurze Befriedigung verbunden zu sein, aber was da befriedigt wurde, war nicht klar. Später war ich dann selbst viel über Linoleumböden gegangen, in Amtsgebäuden, Universitätsgebäuden, Krankenhäusern im Osten Berlins, aber ich hatte keinen besonderen Geruch ausmachen können. Es war eher ein Moment gewesen, in dem ich an Siegfried und an meine Mutter dachte, an zu Hause.

Das Wartezimmer in der psychiatrischen Ambulanz war groß, und als ich sah, dass da schon acht oder neun Leute auf festgeschraubten, u-förmig angeordneten roten Metallstühlen saßen, verließ mich kurz der Mut. Die Enden des U liefen auf die Anmeldung zu, die gerade nicht besetzt war. Der vorderste Platz auf einem der Enden war frei, dorthin setzte ich mich und versteckte meine nackten Füße unter dem roten Metallstuhl. Von hier aus konnte ich alles überblicken, die Anmeldung, das

Wartezimmer, den Flur und auch die gegenüberliegenden Sprechzimmer. Frauen in blauen Kitteln liefen auf und ab, Menschen kamen und setzten sich, suchten etwas in ihren Handtaschen oder Hosen. Trotzdem war es ein ruhiger Ort.

Ich spürte, wie müde ich war. Ich beschloss, erst mal nur sitzen zu bleiben und zu überlegen. Vielleicht konnte ich ein bisschen an dem Exposé arbeiten, vielleicht ginge es hier überraschend gut. Aber vorher wollte ich kurz die Augen schließen.

Zwei

Meine traurige, schöne Mutter musste aufpassen, dass Siegfried sie nicht betrog, wenn er auf Geschäftsreisen ging, und deswegen fuhr sie meistens mit. Weil Siegfried häufig verreisen musste und Geschäftsreisen nichts für Kinder waren, wohnte ich dann bei Hilde, der Mutter von Siegfried, und wenn ich heute daran zurückdenke, vor allem an die Sache mit den Spiegeln, dann kann ich immer noch nicht sagen, wer von uns beiden damals eigentlich verrückt war, sie oder ich.

Sie wollte nicht Oma genannt werden, das hatte sie mir gleich gesagt, als wir uns besser kennenlernten. Ich war etwa vier und überreichte ihr einen Blumenstrauß, wie meine Mutter es mir aufgetragen hatte, und als wir allein waren, sagte sie: Ich bin deine Großmutter, aber du nennst mich nicht Oma. Du nennst mich Großmutter, wenn deine Eltern dabei sind, und Hilde, wenn wir allein sind. Sie sagte das später immer wieder, obwohl es mir niemals eingefallen wäre, sie Oma zu nennen. Ich wusste, dass sie es albern fand, und sie hasste Albernheiten. Albernheiten waren: der kleine Hund von Hildes Nachbarin, weil sie fand, dass Hunde groß sein mussten, wozu sonst waren Hunde gut, außer zum Großsein. Albern war, wenn ich pinkeln musste und von *Pipi* sprach. Hilde schüttelte sich, wenn sie das Wort *Pipi* aussprach. Albern war es, wenn man sich, stand man nach dem Fernsehen aus dem Wohnzimmersessel auf, dabei abstützte und nicht aus eigener Kraft, nämlich *aus der Beinkraft,* in den Stand kam. Sie sagte, das Aufstehen müsse *federnd* passieren, und machte es mir vor. Albern war es, lange zu schlafen, Krankheiten und insbesondere Kopfschmerzen zu haben, langsam Auto zu fahren, Autos zu fahren, die kein Mercedes waren, und lange zu duschen. Albern waren Leute, die nicht das große Latinum hatten und kein Altgriechisch konnten. Albern war Englisch, noch schlimmer war amerikanisches Englisch, aber dafür liebte sie Französisch und fand nichts alberner als fehlerhaftes Französisch. Sie war Teil eines Französischclubs für Seniorinnen, in dem jeden Montagnachmittag über französische Literatur gesprochen wurde. Wenn sie zurückkam, sagte sie, dass die Seniorinnen albern waren und sie mit deren Geplapper nichts anfangen konnte. Ich mied alles, was Hilde albern fand, aber ihr System war nicht immer durchschaubar.

Sie wohnte in einer kleinen gelben Villa am Hardtwald im Nordosten von Bad Homburg. Die Villa war von einem großen Garten umgeben, den ein Mann pflegte, den sie *den Polen* nannte und vom Fenster aus beobachtete. Drinnen war es dunkel, die schweren Möbel glotzten, als hätten sie etwas zu verraten und würden darunter leiden, dass sie es nicht konnten. Es roch nie nach Essen, es roch überall nach dem Kopf, den Haaren, dem Hals, dem Torso von Hilde, also nach viel Make-up, Männerparfüm und Duschen nicht mehr als nötig. Ich mochte diesen Geruch. War ich bei ihr, duschte ich auch nicht mehr als nötig, weil ich wusste, dass ihr das gefiel. Man betrat ihr Haus

23

durch einen Vorraum, in dem der Garderobenschrank mit einer großen verspiegelten Tür stand. Neben dem Spiegel stand eine Vase mit verstaubten Trockenblumen, daran baumelte ein goldener Weihnachtsengel ohne Kopf, dessen Lack abgeplatzt war, und dieses Arrangement stand dort das ganze Jahr über, seit ich denken konnte. Wann immer ich den Vorraum betrat, fiel mein Blick auf diese Vase, und dann dachte ich, dass mit Hilde irgendetwas nicht stimmte und sie keine richtige Frau war. Nicht wie meine Mutter, bei der die Blumen frisch waren.

Einmal, es war am Anfang der Sommerferien, mussten meine Eltern für längere Zeit nach Amerika, und wir standen mit meinem Koffer zu viert in diesem Vorraum. Hilde küsste mich knallend, sie drückte mich zusammen wie jemand, der nicht oft Leute umarmte und zeigen wollte, dass er es konnte. Ich guckte auf die Trockenblumen, den einsamen Engel und dann in den Spiegel, wo ich sah, wie Hilde mich umarmte. Ich sah, dass ich wegen des Drucks, den sie auf meinen Körper ausübte, den Mund verzog, dann wandte ich meinen Blick schnell von dem Spiegel ab und entspannte meine Gesichtszüge. Als die Umarmung fertig war und Hilde wieder mit etwas Abstand vor mir stand, strich meine in diesem Abschiedsmoment vollkommen wache Mutter mir vorsichtig eine Haarsträhne aus dem Gesicht. Sie sortierte meinen geflochtenen Zopf vom Rücken auf eine Schulter und zog den Kragen des Matrosenkleids glatt, das Siegfried mir einmal mitgebracht und das sie mir für diesen Tag rausgelegt hatte. Ihre Hände lagen auf meinen Schultern, als zögerte sie, mich herzugeben, und dabei erklärte sie Hilde alle möglichen Sachen, auf die sie achten sollte, schnell und mit Worten, die aneinanderstießen. Immer wenn

24

sie mit einem Organisationspunkt fertig war und die Stimme senkte, wenn es für eine Sekunde still wurde, fiel ihr noch etwas ein, sie holte Luft, setzte wieder an, und man konnte sehen, dass sie froh darüber war. Sie hatte oft ein schlechtes Gewissen, wenn es um mich ging, und es quälte sie. (Ich weiß das, und ich verstehe es, inzwischen verstehe ich es, denn: Wie schlecht ist man im Vergleich zu dem, was gut wäre – und wie soll man mit diesem Terror fertigwerden?)

Ich wusste genau, wann meine Mutter von ihrem Gewissen überfallen wurde. Dann verschwand kurz der Nebel um sie herum, und sie versuchte hektisch, irgendetwas zu veranlassen. Meistens kam sie schnell angelaufen. Sie stellte sich plötzlich vor den Fernseher, sie rief *Schluss* und machte ihn aus, einfach so, als wäre irgendetwas passiert. Sie machte ihn aus, obwohl der Film noch nicht vorbei war und es für uns, wie es war, gut gewesen war: sie in der Küche, beschäftigt mit irgendeiner Tarte für Siegfried, ich auf dem Sofa vor dem Fernseher. Oder sie kam in mein Zimmer gerannt und sagte, dass sie mich beim Ballett angemeldet habe, weil sie zuvor erfahren hatte, dass Sabrina aus meiner Klasse dahin ging. Sie meldete mich an, obwohl nichts darauf hindeutete, dass ich Ballett tanzen wollte. Oder sie holte eine wärmere Jacke für mich, die sie mir hinhielt wie einen Notfall, obwohl mir nicht kalt war, oder sie sagte, dass ich jetzt aber aufhören müsse zu schwimmen, obwohl ich nicht fror und die beste Zeit überhaupt hatte. Ich machte kein Theater wegen des Fernsehens, ich zog die Jacke an, und ich kam aus dem Wasser, denn wenn es Ärger gab, redete sie danach noch weniger als sonst, und damit konnte ich nicht umgehen (der warme, weich und süß riechende Hals meiner Mutter, ich musste zumindest theoretisch jederzeit Zugang zu diesem Hals haben). Ich fand die Ballett-Fernseh-Jacke-Übungen meiner Mutter schon als Kind sinnlos, aber sie brauchte sie, und sie war dafür besonders anfällig, wenn andere ihr zuguckten. Andere Mütter, mein Vater, Hilde.

Als wir dort in dem Vorraum standen und uns verabschiedeten, sagte meine Mutter also alle möglichen Dinge zu Hilde: dass ich mir zweimal täglich die Zähne putzen müsse und dass ich nicht länger als eine Stunde pro Tag fernsehen dürfe, weil das schlecht für mein Gehirn sei. Sie sagte, dass ich Mathe üben solle und Eisenmangel habe. Der Eisenmangel war ein Problem, ich war sehr dünn und blass und zu klein. Es gab noch mehr Probleme: Kai und Christian hatten gesagt, niemals wäre ich mutig genug, den toten Vogel zu untersuchen, den wir auf dem Nachhauseweg von der Schule auf dem Bürgersteig gefunden hatten, und da hatte ich meinen Füller genommen und ihn in die kleine Brust des Vogels gerammt. Das Erstaunliche war gewesen, dass es ganz leicht gegangen war. Es hatte nur einmal am Anfang etwas geknackt, danach war kein, überhaupt kein Widerstand mehr da gewesen, es war wie in Luft stechen. Ich hatte den Vogel angestarrt, das Blut, die kleinen unordentlichen Federn rings um den Einstich, und dann die Jungs, die sich auf ihre Fahrräder setzten und wegfuhren. Der Vogel war schon tot gewesen, aber sie hatten es am nächsten Tag der Lehrerin erzählt, die entsetzt gewesen war. Frau Hirsch meinte das nicht böse, sie war eigentlich nett. Das war sie wirklich, auch wenn die freundlichen Ermahnungen, die sie ein bisschen beleidigt aussprach, besonders in Bezug auf diese *Sache*, gar nichts brachten. Die *Sache* war: Wenn ich mich auf irgendetwas konzentrierte und zuhörte, kniff ich die Augen zusammen, zog die Oberlippe nach oben und schüttelte heftig den Kopf. Es passierte erst seit Kurzem, nicht jeden Tag und nur, wenn ich nicht aufpasste, es dauerte auch nie länger als vielleicht fünf, sechs Sekunden. Aber es sah nicht gut aus. Kai und Christian begrüßten mich morgens auf dem Schulhof, indem sie mich nachmachten und *Behindi* riefen. Außerdem war noch etwas Neues dazugekommen, viel zu früh. Ich war neun und dünn wie ein Strich, aber unter den Brustwarzen, zwischen Haut und Rippen, schwollen zwei entzündete, heiße Knoten an. Christian hatte in einer Pause gerufen, dass sie aussähen wie zwei Nasen, aber er würde mir eine Schokomilch bezahlen, wenn er mal anfassen dürfe. Das wusste Frau Hirsch nicht, sie wusste nur, dass ich einem Vogel einen Stift in die Brust gesteckt hatte, und aus diesem Grund rief sie meine Mutter an und erzählte ihr davon. Sie erzählte ihr außerdem, was meine Mutter schon wusste, dass ich sehr dünn und sehr blass sei, und sie sagte, dass ich dem Unterricht und vor allem dem Mathematikunterricht oft nicht folgen würde und vielleicht besondere Unterstützung bräuchte. Manchmal, so erzählte es meine Mutter Siegfried weiter, sitzt sie da, als würde sie nichts hören oder unsere Sprache nicht sprechen, und sie hat sie gefragt, was acht minus drei sei, und sie konnte es nicht sagen, und dann noch das mit dem Gesicht. Frau Hirsch sagte nicht, dass ich dumm sei oder in eine Sonderschule gehen solle, aber ich glaube, das meinte sie.

Als wir in dem Vorraum der Villa von Hilde standen, um uns zu verabschieden, verschwieg meine Mutter das mit dem Vogel, sie erwähnte nur das Eisenproblem und das Schulproblem und worauf Hilde achten solle. Hilde nickte, sie lief mit schnellen

Schritten in die Küche, sie holte Stift und Zettel und notierte in ihrer krakeligen Schrift, die aussah, als würden die Buchstaben schreien oder kotzen, was meine Mutter gesagt hatte. Siegfried sah auf den Boden, ich wusste, dass er loswollte. Ich griff nach seiner Hand, die er kurz lose hielt, bis er sich befreite, um sich durch die Haare zu fahren. Er sagte, sie müssten langsam wirklich zum Flughafen. Hilde sagte seinen Namen, *Siegfried*, sagte sie, und das tat sie in seiner Gegenwart oft, aber er guckte sie nicht gerne an. Ich hatte mal gehört, wie er zu meiner Mutter gesagt hatte, Hilde sei schrecklich, besessen, eine Fanatikerin, eine *alte Nazisau*, er könne ihre Anwesenheit nicht ertragen. Dabei war seine Anwesenheit alles, was Hilde wollte, nur seinetwegen hörte Hilde meiner Mutter zu, als sie ihr erklärte, worauf mich betreffend zu achten sei. Sie hörte ihr zu, weil sie die Frau ihres *Siegfried* war. Nur wegen *Siegfried* entging Hilde kein Wort meiner Mutter, kein Gesichtsausdruck, kein neuer Schuh, kein neues Schmuckstück und was genau meine Mutter aß und wie viel, wenn wir sie besuchten oder die beiden mich bei Hilde ablieferten. Hilde kam so gut wie nie zu uns. Wir kamen zu ihr.

Hilde und meine Mutter mochten einander nicht besonders, aber sie klammerten sich in ihrer Verrücktheit nach Siegfried aneinander, sie telefonierten, brachten sich gegenseitig auf den neuesten Stand, arrangierten Besuchswochenenden, die Siegfried wortkarg absolvierte. Die Stimmung war nicht gut, aber ich mochte, dass er wenigstens nicht laut wurde, wenn wir bei Hilde waren. Beim Abendessen, wenn er genug getrunken hatte, begann er auch ein bisschen zu erzählen, vor allem von seinen Erfolgen im Beruf. Und dann ging es los, dann holte

Hilde den teuren Grappa und redete von ihm, von *Siegfried*, und dem Enkelsohn, den sie sich wünschte, und meine Mutter brachte mich ins Bett, weil es schon spät war. Mich mochte Hilde auch nicht besonders und ich sie auch nicht. Obwohl, so stimmt es nicht ganz. Ich fand Hilde gefährlich, aber sie hatte etwas, das ich wollte.

Das Gute an den Wochen bei ihr war, dass sie nicht so oft ins Leere guckte wie meine Mutter und nicht so viel arbeitete wie Siegfried. Denn das war es, was er tat: Er arbeitete. Er ging zur Arbeit, kam von der Arbeit, redete von der Arbeit, musste noch mal zur Arbeit. Wenn er zu Hause war, arbeitete er in seinem Arbeitszimmer, und dann waren wir leise. Meine Mutter hatte ebenfalls viel zu tun, immer. Sie rannte umher, obwohl sie es hasste zu rennen, aber sie geriet in Panik, wenn es einmal keinen Grund dazu gab, und deswegen konnte sie nicht damit aufhören, Situationen zu schaffen, in denen es einen Grund zum Rennen gab. Sie räumte auf, schaffte Dinge an und entsorgte andere, sie machte sauber und beseitigte Spuren, alles für Siegfried, der nervös wurde, wenn etwas nicht an seinem Platz stand. Zusammenfassend kann man vielleicht sagen, dass wir uns alle ungeheuer anstrengten. Wir aßen pünktlich, das Essen war gut, es war wie eine Entschädigung oder ein Zeichen dafür, wie viel guter Wille eigentlich da war. Siegfried sah auf seinen Teller, das Essen verschwand in ihm, bis nichts mehr zurückblieb, meine Mutter guckte über ihren Teller zu Siegfried, und wenn er nicht da war, guckte sie dorthin, wo er sonst saß, vor den Fenstern. Sie sah zum Fenster, ich sah zu meiner Mutter. Die Luft stand als etwas Trauriges, für das sich niemand Zeit nahm, zwischen dem gesaugten Boden, den geputzten Flächen und den makellosen Möbeln von Thonet, Ligne Roset oder USM Haller, die von Siegfried ausgesucht und von meiner Mutter gepflegt wurden. Ich hatte keine Ahnung, was die beiden da eigentlich miteinander machten und warum.

Bei Hilde war es anders, sie war da, und sie hatte einen Plan für mich. Sie fuhr mit mir auf einen Parkplatz und brachte mir bei, wie man ein Auto bedient. Die wenigsten können wirklich Auto fahren, sagte sie. Oder: Die Leute denken nicht nach, sie haben Angst, wie die Bekloppten! Auf der Straße musst du dir dein Recht nehmen! Sie zeigte mir in Büchern die Anatomie des menschlichen Körpers. Das Gehirn eines erwachsenen Mannes ist etwa tausendvierhundert Gramm schwer, erklärte sie mit glänzenden Augen. Das Gehirn ist ein Meisterwerk! Sie hatte eine Trillerpfeife um den Hals, wenn sie morgens am Pool in ihrem Garten stand und auf mich wartete. Ihre kleinen blauen Augen schwammen wie elektrische Fische in ihren Höhlen, und jedes Mal wenn meine Mutter mich bei Hilde ablieferte, weil sie auf Siegfried aufpassen musste, jedes Mal wenn die mit braunem Leder bezogene Tür ins Schloss fiel, wurde ich wieder süchtig danach, das Blau in ihren Augen anzuzünden.

Wir verabschiedeten uns. Ich lächelte meine Mutter an und sagte etwas Gutgelauntes, nachdem ich mich an sie gepresst und ihren Geruch eingesogen hatte. Ich erinnerte Siegfried daran, mir eine Mickey Mouse mitzubringen. Ich sagte das, weil er mir sonst immer Kleider mitbrachte, denn es machte ihm Spaß, mich schick anzuziehen. Ich sagte es aber auch, um irgendetwas zu sagen, was kein Problem war. Seine große, warme Hand lag auf meinem Nacken, ich streichelte seinen Arm, drückte sein Handgelenk. Wir drei lächelten. Wir lächelten, wenn wir auseinandergingen, daran dachte ich später häufiger. Ich sah kurz in den Spiegel, um zu sehen, wie ich lächelte. Es sah nicht dumm aus oder falsch, es war okay. Im gleichen Moment sah auch Hilde in den Spiegel, und unsere Blicke trafen sich. Es flackerte, mich durchfuhr etwas, ich sah, wie Hilde im Spiegel ihr Gesicht zu einer grinsenden Grimasse verzog. Ich verstand es nicht, ich wandte ihr sofort den Kopf zu, aber die Grimasse war weg. Ich war mir sicher, dass sie da gewesen war, hässlich und böse, aber Hilde lächelte und klatschte schon wieder in die Hände. Kommt, kommt, kommt, sagte sie. Und: Siegfried, ich bitte dich, macht euch keine Sorgen, das ist jetzt wirklich albern. Sie nahm Siegfried bei den Schultern, drückte ihm einen lauten Kuss auf die Wange, der etwas zu nah an seinem Mund war, und tätschelte ihm das Gesicht. Für meine Mutter gab es links und rechts einen Kuss ohne Berührung. Ich habe zu tun, rief sie und flüchtete, und wir waren kurz allein. Siegfried ergriff die Türklinke, er drehte sich noch einmal zu mir um und nickte. Dunkelblauer Anzug, dazu die dunkelrote Krawatte. Seine Lederschuhe machten auf dem Steinboden ein schnelles, kratzendes Geräusch, das sich nach Öffentlichkeit anhörte. Meine Mutter folgte ihm, raschelnd und eilig, sie trug den gepunkteten Max-Mara-Hosenanzug mit den weiten Beinen und dem Ledergürtel, darüber den Trenchcoat und in den Haaren die zwei grünen Kämme, die aussahen wie Vögel. Wie schick die beiden aussahen und wie unglücklich. Ich lächelte noch einmal, sie lächelten zurück, dann das Geräusch der Haustür, und ich heulte nicht, natürlich nicht. Abends saßen Hilde und ich dann in den Chippendale-Sesseln, die nicht verrückt werden durften. Hilde kannte den Abstand, und sie kontrollierte ihn, sie mussten genau so bleiben. Denn sonst, hatte sie mir erklärt, müsse man sie wieder zurückrücken und dazu habe sie keine Lust. *Ich bin doch nicht bekloppt!* Wir saßen da und hielten uns über die Lücke zwischen den Sesseln hinweg bei den Händen. Das machten wir immer so und guckten dabei die *Tagesschau*, niemand sagte etwas, hin und wieder war nur das Krachen der alten Salzstangen zu hören, die wir aßen. Ich mochte das. Sonst waren Hildes Hände schnell und immer in Bewegung, aber wenn wir so nebeneinandersaßen, waren sie ruhig. Lang, zart und stark hielten ihre Hände meine fest. Hilde mochte vielleicht nicht besonders, wie ich war, aber es gefiel ihr, wenn wir so nebeneinandersaßen. Ihr gefiel, dass es jemanden gab, der bereit war, das mit ihr zu tun, dasitzen und sich festhalten. Manchmal lächelte sie. Als wäre sie verblüfft über sich, aber auch stolz. Siegfried hätte das sehen sollen, er hätte sehen sollen, dass sie dazu *durchaus* in der Lage war.

Meine Mutter sah aus wie die Frauen aus den Zeitschriften, die sie las, und war deswegen viel im Badezimmer. Sie wollte dort allein sein, sie schloss ab, ich durfte auch nicht ihre Cremes anfassen. Bei Hilde dagegen durfte ich dabei sein, wenn sie sich morgens zurechtmachte, um sieben Uhr ging es los. In ihrem Badezimmer gab es zwei Waschbecken, die Ablage des einen war vollgestellt mit Tuben und Flaschen, die andere war leer. Als er noch lebte, hatte sich dort Hildes Mann Heinrich gewaschen, dem seit dem Krieg ein Bein gefehlt hatte und der auf den Fotos, die mir Siegfried gezeigt hatte, sehr gut ausgesehen hatte. Er war Richter gewesen und hatte, das wusste ich von Siegfried, *mit Depressionen zu tun gehabt.* Kurz bevor Siegfried meine Mutter kennengelernt hatte, hatte er sich im Keller der gelben Villa aufgehängt. Aber ich durfte Hilde gegenüber nicht sagen, dass ich davon wusste, ich durfte ihn in ihrer Gegenwart überhaupt nicht erwähnen. Zwischen Bidet und Waschbecken stand ein lindgrüner Plastikhocker (alles in diesem Aufschwungbadezimmer war irgendwas mit Lindgrün, und das musste auf Heinrich zurückzuführen sein, denn Hilde interessierte sich nicht für Einrichtungsfragen, sie kümmerte sich nur darum, dass alles so blieb, wie es war). An dem Morgen nachdem meine Eltern gefahren waren, saß ich auf dem Plastikhocker und sah Hilde an, die mir den Rücken zuwandte, und das war gut, denn so konnte ich sie und ihr Gesicht im Spiegel betrachten. Sie trug ein weites, weißes Männeroberhemd, aus dem ihre dünnen, langen Beine herausragten, die überhaupt nicht alt aussahen, dachte ich. Nur ein bisschen trocken, kreisrunde Kniescheiben, muskulös. Ihr noch ungeschminktes Gesicht sah auch so aus: als wären da kleine Kissen über den Wangenknochen, auf völlig verdrehte Weise jugendlich, gepolstert. Als hätte dieses Gesicht nie etwas mit der Zeit zu tun gehabt, die Hildes Leben gewesen war. Sie stand vor dem Spiegel und frisierte mit einem Lockenstab ihren blonden Pagenschnitt. Der Lockenstab sah eklig aus, er war alt und von einer grauen Schmutzschicht überzogen. Siegfried ärgerte sich über Hildes Schmutz, er sagte, das sei erst seit Heinrichs Tod so extrem. Ich fand es nicht extrem, nur merkwürdig, ich versuchte vor allem, Gesetze zu erkennen: Wenn man sich etwas aus dem Kühlschrank nahm, musste man vorher daran riechen, weil Hilde nichts wegschmeißen konnte; Hilde leckte Besteck oft ab, statt es in die Spülmaschine zu stellen, oder sie spülte nach dem

Pinkeln nicht, um Wasser zu sparen. Es kam eine Putzfrau, die Hilde *ihre* Hauswirtschafterin nannte und die das Nötigste machte. Es sah auch alles gut aus, nur wenn man genau hinguckte, nicht.

Hilde drehte eine dicke Haarsträhne auf den Lockenstab, wartete kurz und löste dann die Strähne. Doch es gelang ihr nicht bei allen Haaren, einige hatten sich in den Zinken verfangen und verknotet. Sie zog daran, ihr Mund wurde ganz schmal, und dann riss sie sich die Haare einfach vom Kopf. Das ausgerissene Büschel blieb am Lockenstab hängen, sie zerrte daran, und als sie es geschafft hatte, schmiss sie die Haare auf den Boden, als hätten sie es verdient. Dabei sagte sie *Scheißding* und *Mist* und *Scheiße*, was sie häufiger tat und was mich jedes Mal freute. Ich hätte auch dieses Mal gelacht, wenn ich mich getraut hätte. Aber sie sah so unglücklich aus, und ich machte mir Sorgen um ihre Haare, denn wenn sie das jeden Morgen tat, dachte ich, würde sie bald keine mehr haben. Hilde, sagte ich vorsichtig zu ihrem Gesicht im Spiegel, erzähl mir was. Sie konnte gut erzählen, wenn sie wollte, man durfte ihr nur keine Vorgaben machen und nicht zu viel fragen. Meistens erzählte sie von den Nibelungen und wer wen besiegt hatte. Dann vom Krieg und wie sie vor *dem Russen* geflohen war und dass sie eine Pistole gehabt hatte, dann zeigte sie mit den Händen, wie groß die Pistole gewesen war, und sagte, dass sie im Wald schießen geübt hatte und geschossen hatte, auch mit einem MG (wichtiges Detail, kam eigentlich immer vor). Sie hatte schießen geübt, *um den Russen totmachen zu können*, das musste man können. Sie erzählte, dass sie am Ende des Krieges sogar kurz Funkerin gewesen war und einmal irgendetwas geschafft hatte, was sonst keiner geschafft hatte, und dass sie *uns* (ich weiß nicht mehr genau, wen sie meinte) das Leben gerettet hatte. Danach wurde sie Rotkreuzschwester im Lazarett. Sie wollte eigentlich Ärztin werden wie ihr Vater, der ein *bedeutender Arzt* gewesen war. Ihr Großvater war Pfarrer (*evangelisch, was denkst du denn?*) gewesen, und sie sagte, sie habe es gehasst, wie artig und fleißig er immerzu gebetet habe, wie genügsam er gewesen sei. *Gehasst*, das sagte sie wirklich. Sie hatte vier Brüder gehabt, und sie hatten eine Villa gehabt, gegen die die, in der sie jetzt lebte, nichts war, und einen Chauffeur hatten sie auch gehabt und ein Kinderfräulein, und bei Tisch durfte man als Kind damals nichts sagen, hatte sie betont, und ich sah, wie richtig sie das fand. Sie war sehr gut in der Schule und eine sehr gute Sportlerin gewesen, Schwimmen und Leichtathletik. Die meisten, erzählte sie, hatten sie in der Schule für einen Jungen gehalten. Sie hatte immer eine Eins in Biologie gehabt und war selbst in Latein gut gewesen, obwohl es *entsetzlich langweilig* war. Aber sie hatte ein Ziel gehabt, sie wollte Medizin studieren. Es klappte nicht, doch sie hielt sich nicht mit Erklärungen dafür auf, es ging eben nicht. Im Lazarett hatte sie aber auch so fast alles allein gemacht. Sie hatte schrecklich verwundete Soldaten gesehen, die Knochen hatten rausgestanden, die Haut hatte in Lappen von den Knochen runtergehangen (*der arme Kerl kam mit seinem Darm in den Händen auf mich zu*), Operationen ohne Betäubungsmittel (*es war halt nüscht da*), der Geruch von *verbranntem Fleisch, die ganze Stadt hat gebrannt, ich war ja beinahe erleichtert, wenn die Sirenen losgingen. Und weißt du was? Wenn ich da im Keller saß mit den anderen, den Erwachsenen, die heulten wie Kinder, die sich sogar an ihren Kindern festhielten, da hab ich*

35

immer ganz genau gewusst, mir passiert nichts. Deswegen hab ich auch nie gezittert.

All das erzählte sie immer betont ungerührt, aber mit einer Begeisterung darüber, dass sie so ungerührt war, die sie nicht verbergen konnte. Waren Siegfried oder meine Mutter in der Nähe, redete sie nicht über solche Sachen.

Wenn Hilde bei dem Teil der Geschichte ankam, wo es darum ging, dass sie gerne Medizin studiert hätte, gab es immer zwei Möglichkeiten. Entweder sie berichtete von dem Gemetzel im Lazarett. Oder sie rettete sich zu Siegfried, ihrem einzigen Sohn. Dann erzählte sie von ihm, der angeblich im Alter von elf Jahren die fünfzig Meter Freistil in 40,1 Sekunden geschwommen war.

An dem Morgen, als ich auf dem lindgrünen Hocker hinter ihr saß, wollte Hilde aber nicht erzählen, sie antwortete nicht mal auf meine Frage. Sie warf den Lockenstab (*albernes Ding*) in das Waschbecken ihres toten Mannes und begann sich zu schminken. Make-up, orangefarben, viel zu viel, am Kragen ihres Hemdes würden gleich Streifen sein, ich wusste das, denn an Hildes Kragen waren immer Streifen. Dann presste sie sich einen Pinsel mit pinkfarbenem Rouge auf die Wangenknochen, dann kam rosa-perlmuttfarbener Lippenstift, den sie in der Hand hielt, wie Kinder Wachsmalstifte halten, und fest über ihre Lippen zog, hin und her, als würde sie radieren, wütend radieren. Sie malte ihren Mund größer, als er war, und dann waren die Augen dran. Sie umrandete sie mit einem blauen Kajalstift, den sie fast bis zu den Brauen hochzog. Danach tuschte sie ihre kurzen Wimpern mit einem krümeligen Mascara, wegen dem sie spätestens mittags schwarze Ränder

36

unter den Augen hatte. Zum Schluss kam das Männerparfüm. Es war in einem dunkelroten Flakon, auf den sie drei, vier Mal, jedenfalls zu oft draufdrückte und den sie dann knallend abstellte.

Ich saß auf dem Hocker, meine Beine baumelten in der Luft. Ich sah ihr zu, und plötzlich drehte sie sich um. Ich hörte ein Klatschen und hatte das Gefühl, meine Wange würde reißen. Ich hatte nicht gemerkt, dass ich wieder diese Sache mit meinem Gesicht gemacht hatte, und mir war auch nicht klar gewesen, dass Hilde mitbekam, wie ich ihr im Spiegel zusah. Sie hatte gewirkt, als gäbe es nur sie und das, was sie in diesem Augenblick tat. Nach der Ohrfeige gab es einen kurzen Moment, in dem Hildes Augen mich anblitzten, und meine blitzten auch, und mich durchfuhr ein Ruck, eine Druckveränderung, als ich merkte, dass sie sah, dass ich ihren Blick nicht mied wie ein Hund, der bestraft wird, sondern zurückschoss. Aber nur kurz. Sie stand über mir, und ich sah zu ihr hoch. Über dem Zelt aus Hemd und Busen (ein großer Busen, immer unter einem Zelt, sie wollte ihn nicht haben) stand ihr angemaltes Gesicht.

Weißt du, wie du aussiehst, wenn du das machst?, fragte sie. Ich biss in meinem Mund herum, um nicht zu heulen. Der Impuls kam nicht daher, dass ich die Ohrfeige falsch fand oder weil sie mich überrascht hätte, Siegfried war von ihr regelmäßig geschlagen worden (*verdroschen*, hatte er einmal gesagt). Nein, ich kämpfte gegen meine Tränen, weil Hilde gesehen hatte, was ich mit meinem Gesicht gemacht hatte. Sie hatte es gesehen und machte mich nach, sie verzerrte ihr Gesicht, und es sah komisch aus, so sehr, dass ich plötzlich lachen musste, ziemlich laut sogar. Hilde lachte auch, und dabei wackelte das Zelt. Sie drückte ihren rechten Zeigefinger in meine Schulter.

Warum machst du das, was soll das?, fragte sie. Ich verstehe das nicht, Siegfried versteht es noch weniger, der arme Junge.

Nur Spaß, sagte ich.

Spaß? Hilde schnalzte mit der Zunge. Wenn andere Leute das sehen, ist das schlecht für dich, du bist doch nicht, ich weiß nicht, psychisch krank! So siehst du ja aus wie eine Spastikerin.

Sie nahm ihre kleine goldene Uhr von der Ablage und legte sie an.

Aber mach dir keine Sorgen, du wirst dir das schnell abgewöhnen, sagte sie.

Meine Wange brannte, ich fasste nicht hin. Ich war stolz, nicht geheult zu haben, und dachte nach, was ich jetzt Gutes sagen könnte. Eine gute Note in Mathe oder Deutsch, aber die hatte ich nicht. Gut, dachte ich, fände sie, wenn ich ihr meine Ehrlichkeit beweisen würde, das hatte ich während eines Winterferienaufenthalts bei ihr entdeckt, vielleicht zwei Jahre zuvor. Wir hatten Ärger gehabt, weil ich, ohne zu fragen, ihr Parfüm benutzt und es danach nicht zugegeben hatte. Auf dem Bett sitzend, hatte ich ihre ratternden Schritte gehört, die Tür des Gästezimmers war aufgeflogen, und sie hatte mit rotem Gesicht vor mir gestanden, unglaublich schnell (wie sie das immer machte – manchmal glaubte ich noch, ihre Schritte sich nähern zu hören, obwohl sie längst vor mir stand). Sie musste es gerochen haben und dem Duft gefolgt sein. Und obwohl ich nach dem Parfüm roch, obwohl das ganze Zimmer danach roch, hatte ich den Kopf geschüttelt und es nicht zugegeben. Sie war an mich herangekommen, hatte mich bei den Schultern genommen und an

38

mir gerochen, geschnüffelt tatsächlich (aus irgendeinem Grund haben wir uns gegenseitig immer wieder zu Tieren gemacht).

Hast du mein Parfüm genommen?

Jedes ihrer Worte hatte allein dagestanden, zwischen zwei Pausen. Jedes Wort hatte sie aus sich rausgepresst, vielleicht um ihren Impuls zu zähmen, mich zu schlagen (sie wusste, dass man das nicht mehr tat). Ich hatte sie angesehen, ängstlich und gleichzeitig fasziniert von dem blauen Zucken, von ihren Augen und dass ich sie zum Zucken bringen konnte. Ich hatte noch mal den Kopf geschüttelt, und sie hatte mit beiden Händen in meine Haare gegriffen und daran gezogen. Nicht allzu sehr, aber ich hatte doch aufgeschrien, und es hatte mir nicht gefallen, dass ich aufschrie. Du darfst mich nicht anlügen, hatte Hilde gesagt und das Zimmer verlassen. Man lügt nicht, Lügen ist schlichtweg dumm!

Ich lernte schnell. Die Fernbedienung musste immer auf dem Tisch zwischen den Sesseln im Wohnzimmer liegen. Als Hilde das nächste Mal die Fernbedienung suchte, erkannte ich die Chance, die darin für mich lag. Ich sagte, ich hätte sie zuletzt gehabt und wüsste nicht mehr, wo ich sie hingetan hätte, obwohl das nicht stimmte. Sie hatte die Fernbedienung zuletzt gehabt und im Badezimmer liegen gelassen. Aber es machte sie so glücklich, dass ich es bei Bedarf wiederholte. Sie liebte es, wenn ich ehrlich zu ihr war und zugab, etwas Schlechtes getan zu haben, sie liebte das fast noch mehr, als wenn ich etwas Gutes tat. Also beschloss ich nach der Ohrfeige, ihr von dem Vogel zu erzählen, dem ich zu Forschungszwecken einen Stift in die Brust gerammt hatte. Sie nickte ruhig, das heißt, sie akzeptierte mein Angebot, auch wenn sie dann nicht weiter auf den Vogel einging. Aber sie erzählte, dass man während eines Medizinstudiums Herzen präparieren musste, von der Mitralklappe und Formalin. Das Herz, sagte sie, ist ein Muskel, und sie ballte ihre Faust und lächelte. Ich lächelte zurück. Dann seufzte sie und sagte, dass wir nachmittags das Ehepaar Schmidtbauer im Café Krone auf der Louisenstraße treffen würden und bis dahin noch einiges zu tun hätten. *Wir beide haben noch viel vor uns!*

Das Ehepaar Schmidtbauer war vor allem Professor Schmidtbauer, ein emeritierter Professor für klassische Philologie, der im Grunde nichts mehr sah und immer seine Frau dabeihatte, die ihm assistierte. Hilde fand die Frau Schmidtbauer albern, weil sie von nichts etwas verstand, aber den Professor Schmidtbauer verehrte sie.

Sie ist eine dumme Gans, das steht außer Frage, sagte Hilde und begann ihre Stützstrümpfe zu suchen. Nichts Interessantes hat sie zu erzählen, *nichts, nichts, nichts*.

Hilde hatte ihre Brille nicht auf, ich sah mich um und sah die Stützstrümpfe über der Badewanne hängen. Ich reichte sie ihr und stand auf, damit sie sich auf den Hocker setzen konnte. Sie schlug sich mit der flachen Hand auf die langen, dünnen Oberschenkel wie auf einen Pferdehintern, genervt, einige Male, es klatschte. Sie beugte sich vornüber, hatte aber Schwierigkeiten, an ihren Fuß heranzureichen. Ich wollte ihr helfen, aber sie bedeutete mir mit einer wedelnden Handbewegung, dass ich das sein lassen sollte.

Frau Schmidtbauer trägt Windeln, sagte sie. Hat sie mir beim letzten Mal erzählt. Sie ist zwei Jahre jünger als ich!

Hilde glucks te und zog sich stöhnend den Stützstrumpf über das Bein.

40

Ich werde niemals Windeln tragen. Niemals. Vorher mache ich Schluss.

Schluss?, fragte ich.

Ja.

Aber wir sind doch da, sagte ich.

Sie machte wieder diese verscheuchende Handbewegung. Ich werde nichts sein, das herumliegt und anderen zur Last fällt, sagte sie.

Es wäre keine gute Idee gewesen, weiter nachzufragen. Ich ging zu dem Spiegel, um Hilde das mit den Strümpfen in Ruhe erledigen zu lassen, aber auch weil mich ihre Tuben, Cremes und Schminkutensilien interessierten. Um besser sehen zu können, stellte ich mich auf die Zehenspitzen. Ich wollte den Rougepinsel anfassen, den pinkfarbenen, weichen Kopf, an dem Puder riechen, die goldenen Deckel aufmachen, traute mich aber nicht, nicht nach der Ohrfeige. Stattdessen sah ich mich im Spiegel an und stellte mir vor, wie es aussehen würde, wenn auf meinen Wangen Rouge wäre, wenn meine Lippen glänzen würden, wenn meine langen Haare auf dem Hinterkopf zusammengesteckt wären. Im Spiegel sah ich, dass Hilde inzwischen einen Stützstrumpf geschafft hatte und jetzt mit dem anderen beschäftigt war. Ich nahm meine Haare, fixierte sie mit den Händen auf dem Hinterkopf, lächelte mich an. Und plötzlich stand sie hinter mir, sie guckte mir im Spiegel in die Augen. Sie verzog ihr Gesicht, streckte mir die Zunge raus, ich ließ meine Haare fallen.

Los, sagte sie und schubste mich zur Tür. (Nur leicht. Es war irgendwas zwischen Schubsen und Schieben.) Ich ging vor ihr über den Flur, den dunkelgrünen Läufer, das dunkelbraune

Parkett, vorbei an ihrem Schlafzimmer, aus dem es besonders stark nach ihr roch.

Du gehst jetzt schwimmen, sagte sie. Wir treffen uns in fünf Minuten am Becken.

Hilde sagte, es sei bekloppt und unvernünftig, nach dem Essen zu schwimmen, deswegen war unser Schwimmtermin immer vor dem Frühstück. Ich sollte lernen, wie man *vernünftig* krault und wie man einen *vernünftigen* Kopfsprung macht. Sehe ich heute Leute, die kraulen oder einen Kopfsprung machen, weiß ich sofort, ob sie es auf vernünftige Weise tun. Ich mag es nicht, sie zu beurteilen, aber es passiert einfach, und meistens kraulen und springen sie nicht vernünftig. Sie werfen den Kopf in den Nacken und atmen falsch, sie halten beim Springen die Beine nicht geschlossen, sie kippen über, und es sieht vollkommen lächerlich aus. Hildes Pool war ungewöhnlich lang, etwa zwanzig Meter, man konnte also richtig Bahnen schwimmen. Ich erschien pünktlich am Becken, in dem rosa Bikini, den meine Mutter vor ihrer Abreise noch besorgt hatte, weil mir jetzt Brüste wuchsen. Hilde stand am Rand, mit Sonnenhut, Trillerpfeife um den Hals und Shorts, aus denen ihre langen Beine herausstakten. In der Hand hielt sie ein Kristallglas, ihren Sektkelch (*für den Blutdruck*). Sie musterte mich, als ich auf sie zukam, ein Handtuch vor die Brust gepresst, denn ich wollte nicht, dass sie sah, was da los war. Meine Mutter und ich hatten die Brustsituation besprochen. Sie hatte genickt wie jemand, der eine hohe Telefonrechnung bekommen hat und weiß, dass da nichts zu machen ist, dann hatte sie gelächelt und gesagt, das sei zwar ein bisschen früh, aber eigentlich auch etwas Schönes. Ich fand es furchtbar, aber auch gut, weil mit mir etwas passierte, was meine Mutter beschäftigte, und im Grunde wäre mir ja jede Neuigkeit recht gewesen, um auch Hilde zu unterhalten, aber die Brüste nicht. Ich versteckte sie also unter dem Handtuch und lief etwas schneller, weil Hilde immer schnell lief, und dabei hasste ich, wie dünn und klein ich war und dass ich fror. Als ich bei Hilde ankam, roch ich ihren Alkoholatem, ihr standen Schweißtropfen auf der Oberlippe. Sie streckte ihre freie Hand aus, sie wollte das Handtuch. Ich reichte es ihr, sie sah das rosa Bikinioberteil, die Brustansätze und schnalzte mit der Zunge.

Kind, rief sie komisch laut, so als wären wir nicht allein, du kannst nicht im Zweiteiler trainieren, das geht nicht. Zieh das da aus, sie deutete auf das Bikinioberteil, das brauchst du nicht, das ist ja albern.

Ich zögerte, aber ihre Augen blitzten, und ich fand das mit den Brustansätzen im Grunde ja auch falsch. Hilde streckte die Hand aus, ich kriegte das Oberteil nicht ohne Weiteres auf, sie stellte den Sektkelch neben sich auf den Boden, riss an den Schnüren, hielt dann das rosa Stück Stoff in den Händen und ließ es hinter ihrem Rücken verschwinden. Ich hielt die Arme kerzengerade neben meinem Oberkörper, denn hätte ich sie vor der Brust verschränkt, hätte das bedeutet, dass ich mir einbildete, es gäbe dort etwas zu sehen. Hilde guckte auf diese kleinen rosa Wunden, als würde ich irgendwelche Ansprüche erheben, aber ich hatte keine Ansprüche, ich hätte es ihr sagen wollen, *Hilde, ich habe keine Ansprüche*. Aber ich ging weiter, unter ihren Blicken ging ich schnell weiter zum Ende des Beckens, und Hilde, die auch nicht wusste, was sie tun sollte, blies in ihre Trillerpfeife. Das Wasser, über dem ich stand, war blau und hell, es glänzte, darauf die Konturen meines Körpers, von Brüsten war nichts zu sehen. Hilde pfiff wieder. Kopfsprung (*der Winkel, in dem du ins Wasser springst, muss kleiner werden*), Brustschwimmen (*mehr Widerstand aus den Armen, den Kopf nicht so tief ins Wasser*), Rollwende (*Scheiße, du nimmst den Schwung nicht mit*), Kraulen (*schon wieder die Atmung*), Rückenschwimmen (*nicht schlecht, bei Siegfried sah das auch immer wahnsinnig elegant aus*) und zum Schluss noch zwei Bahnen Sprint im Kraulen (*nicht schlecht*).

Wenn Hilde sagte, etwas sei *nicht schlecht*, dann war es ziemlich gut. Bahn um Bahn, eine Stunde lang, dabei hatten meine Muskeln schon nach zehn Minuten gebrannt und schmelzen wollen. Ich lieferte ab und liebte es, als Hilde mir danach die Hand reichte und mich aus dem Wasser zog. Sie lächelte, der Kelch war leer und stand auf dem Tisch neben den drei Liegen, auf denen nie jemand lag. Sie schwitzte nun auch auf der Nase, den Wangen und am Haaransatz. Unter den Augen waren kleine Sprenkel vom Mascara. Sie tätschelte mir die Wange, ihre Augen strahlten, aber nicht elektrisch, sondern ruhig. Ich zitterte, und wenn ich mich im Spiegel hätte ansehen können, wären meine Lippen blau gewesen, und mit diesen Lippen überreichte ich ihr mein Lächeln, das ich so tarierte, dass es nicht zu siegreich wirkte. Hilde wickelte mich in das Handtuch, rieb mich ab, das tat sie immer, mein Körper wurde rot (*gut für die Durchblutung*). Ich rieb mit, wir rieben beide, sie rieb auch an meinen Brustansätzen, aber ich rieb fester, und auf diese Weise verstanden wir uns. Hilde klatschte in die Hände.

Jetzt frühstücken wir, sagte sie.

44

Hilde hasste es, Essen zuzubereiten, aber sie tat es, weil es getan werden musste. Sie stand in der Küche, sie packte die Zutaten an wie Gegner, sie hackte, schälte, rührte, alles mit zu viel Kraft. Das heißt nicht, dass Essen ihr egal war, es hatte bloß nichts mit Genuss zu tun. Beim Essen ging es um zwei Dinge: den Körper mit Nährstoffen zu versorgen, satt zu werden. Außerdem ging es darum, nichts zu verschwenden und dass es billig war. Der Schinken schmeckte ihr besonders gut, wenn er am Rand ausgetrocknet war und in der Mitte leicht glänzte. Dann stopfte sie sich, die sonst darauf Wert legte, dass ich mich gerade hinsetzte und das Besteck richtig hielt, den Schinken in den Mund wie jemand, der Angst hat, erwischt zu werden. Joghurtdeckel und Schüsseln leckte sie mit der Zunge aus, die in diesen Momenten riesig wurde, lang und bläulich rosa wie von einer alten Ziege. Wenn irgendwo Schimmel war, kratzte sie ihn ab, nur so viel wie unbedingt nötig, und aß dann weiter. Sie liebte es, Dinge zu essen, deren Haltbarkeitsdatum überschritten war, sie holte Eis aus der Tiefkühltruhe, das über zehn Jahre alt war, und das löffelten wir dann zusammen und versicherten einander, wie lecker es war. Ihr Verhältnis zum Essen war auch deshalb kompliziert, weil sie Angst hatte zuzunehmen. Sie mochte dicke Leute nicht, auch ihre Haushälterin fand sie viel zu dick, das wusste ich von Siegfried (ich glaube, dass ich so dünn war, nötigte ihr Respekt ab, auch wenn ich natürlich *zu* dünn war, *schwach-dünn* und nicht *kernig*). Sie aß immer, als hätte sie keine Zeit. Stand viel Essen auf dem Tisch (weil sie Gäste gehabt hatte, weil etwas übrig geblieben war), rasten ihre Augen über die Töpfe und Schüsseln, deren Inhalt noch irgendwie in ihrem Bauch verstaut werden musste. Ich half ihr,

45

und wir kauten, kauten, kauten, wir hoben den Blick und betrachteten einander beim Kauen, bis es erledigt war und wir triumphiert hatten. Um das auszugleichen, aß sie dann manchmal einige Tage lang gar nichts. Nie jedoch hätte sie verzichtet, wenn es die *Gedrängte Lage* gab. Die *Gedrängte Lage* war ihr Spezialgericht, es gab sie am Ende der Woche. Sie schmiss dafür einfach die Reste von allem, was es in den letzten sieben Tagen gegeben hatte, in einen Topf und wärmte sie auf, fertig. Sie wirkte erleichtert, wenn es die *Gedrängte Lage* gab, ich glaube, ihr gefiel besonders, dass sie wohlhabend war, aber nie aufgehört hatte, feierlich die *Gedrängte Lage* zuzubereiten und zu essen. (*Wir hatten nichts, das kannst du dir nicht vorstellen. Du kannst dir nicht vorstellen, was Hunger ist. Ich habe im Wald von Wurzeln, von Gras und Baumrinde gelebt, einmal habe ich die falschen Pilze gegessen und alles wieder ausgekotzt. Alles umsonst.*)

Wir frühstückten um acht Uhr fünfundvierzig. Der Esstisch stand vor einem Erker, darauf ein weißes Tischtuch und in der Mitte eine silberne Drehplatte, die man nicht drehen durfte (ich weiß nicht, warum). Man musste sagen: *Könntest du mir bitte die Marmelade geben.* Neben dem Esstisch hing ein großer ovaler Spiegel, die schweren dunkelroten Vorhänge wurden mit Schlaufen zur Seite gehalten, aber wir saßen trotzdem im Halbdunkel, denn vor den Fenstern hingen weiße, halb durchsichtige Schals, und im Sommer waren auch die Rollläden bis zur Hälfte runtergelassen. Jenen Sommer habe ich als besonders heiß in Erinnerung, ich bin mir allerdings nicht sicher, ob das wirklich zutrifft, denn später fand ich heraus, dass er als ein ganz normal heißer Sommer galt. Aber wenn ich daran denke, war

46

es heiß, waren die Rollläden unten, und wir schwitzten schon morgens am Esstisch.

Ich hatte mich nach dem Schwimmen angezogen (Jeans und ein weites T-Shirt, Pferdeschwanz, ich fühlte mich wohl so, aber dann auch wieder nicht, denn Siegfried hätte es nicht gefallen). Mein Platz war gegenüber dem Spiegel, ich stand neben dem Stuhl und wartete auf Hilde. Setz dich, setz dich, rief sie, die zwischen Esszimmer und Küche hin und her lief. Das Schwimmen war erfolgreich gewesen, Hilde war gut gelaunt, und das war das Beste. Wenn sie sich über mich freute.

Wie viele Eier isst du, mein Kind?, fragte sie und strich mir über den Kopf. Es war wichtig, hier genaue Angaben zu machen, damit nichts übrig blieb.

Zwei, sagte ich, obwohl mir eins gereicht hätte. Sie kam mit drei Eiern wieder und einem Schinkenbrot, zwei große Scheiben, klatsch, klatsch, Kochschinken dazwischen, viel Schinken, viel Fleisch, ein Zeichen ihrer Zuwendung. Forsch und unsicher zugleich stellte sie mir den Teller hin, ein riesiger Teller, auf dem das Essen lag.

Danke, Hilde, vielen Dank!

Ich wusste ja, wie sehr sie es hasste, Essen zu machen. (Weil sie Besseres zu tun hatte oder weil man Essen brauchte und dadurch Schwäche zeigte?) Ich bedankte mich noch einmal, so als würde ich gratulieren, sie winkte ab, ich sah auf meinen Teller.

Na los, iss, iss, rief sie und versetzte mir mit ihrem Zeigefinger einen sanften Stoß in den Rücken. Das Essen lag fremd auf dem Teller. Gelb, rosa, weiß, schwarz (das Brot etwas verbrannt im Toaster), hart, weich, feucht, trocken. Sie stand neben mir, ich sah, dass ihr Blick mich prüfte.

47

Mach schon, komm, sagte sie und deutete mit einem Nicken auf den Teller. Wenn Hilde mir sagte, dass ich etwas auf der Stelle tun sollte, gab es immer diesen Moment, in dem ich kurz erstarrte (denn was wäre, wenn ich es nicht tun würde, die ganze Kette von Worten, Blicken, Handlungen stand mir dann vor Augen, und ich konnte mich nicht mehr bewegen). Hilde machte meine Tatenlosigkeit nervös, ihre Augen blitzten, und ich schaffte es, mich aus der Reglosigkeit zu reißen, egal wie es schmeckte, es war ganz einfach Arbeit, die erledigt werden musste. Ich verschlang das Schinkenbrot, die Eier, und das bedeutete, ich wusste, wer ich in dieser Situation war, ein hungriges, gesundes Kind, das selbstvergessen Essen in sich aufnimmt nach dem Sport. Ein Bild, das Hilde liebte, das aber noch besser hätte sein können, wenn ich ein Junge gewesen wäre (Siegfried, der mit drei schon Ski laufen konnte, völlig furchtlos, *mein Siegfried*). Ich wusste das, es war so offenkundig, dass ich es wieder vergaß. Wie verhält man sich, wenn man ein Junge ist? Ich stellte mir diese Frage nicht bewusst, ich wusste auch so, was zu tun war. Schlingen, von allem viel nehmen, nicht rumheulen, die Beine nicht übereinanderschlagen, keine Kleider tragen, den Mund nicht mit der Serviette abtupfen, sondern entweder abwischen oder einfach so lassen, weil man keine Zeit hatte, darüber nachzudenken, wie man aussah.

Hilde trank nur einen Kaffee und noch ein Glas Sekt. Sie saß mir gegenüber, sie hatte mir beim Essen zugesehen und gesagt, ich sei gut geschwommen.

Sie sagte: Du warst im Kraulen aber schon mal zwei Sekunden schneller. Na ja, morgen ist auch noch ein Tag. Nach dem Frühstück wird Mathe geübt, mein Kind. Und zuerst unterhalten wir uns noch ein wenig. Aber – sie hob den Zeigefinger – raffiniert, nicht wahr?

Sie lachte, und dabei vibrierte das Zelt. *Raffiniert* war neben *albern* und *bekloppt* eine ihrer Lieblingsvokabeln. *Raffiniert* waren Champagner oder Pralinen aus dem Café Krone, *raffiniert* waren die *Brandenburgischen Konzerte* und Parken, wo es verboten war, ohne erwischt zu werden. *Raffinierte* Unterhaltungen waren das Gegenteil von langweilig, und die hatte sie mit Herrn Professor Schmidtbauer, mit Dr. Dr. Schneider (Kardiologe) und früher mit Heinrich. Dabei schien es oft darum zu gehen, was nicht raffiniert war, zum Beispiel ihr Französischclub. Am Ende können wir perfekt über das Kochen parlieren, aber sonst nichts, sagte sie an diesem Morgen. Wir langweilen uns da gegenseitig zu Tode, aber *die Damen* würden es nie zugeben.

Hilde verdrehte die Augen, goss sich noch mehr Sekt in den Kelch. Ich lachte, es machte Spaß, ihr zuzusehen, es war eine Aufführung.

Früher war das anders, da hatte ich Heinrich. Wir konnten uns immer gut unterhalten.

Sie trank. Der Rand des Glases war voller rosa Lippenstift.

Na ja, manchmal nicht, wenn er seine Tage hatte.

Sie lachte, ein Lachen, das tief aus ihr herauskam und zu einem Grunzen wurde, vielleicht weil sie nicht dabei gesehen werden wollte, wie sie zu laut lachte, über Heinrich.

Dann hat er nicht mehr geredet. Das habe ich nie verstanden.

Was denn?

Ich fragte vorsichtig, aber wenn, dann war jetzt die Gelegen-

49

heit. Hilde blitzte mich an, dann strich sie die Tischdecke glatt und lächelte.

Hast du genug getrunken? Wenn du dich so verausgabt hast, musst du viel trinken. Bis zu drei Liter am Tag.

Sie nahm das Wasser von der Drehplatte und goss mein Glas voll.

Trink, sagte sie, und ich trank. Sie nickte und lächelte. Sie beugte sich nach vorne und streckte mir über das Tischtuch hinweg ihre schmale, lange Hand entgegen. Weiche, weiße, dünne Haut, die von Ringen eingeschnürt wurde. Viele Ringe, zwei Eheringe, ein Siegelring am kleinen Finger. An der anderen Hand, mit der sie den Hals des Sektkelchs umfasste, war der Ring mit dem roten Diamanten, groß, oval und von kleinen weißen Diamanten eingeschlossen. Wir hielten uns bei den Händen, sie streichelte meine, ich ihre, und dabei fuhr ich mit den Fingern über den Diamanten.

Von meiner Mutter, sagte sie, obwohl ich das längst wusste. Sie seufzte und setzte sich gerade hin, als hätte sie sich an ihre Absicht erinnert, ein raffiniertes Gespräch zu führen. Meine Mutter hätte den Französischclub auch verflucht, sagte sie. Sie hat klassische Musik gehört und Schach gespielt. Alles andere hat das Kinderfräulein erledigt.

Das mit dem Kinderfräulein klang verächtlich, obwohl sie das bestimmt nicht gewollt hatte. Sie pausierte kurz, als hätte sie sich erschreckt, und sprach dann schnell weiter.

Siegfried hatte nie ein Kinderfräulein, er war immer bei mir. Mein kleiner Siegfried.

Ich wusste nicht, was ich dazu sagen sollte, aber es kam bei unseren Gesprächen nicht darauf an, was ich sagte. Sie hätte weiterreden müssen, aber ihr Rücken wurde runder, sie streichelte weiter, außerordentlich und eigentlich zu viel. Sie machte sich ihren Kelch voll und trank. Ihr Make-up war verwischt, sie schwitzte. Es gab einen kurzen Moment, in dem sie erschöpft oder vielleicht enttäuscht wirkte, aber dann besann sie sich wieder, ihre Augen suchten den Raum ab, sie trommelte mit den Fingern auf die Tischplatte. Dann sprang sie auf, und unwillkürlich tat ich es auch. Ich begann den Tisch abzuräumen, sie fegte mit einem kleinen Tischhandfeger das Tischtuch, inbrünstig, ich glaube, sie liebte diese abschließende Handlung nach dem Essen. Wenn endlich alles erledigt war und sauber, wenn es endlich nichts mehr gab, was sie daran hinderte, raffinierte Dinge zu tun. Als ich aus der Küche kam, um die letzten Sachen zu holen, stand sie dort, wo ich gesessen hatte, gegenüber dem Spiegel. Sie stellte sich mir nicht direkt in den Weg, aber sie sah mich so erwartungsvoll an, dass ich stehen blieb. Wir standen uns gegenüber, ich lächelte sie kurz an, und da zog sie mich zu sich heran und presste mich an sich. Eine nasse Umarmung, die nach Hilde roch, so fest, als müsste sie mich drücken, damit in ihr nichts platzte. Ihr satter Geruch durchströmte mich, und sie küsste mich, als hätten wir uns lange nicht gesehen, gelöst, weil uns dabei niemand zusah. Links und rechts und noch mal. Siegfried hatte mir mal erzählt, dass Hilde ihn so gut wie nie geküsst, umarmt oder gestreichelt hatte. Dass man Kinder küsste, dass das sogar erwünscht war, hatte sie erst später gelernt, als sie meiner Mutter zugesehen hatte, und sie probierte es mit mir aus. Ich hatte nichts dagegen, ich freute mich. Durch die Umarmung hindurch sah ich uns im Spiegel, und sie löste sich von mir, fasste mich bei den Schultern und lehnte ihren Kopf nach unten gegen meinen, sodass zwischen unseren Augen nur wenige Zentimeter lagen.

Weißt du, was meine Mutter immer gesagt hat?

Ich schüttelte behutsam den Kopf.

Sie hat gesagt, nur Mädchen und dumme Gänse gucken sich im Spiegel an.

Ich verstand nicht, nickte aber.

Sie streichelte mir die Wangen, es wirkte feierlich. Als hätte sie mir ein Geheimnis verraten, das für mich einmal sehr wertvoll sein würde. Natürlich wollte ich sofort in den Spiegel gucken, aber meine Augen blieben bei ihr, die mich anblitzte und zufrieden schien.

Ich wollte keine dumme Gans sein.

Danach Mathematik, und ich setzte mich mit dem Rücken zum Spiegel. Bonne fortune, rief Hilde und verließ den Raum. Mathematik, sagte sie (ratterte sie, begleitet von ihren schnellen Schritten, klack, klack, klack), kann im Grunde jeder Idiot, auch wenn man es nicht weiß, kann man es, weil alles Mathematik ist. Dass du eine gute Zensur in Mathematik brauchst, ist auch nichts anderes als Mathematik, das heißt, du machst im Grunde den ganzen Tag nichts anderes als Mathematik und kannst es folglich auch. Was soll das denn heißen, du kannst Mathematik nicht, das langweilt mich jetzt wirklich!

Ich hatte nicht gesagt, dass ich es nicht könne. Aber so waren Hildes Sätze oft, man konnte ihnen nichts entgegnen. Ich hatte kein Problem mit Mathe, aber es wäre unmöglich gewesen, ihr zu erklären, dass ich während einer Klassenarbeit nicht anders konnte, als ans Scheitern zu denken, während ich zusah, wie die anderen schrieben und schrieben, konzentrierte gute Kinder, daran zu denken, dass ich bei weiterem Versagen aussortiert werden würde, raus aus der Klasse und irgendwann womöglich sogar aus der Schule – denn ich sah ja die Angst in den Augen meiner Mutter und Siegfrieds, die Angst, mit der sie ihr Leben erledigten. Hilde sagte nur, meine Noten seien schlecht und das sei inakzeptabel. Man setzt sich einfach hin und übt, jeden Tag zwei Stunden, *ganz einfach*. Ich lernte also allein am Esstisch, und es war wirklich nicht schwer, weil mir niemand zusah, es war friedlich. Gelegentlich glaubte ich zu bemerken, dass mir die Sache mit dem Gesicht und dem Kopfschütteln wieder passierte (kurz nicht wissen, was ich gerade gemacht hatte, und ein Rest Kopfschütteln). Aber das war nicht schlimm, so wie auch ein Fehler beim Rechnen nicht schlimm gewesen wäre, weil niemand mich sah. Also rechnete ich, und es war gut, und dabei hörte ich Hildes Geräusche, die in der Zwischenzeit Dinge erledigte (sie sagte *Büro machen*). Sie gab dem Gärtner und der Haushälterin Anweisungen, sie telefonierte mit der Bank und machte sich für das Café Krone zurecht. Nach exakt zwei Stunden kam sie ins Esszimmer, überflog nickend die Aufgaben, zuckte mit den Achseln und sagte, das sehe doch alles sehr richtig aus.

So, zieh dich um, wir gehen zum Tee. Kleide dich anständig!

Sie zeigte auf meine Jeans und das T-Shirt, in der Hand wieder den Sektkelch.

Die Hauswirtschafterin hat dein Matrosenkleid schon gebügelt. Es hängt im Bad über der Badewanne.

Ich wollte das Matrosenkleid nicht anziehen. Es war viel besser, Hilde in Jeans und T-Shirt gegenüberzusitzen.

Nun mach schon! Professor Schmidtbauer ist immer fünf Minuten zu früh.

Ich ging langsam ins Bad. Als ich die Tür abschließen wollte, bemerkte ich, dass der Schlüssel weg war (er war da gewesen, noch am Abend davor, ein goldener Schlüssel mit einem ovalen Kopf). Das Matrosenkleid hing über der Badewanne, steif und kalt wie eine Puppe, die etwas verlangte. Ich zog mich bis auf das T-Shirt aus und sah zu der Ablage mit Hildes Kosmetik. Der rote Flakon, die Pinsel, der Lippenstift, der Spiegel. Ich sah mich um, wenn Hilde käme, würde ich es hören. Ich öffnete das Parfüm, roch daran. Ich hatte meine Haare nach hinten gebunden, man sah nicht, dass sie da waren und lang. Mund, Augen, Nase, Stirn, Wangen, ohne Kommentar, wie Wasser eigentlich. Ich drehte mich noch mal um und tupfte ein wenig von Hildes Lippenstift auf Mund und Wangen. Dann stellte ich das Parfüm auf meine flache Hand und hob sie so an, dass es im Spiegel zu sehen war, wie in einer Werbung. Ich weiß nicht, wie sie es gemacht hatte, aber plötzlich stand Hilde neben mir. Sie nahm mir das Parfüm weg, stellte es knallend zurück und wischte mir einmal mit der flachen Hand übers Gesicht, um den Lippenstift zu entfernen. Ihr Make-up war nicht mehr verschmiert, es war alles frisch angemalt, der blaue Kajal, Mascara, roséfarbene Lippen, ihr offizielles Gesicht. Sie sah in den Spiegel und machte eine Grimasse (Lippen nach oben gezogen, sodass ihre gelben Zähne zu sehen waren, Augen zusammengekniffen). Dann schubste sie mich aus dem Bad – diesmal war es eindeutig ein Schubsen, von hinten und mit Kraft – und warf mir das Kleid hinterher.

Fang, rief sie lachend, ein Ferienlagerlachen, und dann: Los, zieh das jetzt an. Wir kommen deinetwegen nicht zu spät, liebes Fräulein.

Ich stand vor ihr, neben der Tür zu ihrem Schlafzimmer, in dem die Haushälterin gerade staubsaugte, und bewegte mich nicht. Sie war mit zwei Sätzen bei mir (warum war sie so schnell, wie schaffte sie das?) und zog mir das T-Shirt aus. Die Haushälterin hob den Kopf, sah mich an, senkte aber den Blick gleich wieder, als Hilde in ihre Richtung schoss.

Denken Sie daran, heute sind die Abflüsse dran, befahl sie. Ich stand in Unterhose neben ihr, verschränkte die Arme vor der Brust. Hilde nahm meine Handgelenke, öffnete meine Arme (kurze, gierige Blicke auf die Wunden), dann stopfte sie meine Arme in die Ärmel des Kleides und schloss die Knöpfe am Rücken.

Jetzt brauchst du noch eine Frisur. Geflochtene Zöpfe, nicht?

Sie löste das Zopfband, und ich wusste, dass es ein Desaster werden würde. Es ziepte, Strähnen fielen ihr aus der Hand, sie nahm sie irgendwann wieder auf, ihre Finger fuhren mir wie Äste über die Kopfhaut, starr und ungelenk. Sie sagte, ich hätte einen schönen, einen guten Hinterkopf. Ich wusste nicht, was das sein sollte, sie zog an meinen Haaren, ich unterdrückte Schmerzenslaute. Sie sagte, ein guter Hinterkopf ist nicht platt, sondern definiert, so wie Siegfrieds Hinterkopf, Siegfrieds Hinterkopf ist perfekt, das sagte sie wirklich. Am Ende kriegte sie das mit dem Gummi nicht richtig hin. Ich half ihr, betastete danach meinen Kopf, der Zopf war schief, lose und gleichzeitig zu fest, ein angegriffenes Vogelnest, ein Seeufer mit Schilf, in das irgendwas reingekracht war, überhaupt nicht perfekt, aber ich sah mich nicht an, auch nicht, als wir durch den Vorraum am Spiegel vorbeiliefen und sie genau registrierte, wo ich hinguckte.

An jenem Morgen war sie angetrunken, aber sie fuhr auch sonst schnell. Eine schwarze S-Klasse, 80er Baujahr mit beigefarbenen Ledersitzen, keine Automatik, das fand sie albern. Sie rollte die Quellenweg runter, breit und gepanzert, mit geschlossenen Fenstern, die Luft drinnen voll von ihrem Parfüm, so voll, dass es am Anfang brannte auf den Schleimhäuten. Wir hörten klassische Musik, laut (Beethovens *Fünfte*, beim Autofahren immer). Man musste rufen, wenn man sich etwas sagen wollte, aber während dieser Fahrt zum Café Krone war sofort klar, dass Hilde überhaupt nicht vorhatte, etwas zu sagen. Irgendetwas war mit ihr, mit uns. Sie saß gerade, den Kopf in den Nacken gelegt, das Kinn nach vorne geschoben, und bewegte ihren Kopf ruckartig zur Musik, nur ganz leicht, wie ein vornehmer Dirigent. Ihr Blick war ernst und zufrieden, auf das gerichtet, was vor ihr lag, sie schaute nicht mal, als sie jemandem, der von rechts kam, die Vorfahrt nahm, winkte bloß, als durch Beethoven hindurch ein Hupen zu uns drang. Dumme Sau, sagte sie, alberner Reiskocher (es war ein Toyota gewesen). Die Menschen um uns herum auf den Fahrrädern und den Fußwegen waren Insekten, die jederzeit zerquetscht werden konnten. Ich hatte Angst um sie, aber es gefiel mir auch, neben Hilde zu sitzen, schnell und unangreifbar, obwohl ich genau wusste, dass dieser Platz eigentlich nicht für mich war, dass ich nur wegen Siegfried dort saß, der nicht mein Vater war, Siegfried, der früher da gesessen hatte. Ihr Kopf zeigte geradeaus, meiner zu ihr, meine Augen scannten sie im Profil, wie sie die Vorderzähne in die schmale Unterlippe drückte, und ihre Augen, nicht blinzelnd, aber immer in Bewegung. Ich wusste in diesem Augenblick nicht, warum sie schwieg, ob ich etwas gemacht hatte (der Spiegel, das Matrosenkleid, die Brüste, keine Ahnung) oder ob sie sich einfach aufs Fahren konzentrierte. Ich wusste nur, dass bei ihr, wenn sie so guckte, für mich nichts zu holen war. Sie schwieg, und während ich hasste, dass sie schwieg, fuhr sie und strich langsam über das Lenkrad, das oben und unten aus Wurzelholz war und links und rechts, dort wo die Hände sein sollten, aus schwarzem Leder. Aber Hilde nahm nicht beide Hände beim Lenken, sie nahm nur die rechte Hand, die mit dem Ring ihrer Mutter, was sehr gut und gekonnt aussah. Ihre Autofahrhand: Wie sie den kleinen Finger abspreizte, wie sie Zeige- und Mittelfinger in den ledernen Winkel legte, wie sie das Leder wieder umschloss, wie ihre Finger tanzten, zart und kontrolliert, obwohl Hilde wahrscheinlich nie tanzte, es passte ganz einfach nicht zu ihr. Ich sah auf ihre Finger, es war eine Sache nur zwischen ihr und dem Lenkrad und der Straße, kein Platz dazwischen. Ich glaube, sie fuhr neunzig, wo fünfzig erlaubt war, es ging darum, vor Professor Schmidtbauer anzukommen, aber ich konnte nicht aufhören, auf eine Regung zu hoffen, und ich fragte mich, warum man eine dumme Gans war, wenn man sich im Spiegel ansah. Im Auto gab es einen Rückspiegel, einen Spiegel in der Sonnenblende über dem Beifahrersitz, zwei Außenspiegel. Ich könnte, dachte ich, die Sonnenblende berühren und gucken, was passierte, wie Hilde reagieren würde, ob es möglich war, dass ich mich ansah. Ich bewegte meine Hände auf die Sonnenblende zu, zack, ein Klaps auf meine Hand, und ihr Blick traf mich, es war ein Schlag, aber von innen, wie wenn Rauch auf deine Lunge trifft. Hilde griff nach meinem Unterarm, klemmte ein bisschen Fleisch zwischen Daumen und Zeigefinger, sie drehte das Fleisch, nur ganz kurz, dann ließ sie ab. Sie beschleunigte und lachte, lautlos, am ehesten ein Grinsen, und ich musste auch, meine Mundwinkel zogen nach oben, die Lippen rutschten über die Zähne hoch. Hilde fuhr über eine Ampel, die gerade auf Rot geschaltet hatte, als meine Hand, ohne dass ich es beschlossen hatte, wieder nach der Sonnenblende griff und sie dieses Mal tatsächlich erreichte, ich berührte sie, aber Hilde konnte verhindern, dass ich sie aufklappte.

Ich sollte einen Knicks machen, wenn ich Herrn Professor Schmidtbauer begrüßte, keinen, wo ich den Saum des Kleides links und rechts nach oben hielt und auffächerte, sondern einen Knicks, bei dem die Arme eng am Körper liegen, hatte Hilde gesagt. Mühelos und schnell, ohne viel Aufheben, kurz und zackig. Wir trafen uns im oberen Stockwerk des Café Krone, und zu Hildes Enttäuschung waren die Schmidtbauers schon da. Zwei weiße Büschel, die sich über die Karte beugten, eng beieinander, tastende Hände. Hilde ging mit schnellen Schritten auf sie zu, Herr Professor Schmidtbauer, rief sie und breitete die Arme aus. Frau Schmidtbauer hob den Kopf. Sie winkte Hilde zu und stieß vorsichtig ihren Mann an, der endlich den Kopf hob, als Hilde sich an ihrem Tisch anmeldete wie ein Soldat. Die Schmidtbauers standen langsam auf. Professor Schmidtbauers Gesicht war blind, er lächelte, nicht für die Leute um ihn herum, sondern für sich, wie jemand, der nichts mehr zu erledigen hat. Hilde ergriff seine Hand, die schlaff neben seinem Körper baumelte, sie drückte sie, seine Hand machte gar nichts, sein Arm baumelte Hildes Hand hinterher, und sie sagte: Guten Tag, Herr Professor Schmidtbauer, entschuldigen Sie die Verspätung. Frau Schmidtbauer stand daneben und ich auch. Ich wartete auf meinen Einsatz, ich wartete auf ihre Blicke, um den Knicks zu machen. Aber Hilde hatte mir noch kein Zeichen gegeben, mich nicht mehr angeguckt, seit wir das Café betreten hatten. Sie war ganz mit sich und Herrn Professor Schmidtbauer beschäftigt, der sich nun mit ihrer Hilfe und der von Frau Schmidtbauer kompliziert niederließ. Der Tisch der Schmidtbauers stand vor einer großen verspiegelten Wand. Ich sah hinein, es ging gar nicht anders, meine Frisur war grauenhaft, ich war sofort wütend, dass Hilde mich so herumlaufen ließ, und ich begann zu knicksen. Ich knickste, ich knickste weiter, mit Blick in den Spiegel, mit einem falschen Lächeln im Gesicht, dabei versuchte ich, den Zopf zu lösen, sah rüber zu Hilde, damit sie sah, wie ich mich im Spiegel ansah, wie ich knickste, lächelte, den Zopf aufmachte, und sie hatte es schon längst gesehen, wie sie immer alles sah. Sie griff meinen Arm, umschloss mein Handgelenk, zog mich neben sich auf den Stuhl, und ich musste lächeln, obwohl alles schrecklich war. Ich musste lachen, ich versuchte, es zu unterdrücken, aber ich prustete. Unter dem Tisch trat Hilde nach mir und traf mich am Schienbein. Ich schwieg, noch immer lächelnd, und faltete die Hände auf dem weißen Tischtuch. Die Bedienung kam, Hilde bestellte für uns (zweimal Himbeertorte, einen Kakao, einen Tee mit Rum), die Schmidtbauers bestellten auch, und Hilde lehnte sich zurück. Sie saß da wie ein Cowboy, sie erzählte mit weit

59

geöffneten, übergeschlagenen Beinen (Schuhe: Loafer mit kleinem Blockabsatz), dass wir zu spät waren, weil ich mich so lange hübsch machen musste und vorm Spiegel gestanden hatte.

Dreimal hat sie sich umgezogen, und bis sie endlich mit den Haaren fertig war!

Hilde lachte zu laut und nicht besonders vornehm, so als würde man rhythmisch auf eine Konservendose hauen. Ich sagte nichts, ich überlegte, was ich sagen könnte, und dann kam die Himbeertorte, ein großes Stück, Biskuitteig, rosa Creme, Himbeeren, obendrauf ein Schokoladenplättchen mit dem Café-Krone-Emblem. Der Kellner nickte, er lächelte, als er die Torte vor mir abstellte, und ich wusste, was für eine Bedeutung eine solche Himbeertorte für Hilde hatte, einfach so, unter der Woche. Es gab nichts, womit ich ihr das danken konnte, also löffelte ich, etwas langsamer als sie, die neben mir ebenfalls löffelte, lange nicht so schnell wie zu Hause, aber zügig.

Der Besuch im Café Krone verlief ab da ohne Zwischenfälle. Hilde sah mich nicht mehr an und sagte nur das Nötigste, trotzdem guckten wir abends die *Tagesschau* und hielten uns an den Händen. Aber als ich am nächsten Morgen aufstand, um zur Toilette zu gehen, fehlte der kleine Spiegel.

Ein ovaler Spiegel mit einem dunkelbraunen Holzrand, der vor gelben Fliesen über dem Waschbecken hing. Die Gästetoilette war neben dem Zimmer, in dem ich schlief, Hilde benutzte sie nicht. Ich war ein paarmal hineingegangen, bevor der Spiegel verschwunden war. Nach dem Schwimmen, vor dem Schlafengehen, ich hatte beim Händewaschen zuerst nur auf meine

Hände und nicht in den Spiegel geguckt und mir vorgestellt, wie Hilde mich beobachtete, dass sie sah, wie gut und arglos ich war, selbst wenn ich allein war. Aber dann hatte ich den Blick doch gehoben. Sofort Druckveränderung, und trotzdem oder genau deswegen hatte ich mich gerade hingestellt, posiert, gelächelt. Mein Brustkorb war wie aus Beton, von innen lehnte sich alles dagegen. Es wurde so eng und heiß, dass ich irgendetwas fest anfassen, verbiegen, rausreißen musste. Meine Hand griff nach der Türklinke, umklammerte sie, ich kontrollierte, ob die Tür auch wirklich abgeschlossen war, und dann machte ich allein vor dem Spiegel in der Gästetoilette Grimassen, hässliche, irre Grimassen, bevor ich schnell wieder nach draußen stürzte.

Am Morgen nach der Sache im Café Krone öffnete ich die Tür der Gästetoilette in Erwartung des Spiegels, doch der war nicht da. Ich fasste den Dübel an, der aus der Wand ragte wie ein Gruß von Hilde. Ich sah mich um, ob der Spiegel vielleicht irgendwo lag oder stand. Ich pinkelte, wusch mir die Hände, dann ging ich über den Flur zum großen Bad. Ich wollte mich auf den Hocker neben Hilde setzen, wollte ihr zusehen wie jeden Morgen, aber die Tür war zu. Ich klopfte, sie antwortete nicht, und ich war so fassungslos, dass ich ohne weitere Ankündigung die Klinke runterdrückte, aber Hilde hatte abgeschlossen.

Wir sahen uns erst beim Schwimmen. Ich wartete am Beckenrand auf sie, nur in der Bikinihose, die Arme eng am Körper. Guten Morgen, rief Hilde von Weitem, weißes Hemd, weiße kurze Hose, Sonnenhut, Sektkelch. Sie lief geschäftig auf den Pool zu, die Stoppuhr in der Hand, irgendwas murmelnd, sie sah mich nicht an. Endlich hob sie den Blick, nickte, lächelte kurz – vielleicht war alles doch nur ein Missverständnis? – und teilte mit: erst Brust, dann Kraulen, dann Rücken und beim Kopfsprung auf den Winkel achten.

Ich hatte beim Training mit Hilde immer alles gegeben, aber jetzt gab ich noch mehr, ich durchpflügte das Wasser, als gäbe es keinen Widerstand. Hilde schnalzte mit der Zunge, gut, sagte sie, und ich freute mich. (Ich freute mich noch ein bisschen mehr, als ich beim Entlanggehen am Beckenrand mein Spiegelbild im Wasser sah, von Hilde unbemerkt, klar und erstaunlich scharf.) Wir rieben mich trocken, und ich zog das Bikiniunterteil aus, als wäre nichts, als hätte ich gar nicht die Zeit, über mich nachzudenken, und ich rieb auch zwischen meinen Beinen, pragmatisch und fest. Zum Frühstück, sagte Hilde und prostete mir zu, gibt es Eier mit Speck. An der Schwelle zum Esszimmer blieb ich stehen, um Hilde Gelegenheit zu geben, mich an meinen neuen Platz zu führen, und so passierte es auch. Sie schob mich sanft zu einem Stuhl, der mit dem Rücken zum Spiegel stand, und ich ließ es geschehen. Natürlich erwähnte ich den fehlenden Spiegel in der Gästetoilette nicht, stattdessen sprachen wir von meinen guten Ergebnissen beim Schwimmen (im Kraulen drei Sekunden besser als gestern, *hervorragend*), und ich aß zügig meinen Teller leer. Hilde lächelte. Danach Mathematik, ich rechnete eine Aufgabe nach der anderen ohne Schwierigkeiten, ich bekam nicht einmal mit, dass ich rechnete, erst als ich die ruckartigen Bewegungen meines Kopfes bemerkte, die zusammengekniffenen Augen und die hochgezogenen Lippen, wurde mir klar, dass ich da war und was ich tat. Hilde war nicht im Raum, ich hörte sie auch nicht in der Nähe. Es war still. Wie jemand, der zeigen will, dass er Kraft hat, stützte ich beide Arme auf die Tischplatte und erhob mich. Ich wartete zwei, drei Sekunden, dann drehte ich mich um und sah in den Spiegel (sehr offene Augen, ein Lächeln).

Was ich mich hier traute, war viel, für mich war es das. Würde es mir gelingen, mich von ihr unbemerkt im Garderobenspiegel anzusehen? Das Gesicht im Spiegel lachte mich an, und ich lief los, leise und schnell, aus dem Esszimmer und durch den Flur, um die Ecke, mein Puls schlug gegen den Hals, und ich dachte, dass ich es tatsächlich schaffen würde, als sie plötzlich vor mir stand. Vor der Tür, hinter der die Garderobe und der Spiegel waren, stand sie wie eine Wächterin. Sie guckte kalt und wütend und zugleich auf merkwürdige Weise amüsiert. Ich war erstarrt, mein Atem ging schnell und zu laut. Sie hob ihren Arm, sie drückte mir ihren Zeigefinger in die Brust, dicht neben der Erhöhung meines linken Brustansatzes, es war schmerzhaft. Ich lief rückwärts, sie schob mich zurück ins Esszimmer und sah mich fest an, aber ich senkte den Blick nicht, und ich glaube, es gab einen Augenblick, in dem wir fast gleichzeitig lächelten, kaum merklich, aber doch.

So ging es weiter. Der Garderobenschrank hatte drei schiebbare Türen. Die in der Mitte war verspiegelt, und man konnte sie über eine versetzt laufende Schiene hinter einer der anderen beiden Türen verschwinden lassen. Als wir zum Café Krone fuhren, war die verspiegelte Tür nicht mehr zu sehen, Hilde musste sie nach innen geschoben haben. Ich nahm das, ohne es mir anmerken zu lassen, zur Kenntnis. Es würde für mich ab jetzt so gut wie unmöglich sein, in diesen Spiegel zu gucken: weil die Tür zur Garderobe knarrte und weil die Schiene, über die das verspiegelte Schrankelement lief, jedes Mal ein Geräusch machte, als würde sie brüllen. Im Café Krone ging Hilde nicht wie sonst zielstrebig hoch in die erste Etage, wo die Wände verspiegelt waren, sondern bestellte unten an der Theke und ließ den Kuchen einpacken. Das große Bad war rund um die Uhr abgeschlossen, und als ich am nächsten Morgen gemäß unserer stillen Vereinbarung auf der Schwelle des künstlich beleuchteten Esszimmers (Rollläden geschlossen wegen der Hitze) haltmachte, deutete Hilde lächelnd auf meinen alten Platz, gegenüber dem Spiegel, doch der Spiegel war weg.

Dann sagte sie feierlich, sie habe schon befürchtet, die Brötchen seien zu hart, um sie zu essen. Aber mit einem Trick habe sie die wieder hingekriegt, ich könne so viele essen, wie ich wolle! Ich schaffte nur dreieinhalb und rechnete damit, dass sie sagen würde, das ist ja nichts, du kannst noch mehr. Aber sie erhob sich wie jemand, der bekommen hat, was er will, schnell und als hätte sie kein Gewicht zu tragen, und ging zu den Erkerfenstern, die von weißen Vorhängen verdeckt waren. Die schob sie ein wenig zur Seite, sodass sich für kurze Augenblicke das beleuchtete Esszimmer darin spiegelte, dann griff sie nach den Gurten der Rollläden und zog einen nach dem anderen polternd nach oben. Sie ging zum Lichtschalter neben der Tür und machte das Licht aus. Ein Jammer, hier im Dunkeln zu sitzen, das bekommt dir nicht, sagte sie und lächelte mit blitzenden Augen, und das war einer dieser Momente, in denen ich nicht mehr sagen konnte, ob nicht vielleicht doch alles so war, wie sie es an der Oberfläche aussehen ließ – ob ich mir unseren Spiegelkampf nur einbildete und sie eine ganz normale Großmutter war, die sich ganz normal um mich kümmerte.

64

Ich kniff die Augen zusammen. Das Esszimmer lag grell im Tageslicht. Es war, als wäre die Luft weiß, und am Kopfende des Tisches stand Hilde, grell geschminkt, die Hände auf einer Stuhllehne, den Kopf leicht in den Nacken gelegt, und sah mich an. Ich beeilte mich, meine Mathesachen auf den Tisch zu legen, Block, Buch, Stifte, Lineal. Dabei fiel mein Blick auf die silberne Drehplatte in der Mitte des Tisches. Das Silber war so klar, dass ich nur Zucker, Salz, Pfeffer, die Marmelade und den Honig zur Seite räumen müsste und schon könnte ich mich darin spiegeln. Ich lächelte und hoffte, dass Hilde nicht sofort das Zimmer verlassen würde, ich hoffte, sie sah, was ich sah. Ich räusperte mich und deutete mit dem Kopf sogar zur Drehplatte hin, eine kleine Bewegung. Dann trafen sich unsere Blicke, zwei Schüsse, ich kann nicht sagen, wer anfing. Das Blau in ihren Augen brannte, ich glaube, sie hätte mich gerne umgebracht, sie hätte gerne meinen Hals umklammert und ihre Daumen in meine Luftröhre gedrückt. Ich hielt ihren Blick nicht aus und lief los, und sie lief auch los, im gleichen Moment. Ich war näher an der Tür, sie kam vom Kopfende des Tisches, ich hatte etwas Vorsprung. Sie war schnell, sie sprang mehr, als dass sie rannte, aber sie hatte keine Chance. Wahrscheinlich grinste ich die ganze Zeit, auch als ich auf der Toilette ankam und hinter mir abschloss, ich weinte (aber so, dass man nichts hörte), ich biss mir auf den Zeigefinger und dachte dabei, dass ich hier, auf der gelben Gästetoilette, nicht lange bleiben konnte, weil die Wände zu eng waren und nichts von mir übrig lassen würden.

Ich sah Hilde erst am Abend wieder. Sie war nicht weggefahren (die Autoschlüssel lagen auf der Ablage neben der Graderobe, wo sie immer lagen), sie war im Haus gewesen, aber ich war ihr nicht begegnet, obwohl ich es versucht hatte (ich war umhergelaufen, was mir wie unrechtmäßiges Schleichen vorgekommen war, am Pool vorbei, über die Flure, durch den Garten, in dem *der Pole* den Rasen mähte, dessen Blicke mir gleichgültig und feindselig, in anderen Momenten dann wie die eines Verbündeten vorkamen).

Ich sah Hilde erst wieder, als sie abends einen Topf ins Esszimmer trug. Ich wurde sofort traurig, als ich sie ihre eiligen Schritte machen sah, den abgespreizten kleinen Finger der kleinen Hand, mit der sie den Topf festhielt, ich wurde traurig, als ich ihr Parfüm roch, ihr steifes Oberhemd rauschen hörte, denn sie sah an mir vorbei. Ich aß zwei volle Teller der in dieser Woche besonders widerlichen, weil verbrannten *Gedrängten Lage*, wie eine Maschine schaufelte ich ranzige Nudeln, Kartoffeln, Verbranntes in mich rein, *ohne mit der Wimper zu zucken* (Hilde liebte diese Formulierung), und dabei sah ich immer wieder zu ihr rüber, doch sie regte sich nicht. Dann gab sie mir einen festen Klaps auf den Hinterkopf, als mir die Sache passierte (absichtlich oder unabsichtlich, ich weiß es nicht), und ich war deswegen wirklich kurz erleichtert, aber mehr kam dann nicht von ihr, sie aß einfach weiter. Nach dem Essen räumte ich die Spülmaschine ein, und Hilde ging wortlos ins Wohnzimmer, ohne das Licht anzumachen. Ich brachte ihr den Sektkelch. Sie setzte sich in ihren Sessel, doch dabei streckte sie nicht wie sonst eine Hand aus und ließ sie über die Lehne hängen, als Zeichen dafür, dass sie auf mich wartete. Sie bat mich nicht, an die Salzstangen zu denken, und sie rief mir auch nicht zu, dass ich mich beeilen solle, weil die *Tagesschau* gleich losgehe. Sie saß einfach da und machte den Fernseher an, als wäre ich nicht da.

Ich ging zurück in die Küche, die Neonröhre über der Spüle brannte, und ich wusste nicht, was ich tun sollte. Alles war aufgeräumt. Ich drehte den Wasserhahn auf und zu, fuhr mit den Händen über die Arbeitsplatte, wischte sie noch einmal. Als ich die Schublade öffnete, in der das Besteck war, fiel mir das Glänzen der Messer auf, die das Neonlicht zurückwarfen. Ich nahm ein Messer heraus. Das Besteck durfte niemals in die Spülmaschine und musste von der Hauswirtschafterin ständig poliert werden. Das Messer war makellos sauber, es hatte nur überall winzig kleine Einkerbungen, weil es schon so alt war. Hielt ich es mir vors Gesicht, konnte ich mich streifenweise sehen, etwas trüb zwar, aber deutlich erkennbar. Die Augen, die Nase, der Mund. Vom Wohnzimmer her kamen die Geräusche des Fernsehers, und ich betrachtete die Haut meiner Wangen, erst ein Ohr, dann das andere. Wenn Hilde sich anschlich, dachte ich, würde ich es nicht mitbekommen.

Ich blieb noch ein bisschen stehen und sah mich an. Sie kam nicht. Stattdessen stand wenige Minuten später ich neben ihr, die in ihrem Sessel im Wohnzimmer saß, allein in der Dämmerung, während der Fernseher lief. Ich stand neben ihr, ich atmete schnell und hielt ihr ein paar Messer hin, dabei sah ich zu Boden. Sie hielt die Hand auf, sie griff, ohne mich anzusehen, nach dem Besteck und bedeutete mir mit einem Nicken, dass ich mich in den Sessel neben sie setzen durfte. Wir guckten die *Tagesschau*, aber ohne uns bei den Händen zu halten. Ich war ihr trotzdem dankbar.

Der Garderobenspiegel, der Spiegel im Esszimmer, das Badezimmer, die Gästetoilette, die Drehplatte, das Besteck. Nachts konnte ich nicht mehr schlafen. Ich lag im Bett und überlegte, ob es irgendeinen Spiegel gab, den ich vergessen hatte, den vor allem sie, Hilde, vergessen hatte. Die Seitenspiegel des Autos, aber das stand in der Garage, und die war alarmgesichert. Reisespiegel in Necessaires, wo hatte sie so was, im Badezimmer oder in dem Wandschrank davor? Waren dort, wo sie ihren Schmuck aufbewahrte (Kommode neben dem Bett) kleine Kästchen mit Spiegeln? Bestimmt in den Innenseiten ihrer Kleiderschränke, aber da kam ich nicht ran, ohne dass sie es merkte, und schon gar nicht nachts, während sie schlief. Wie schlief sie eigentlich, schlief sie überhaupt? Gab es das, Momente, in denen sie sich einfach der Welt überließ und die Augen schloss? Ich konnte es mir nicht vorstellen. Wenn ich nachts wach lag, glaubte ich manchmal von Weitem ein Schnarchen zu hören, das wie ein Knurren klang. Ich stellte mir einen Wolf vor, der auf allen vieren auf ihrem Bett stand, sobald jemand sich näherte. Aber manchmal stellte ich mir auch vor, dass dieser Wolf neben dem Körper von Hilde saß und ihren abgerissenen Kopf im Maul hielt. Ich wollte dieses Bild nicht in mir haben und schüttelte den Kopf hin und her. Dann fiel mir der Keller ein. Ich war nie weiter gekommen als bis zu dem Raum, in dem die Waschmaschine und der Trockner standen. Er war direkt links neben der Holztreppe, die in den Keller führte, doch weiter hinten befand sich noch eine Tür, die zu einem anderen Raum führte, das wusste ich, auch wenn ich diesen Raum nie betreten hatte. Ein paar Nächte lang dachte ich an diesen Raum, und ich weiß gar nicht, was am Ende den Ausschlag dafür gab, aber irgendwann stand ich einfach auf, ohne mir etwas überzuziehen, ich war nur im Nachthemd (Mickey Mouse) und hatte es eilig. Meine Haare klebten, die Luft stand, es war warm und stickig. Um meine Augen an die Dunkelheit zu gewöhnen, stand ich eine Weile auf dem Treppenabsatz, denn ich wollte das Licht nicht anmachen. Leise schlich ich nach unten, über die Holztreppe, so vorsichtig, dass sie kaum knarrte. Die Treppe machte eine Biegung, und als ich fast unten angekommen war, stellte ich zu meinem Erstaunen fest, dass durch den Türspalt des hinteren Raumes Licht fiel. Ich ging schnell auf die Tür zu, den kalten Steinboden unter den Füßen, die kalte Klinke in der Hand, drückte sie auf und sah eine Art Schneise, links und rechts durch Laken verhängte Gegenstände, Möbel vielleicht. An der Decke verliefen Rohre, ich schob ein Laken beiseite und dann noch eines, und zum Vorschein kamen Spiegel, einer nach dem anderen, der Spiegel aus dem Esszimmer, der aus der Gäste-toilette und noch viele mehr, ich stand in einem Kabinett von Spiegeln und sah mich in ihnen, multipliziert und verschwitzt und blass und mit diesen unverschämten Brustansätzen unter dem Mickey-Mouse-Shirt, aus dem meine Beine ragten wie Stelzen. Ich streckte meinen Spiegelbildern die Zunge raus, krümmte den Rücken, ich zog noch mehr Laken weg, die ich jetzt einfach auf den Boden fallen ließ, und als ich einen großen verspiegelten Schrank freilegte, öffnete sich seine Tür, und plötzlich hingen da fünf, sechs Anzüge, grau, schwarz, dahinter lehnten Krücken, eine Prothese, in einem Fach Kleinkram, als hätte jemand gerade seine Tasche ausgeräumt: ein Stofftaschen-tuch, Pfennige, ein paar Mark, Visitenkarten, Zettel, dicht be-schrieben in alter Schrift, die unbequem aussah, als müsste sie

69

immer gerade sitzen. Noch während ich nach einem der Zettel griff, spürte ich einen Luftzug neben mir, sah Hildes dünne weiße Hand nach meinem Handgelenk greifen, ich schrie auf und fuhr herum. Wir standen voreinander, von Spiegeln umgeben, und sahen uns in die Augen. Sie hielt mich noch immer am Handgelenk, und dabei zitterten wir beide, unsere Gesichter zitterten, ihr Kinn und ihr Mund bebten, und ich dachte, dass sie Lippenstift aufgetragen hatte, warum? Ich war mir aus irgendwelchen Gründen sicher, dass sie mir jetzt, in dieser Situation, keine knallen würde, rechnete aber trotzdem damit, und dann ließ sie mein Handgelenk los und stieß mich zur Tür, ein erlösender Stoß, und ich ging, ohne dabei in einen Spiegel zu sehen, schnell und leise, und hörte, wie sie die Kellertür abschloss.

In meiner Erinnerung war es an dem Tag, als Siegfried und meine Mutter mich abholten, sonnig und schon morgens so heiß wie an allen Tagen in diesem Sommer bei Hilde. Ich war früh aufgewacht und hatte eine Weile wach gelegen, dann war ich aufgestanden, um auf die Toilette zu gehen. Als ich die Tür öffnete, sah ich, dass der Spiegel wieder an seinem Platz hing. Ich sah mich an, strich mir die Haare hinter die Ohren und hörte dann plötzlich Hilde rufen: Kommst du? Ich zuckte zusammen und lief sofort los. Ich ging durch den Flur, an der Standuhr vorbei, es war kurz nach sieben, Hildes Badezimmerzeit. Durch die offene Tür zur Garderobe sah ich, dass die verspiegelte Tür wieder rausgeschoben war, und auch beim Badezimmer stand die Tür offen. Ich verharrte an der Schwelle, Hilde stand mit dem Rücken zu mir und machte sich vor dem

Spiegel zurecht. Wo bleibst du denn?, fragte sie, und ich setzte mich langsam auf den lindgrünen Hocker. Später beim Frühstück im Esszimmer – der Spiegel hing an der Wand, ich saß ihm gegenüber in meinem Matrosenkleid, es gab frische Brötchen, neue Marmeladengläser standen auf der Drehscheibe – trank Hilde Kaffee, nickte mir gelegentlich zu, sagte sonst aber kaum etwas. Dann klingelte es. Sie hob eine Hand, bedeutete mir, sitzen zu bleiben, stand auf, wartete im Türrahmen und winkte mich zu sich. Sie griff meine Hand, wir gingen zusammen auf die Haustür zu, sie mit geradem Rücken und großen Schritten. Sie machte auf, und wir lächelten. Siegfried und meine Mutter lächelten auch, aber meine Mutter etwas mehr. Sie sahen beide neu aus. Neue Kleider, neue Schuhe, am Hals meiner Mutter glitzerte eine Kette mit einem Anhänger, ich konnte nicht erkennen, ob er Blätter, Flügel oder ein Herz darstellen sollte. Meine Mutter ging in die Knie, um mich zu umarmen. Sie freute sich so sehr, dass sie während unserer Umarmung umfiel, und das war auch neu. Siegfried warf mich in die Luft, aber es strengte ihn an. Er lächelte, obwohl Hilde da war, er redete, fragte, wie es mir gehe, machte Witze, so als wollte er, dass keine Pause entstand. Meine Mutter lächelte anders als vor der Reise, sie wirkte gelöst, so als wäre sie gar nicht da und zugleich so präsent wie sonst nie. Ich sah rüber zu Hilde, und sie hatte es wohl auch bemerkt, ihr Blick ging immer wieder zwischen Siegfried und meiner Mutter hin und her. Wir standen im Eingang, vor dem Garderobenschrank. Hilde schob mich vor sich hin und legte mir die Hände auf die Schultern. Sie sagte, dass ich gut gegessen und sogar zugenommen hätte, dass meine Gesichtsfarbe jetzt viel gesünder sei, wie man ja

71

sehen könne, und kniff mir in die Wange. Sie berichtete von meinen guten Leistungen im Schwimmen und beim Mathe-lernen. Täglich hat sie gelernt, und sie ist geschwommen, sie war an der frischen Luft, rief Hilde und tätschelte meine Schul-tern. Ich sah nickend zu ihr hoch und dann, am Spiegel vorbei, in die Gesichter von Siegfried und meiner Mutter.

Drei

Alles, was ich will, ist herausfinden, was passiert ist und warum wir jetzt da sind, wo wir sind.

Ich will versuchen, dabei fair zu bleiben.

Ich muss aufpassen, es ist verlockend, hart und verächtlich zu sein mir selbst gegenüber. Weil das als Ausweis besonderer Redlichkeit und Integrität gilt, aber auch weil ich es lange geübt habe, mit Hilde als Lehrerin.

Was sie angeht, war ich in einem Punkt vielleicht nicht ganz fair. Es gab diese Momente, in denen sie erzählte (über den menschlichen Körper, von ihrem ersten eigenen Auto nach dem Krieg, wie es dauernd liegen blieb und sie es reparierte) und ich sah, dass sie sich sicher fühlte. Ich sah es daran, dass sie sich gegen nichts wehren musste. In diesen Momenten fürchtete ich mich nicht vor ihr, und ich verachtete sie auch nicht, ich wollte einfach, dass sie weiterredete und ich ihr zuhören konnte.

In meinen Erinnerungen trägt sie in diesen Momenten kein weißes, sondern ein blau-weiß gestreiftes Männerhemd, königsblau. Ihre Stimme ist tief und etwas kratzig, und sie unternimmt nichts, um das zu ändern. Sie sitzt auf dem Chippendale-Sessel im Wohnzimmer, sie hat eine dunkelblaue Hose mit Bügelfalten an, das rechte Bein liegt breit angewinkelt über dem linken, der Schoß ist weit geöffnet. Ihr Rücken ist leicht gerundet und zurückgelehnt, ihre Arme ruhen auf den Armlehnen, ihre Hände hängen darüber hinweg nach unten. Manchmal hebt sie eine Hand, um ein bestimmtes Wort zu unterstreichen, dann lässt sie sie wieder sinken. Gelegentlich greift sie nach der filigranen Teetasse, die mit dem gelben Drachen darauf. Sie hält sie nicht am Henkel, sondern umschließt die Tasse mit Daumen und Zeigefinger, so von oben. Die meiste Zeit ist sie sparsam mit ihren Bewegungen, wie jemand, der nur wenig tun muss, damit ihm zugehört wird. Es wirkt wie ein Triumph.

So sicher, so selbstverständlich habe ich sie eigentlich nur erlebt, wenn wir allein waren. Wenn Siegfried und meine Mutter dabei waren oder die Schmidtbauers, regulierte sie ihr Auftreten so, dass es weniger herb wirkte. Sie hielt dann die Teetasse an ihrem Henkel. Wenn sie mir aber etwas erzählte und sonst niemand dabei war, regulierte sie gar nichts, und sie liebte es. Sie erzählte, als würde sie über eine Landschaft herrschen.

Ich glaube, das alles fing schon früh an, als sie noch ein junges Mädchen war.

Es muss wie bei einer hektischen Probe gewesen sein. Hilde war losgerannt, sie wollte die Erste sein, das wollte sie immer, und sie hat es auch geschafft. In der Ankleide hingen zwei Kostüme: das eines Herrschers, eines kriegerischen Königs. Und ein Ballkleid, kostbar in zarten Farben. Hilde war nicht blöd, das Kostüm des Herrschers war natürlich das vielversprechendere, reizvollere Angebot. Und sie muss aus irgendwelchen Gründen auch unverschämt gewesen sein (ich meine: *nicht* ver-

74

schämt). Andernfalls wäre sie nie losgerannt, hätte nicht das Kostüm des Herrschers schöner gefunden, hätte nicht danach gegriffen (nach den Waffen, der schweren Krone, dem Geld, der Unabhängigkeit, dem Herzinfarkt). Hilde war drahtig, schmal, groß, trotzdem viel Brust. Das Kostüm war zu schwer, eigentlich für jeden, trotzdem nahm sie es.

Ich weiß nicht, was sie mit den Grausamkeiten machte, die sie als Kind und als junge Frau erlebt hatte, wo sie die eigentlich ließ. Ich hatte nur eine Ahnung von ihnen (ich wusste, wie grausam Hilde sein konnte), und wahrscheinlich waren sie auch ein Grund, warum ich an dem Morgen, als Alex nicht mehr mit mir sprach, in die Psychiatrie fuhr und mich dort ins Wartezimmer setzte. Ich hätte was erleben können, wenn ich mich so breitbeinig hingesetzt hätte, wie sie das manchmal tat, wenn ich etwas erzählt hätte, als würde ich mich auskennen (*bilde dir ja nichts ein*), doch ich mochte sie in diesen Momenten, weil ich dann nichts zu befürchten hatte. Ich wollte ihr zuhören, und wir waren beide in Sicherheit.

Zugleich spürte ich den Impuls, den tiefen Wunsch eigentlich, sie von ihrem Thron, ihrem Ledersessel zu stoßen, den sie sich erkämpft hatte und von dem sie behauptet hatte, er wäre ihrer. Ich wusste, wie leicht es gewesen wäre, sie nackt dastehen zu lassen, ich wusste es von ihr.

(Ich glaube, was ich eigentlich sagen will, ist, dass ich sie sehr geliebt habe.)

Eigentlich hatte Siegfried schon lange aufgehört, mit ihr zu sprechen. Aber in dem Moment, in dem sie nichts mehr konnte, als sie nur noch im Bett lag, begann er sie wieder regelmäßig zu besuchen, jeden Samstag fuhr er von Wolfsburg aus zu ihr.

Hilde konnte sich nicht mehr allein entleeren, nicht mehr reden, aufstehen, laufen. Es muss die Hölle für sie gewesen sein, so wie unsere Besuche. Nach der Trennung war ich bei Siegfried geblieben, der weiter viel gearbeitet hatte, bis er für mehrere Monate nach Bratislava musste, eine Dependance aufbauen. Die Frage, ob Hilde sich um mich kümmern würde, hatte sich nicht gestellt (Siegfried erwähnte sie nicht mal), und ich zog zu meiner Mutter nach Braunschweig, ohne dass er beleidigt sein konnte. Von dort aus fuhr ich dann Jahre später die bettlägerige Hilde besuchen, ungefähr alle zwei, drei Wochen. Das war die Zeit, in der mein Versuch begann, mich von Siegfried zu distanzieren, wenigstens ein bisschen, ihn nicht mehr so oft anzurufen, nicht jedes Mal alles stehen und liegen zu lassen, wenn er mit mir essen gehen wollte, manchmal vielleicht sogar abweisend zu ihm zu sein. Er schien es nicht mal zu bemerken, und ehrlicherweise legte ich meine eigenen Besuche bei Hilde so, dass wir uns begegneten, auch wenn ich mir selbst einredete, dass es nur daran lag, dass am Sonntagabend die Busse vom Braunschweiger Bahnhof zur Wohnung meiner Mutter seltener fuhren und ich diesen Tag brauchte, um für mein Abitur zu lernen, das kurz bevorstand. Siegfried hatte mir zum achtzehnten Geburtstag ein Auto geschenkt, das ich aber kaum fuhr (auch dazu sagte er nichts). Zu Hilde nahm ich erst den Bus und dann den Zug. Am Abend bevor ich sie besuchte, wusch ich mir die Haare und aß bis zum nächsten Abend nichts, abgesehen von ein bisschen Obst.

Er saß immer auf der Kante ihres Bettes, nicht auf dem Stuhl, der danebenstand, das weiß ich noch, weil ich fand, dass es nicht zu ihm passte. Wenn ich reinkam, musterte er für einige

Sekunden meine Aufmachung, ich sah sofort, wenn ihm etwas missfiel, und ahnte, was es war (*billige* Materialien, ungeputzte Schuhe, abgeplatzter Nagellack oder, das Allerschlimmste, ein *unvorteilhafter* Schnitt). Auf einem rollbaren Tisch für Leute, die im Bett liegen müssen, lag die feinste Schokolade aus dem Café Krone (Bitterschokolade mit Marzipan, fürchterlich). Hildes Mund war schokoladenverschmiert, er schien sie damit zu füttern, wenn sie allein waren. Ich zog mir den Stuhl heran, und dann wechselten wir ein paar Worte: Was macht die Schule? Bei dir auch alles okay? Viel Arbeit? Ja, wahnsinnig viel zu tun. Aber wir müssen bald mal wieder essen gehen. Es dauerte nie länger als eine halbe Stunde, bis er aufstand, meistens nicht mal zwanzig Minuten. Ich sehnte diesen Moment herbei, war dann aber doch jedes Mal traurig. Er gab mir einen Kuss auf die Wange, links und rechts, nickte mir zu, knüllte die Verpackung mit den Resten der Schokolade zusammen und ließ sie geräuschvoll in den Mülleimer neben dem Bett fallen. Genauso wie mir das Geräusch für Hilde wehtat (*die gute Schokolade*), genoss ich es auch. Ich hielt lächelnd ihre schwache Hand und sah ihr ins Gesicht, das sie nicht mehr abwenden konnte, und sie guckte erschrocken zurück. Siegfried wischte ihr nie den Mund ab, bevor er ging, ich erledigte das dann.

Hilde hat Alex nie kennengelernt. Sie starb, sechs Jahre bevor wir uns trafen. Hätte sie ihn kennengelernt, dann hätte sie seinen großen, athletischen Körper gelobt (*Schwimmerkreuz*) und seine graublauen Augen. Aber schon bald hätte sie erfasst, dass er nicht hart genug war, dass er sich nicht messen wollte, dass ihm daran das Interesse fehlte oder dass er wusste, dass er nicht gewinnen würde, und sich deswegen von vornherein nicht maß. Das hätte sie alles gleich gerochen. Sie hätte die *fehlende Kinderstube* bemängelt, *noch nie Wagner gesehen, hast du bemerkt, dass er die Ellbogen auf den Tisch legt, wie kann er nicht Ski fahren?*

Der Blick von Hilde ist durch tausend Männer gegangen, er lag auf Siegfried, dann auf mir, er ist durch uns durchgegangen, und mit diesem Blick wurde auf Alex geschaut (auch von mir). Siegfried sagte am Telefon immer diesen schrecklichen Satz, er sagte: *Grüß den Mann.* Die Situation (dass ich länger als zwei Monate einen Freund hatte und ihn auch so nannte) muss für ihn ungewohnt gewesen sein. Wenn er später, als klar war, dass Alex und ich die Absicht hatten beieinanderzubleiben, etwas Nettes sagen wollte, dann sagte er, dass Alex *beeindruckend patent* und außerdem *herzensgut* sei. Herzensgüte – das war nichts, was es in Siegfrieds Koordinatensystem gab, es lag außerhalb von ihm, so etwas waren andere, und das war vielleicht gut und respektabel, aber nicht seine Sache. Wenn er so sprach, wusste ich, dass er mit Alex überhaupt nichts anfangen konnte.

Als ich auf dem roten Metallstuhl im Wartezimmer der psychiatrischen Ambulanz saß und die Augen schloss, tauchte irgendwann dieses Bild in meinem Kopf auf, wie Siegfried das letzte Mal bei uns zu Besuch war. Er kam nicht oft, wir hatten keine Übung darin. Johnny war zwei Jahre alt, ich hatte sie auf dem Arm, als ich die Tür öffnete, dabei griff ich mit der linken Hand nach ihren Händchen und hielt sie fest, denn ich befürchtete, dass sie schmutzig waren. Siegfried trug einen dunkelblauen Anzug, staubfreier, strahlender Stoff. Er nahm Johnnys

78

Wange zwischen Zeige- und Mittelfinger, er hielt mir ein paar Lilien entgegen, und ich hatte den Eindruck, dass er seinen langen, großen Körper leicht nach hinten beugte, weil er die gleiche Befürchtung hatte wie ich (Johnnys Hände). Ich guckte auf seine Schuhe und spürte Wut in mir aufsteigen, weil ich wusste, dass er sie nicht ausziehen würde, es nicht mal in Erwägung ziehen würde. Wir zogen unsere Schuhe in der Wohnung aus. Ich konnte nicht sagen, ob wir das machten, weil Alex das so machte, weil das in seiner ostdeutschen Familie immer so gemacht worden war. Oder ob wir die Schuhe auszogen, weil es Sinn ergab, in einer Wohnung in der Stadt die Schuhe auszuziehen. Es bedeutete, dass wir zu Hause waren, ich mochte es. (In unserem Haus damals waren die Schuhe nie ausgezogen worden, es hatte immer Schuhgeräusche gegeben, klackernd und energisch auf den Fliesen im Eingang.)

Siegfried hatte gesehen, dass ich auf seine Schuhe geguckt hatte und dass ich in Strümpfen vor ihm stand. Er bückte sich, ich sagte: Quatsch, das musst du doch nicht. Es kam mir so unwahrscheinlich vor – er ohne Schuhe, in unserer Wohnung –, dass ich erschrak, aber er machte es trotzdem, er pflückte sich die Schuhe umständlich von den Füßen und stützte sich dabei an der Wand ab. Er lächelte. Ohne Schuhe wirkte er, als hätte man etwas von ihm weggeschnitten, er betrat unsere Küche, als würde er balancieren, und mit ihm darin sah sie plötzlich viel kleiner aus. Er war einfach viel zu groß für diesen Raum.

Alex stand vor der Spüle und trocknete ab. Als ihm Siegfried seine Hand entgegenhielt, wischte er sich eilig die Hände an der Jeans ab, während Siegfrieds Hand in der Luft auf ihn wartete.

Ich stellte Siegfried schnell einen Espresso und ein stilles Wasser hin. Ich suchte nach Gesprächsthemen und ärgerte mich, weil Alex sich nicht dafür verantwortlich fühlte, dass keine Stille entstand (das tat er nie, er hatte irgendwie kein Problem damit, oder er hatte größere Probleme damit, etwas Dummes zu sagen, als mit der Stille). Er suchte irgendetwas in dem Schrank neben dem Fenster und stellte dann Zucker auf den Tisch. Siegfried nahm keinen Zucker.

Du willst doch bestimmt rauchen, sagte ich schnell zu Siegfried. Wir können ans Fenster in unserem Zimmer gehen, wirklich kein Problem.

Er schüttelte den Kopf. Das rechte Bein über dem linken angewinkelt, bewegte er immer wieder seine Zehen, die in dunkelgrüne Socken verpackt waren. Sitzend schob er seinen Körper hin und her wie ein Möbelstück, für das der richtige Platz noch nicht gefunden worden war, und dabei lächelte er, wie Männer lächeln, wenn sie im Flugzeug aufstehen müssen, weil jemand auf die Toilette muss. Alex saß inzwischen auch am Küchentisch. Er schälte Johnny einen Apfel. Ihre Nase lief, sie quengelte, Alex versuchte, sie aufzumuntern. Ihm gegenüber saß Siegfried, und ich sah seine Gedanken, alle.

Was machte Alex zu Hause, warum war er so lange bei uns, bei Johnny und mir, warum musste er nicht *weg*? Wie konnte man so lange in einer Küche sitzen, vor einem Apfel? Und in einer Bar arbeiten, die einem nicht *gehörte*? Warum hatte er keine Schuhe an, in denen er durch die Welt lief und irgendetwas machte, regelte? Hatte er überhaupt richtige Schuhe?

Saß Siegfried mir irgendwo gegenüber (es waren meistens Restaurants oder Hotels), dann lagen sein Telefon (erst Blackberry, später das neueste iPhone), der Wirtschaftsteil (auf Buchformat zusammengefaltet) und manchmal ein oder mehrere Schlüssel (Hotelzimmer, Mietwagen, sein Wagen) vor ihm. Es muss für ihn schwer einzuordnen gewesen sein, dass bei Alex einfach nichts lag.

Bei seinem Besuch fühlten sich alle erst dann einigermaßen in Sicherheit, als das Duplo-Puppenhaus, das Siegfried mitgebracht hatte, aufgebaut werden musste und außerdem klar war, dass er bald wieder gehen würde. Nach einer Stunde schloss ich die Tür hinter ihm und war erleichtert. Später stritten Alex und ich uns, ich war es, die anfing (aus irgendeinem Grund war ich wütend auf ihn).

Das erste Mal, dass Siegfried und Alex sich begegneten: im Steigenberger in Leipzig. Wir waren schon über zwei Jahre zusammen, und ich hatte mir dieses Zusammentreffen oft vorgestellt, es aber damit nicht eilig gehabt, im Gegenteil.

Es hatte sich zufällig ergeben. Ich war wegen einer Lesung in der Stadt, Alex hatte mich begleitet, Siegfried hatte irgendwelche Geschäfte dort. Er hatte gesagt, dass er leider nur vierzig Minuten Zeit habe, und mir den Treffpunkt genannt. Ich weiß noch, dass ich Alex' Hand nicht hatte halten wollen, als wir die Bar des Hotels betraten, obwohl ich das damals ständig tat. Ich sah Siegfried sofort und ging einen Schritt voraus, er saß auf einem der hellen Ledersofas, den kleinen Koffer neben sich, eine aufgeschlagene Zeitung vor sich, das Telefon in der Hand, die schwarze Lesebrille auf der Nase. Er blickte erst auf, als wir schon neben ihm standen und ich Hallo sagte. Er erhob sich, etwas zu schnell, kurz sah es aus, als würde er schwanken. Un-

81

willkürlich hielt Alex ihm seinen Arm hin wie ein Geländer, aber Siegfried machte davon keinen Gebrauch. Stattdessen griff er nach meiner Schulter und stützte sich ab, sodass nur wir beide es merkten. Er küsste mich auf die Wange wie immer, links, rechts, und wie immer roch ich das Rasierwasser, den Rauch, fühlte die raue Haut. Die beiden standen nebeneinander, Alex war so groß wie Siegfried, ich sah, dass Siegfried das in diesem Moment ebenfalls auffiel. Dann kam das Händeschütteln, wovor ich mich gefürchtet hatte. Vor dem Moment, in dem er Alex' Hand ergreifen würde, weil er immer so fest zudrückte. Alex und ich hatten mal darüber geredet, wie lächerlich es war, beim Händeschütteln zu fest zuzudrücken. Aber ich sah in Alex' Gesicht kein Zeichen für irgendwas, er guckte nur freundlich, als wäre er fest entschlossen, dass diese Begegnung gut werden würde. Wir setzten uns. Eine Kellnerin stand hinter der Bar an einen Schrank gelehnt, sie sah uns und setzte sich langsam in Bewegung. Sie hatte schwarz gefärbte Haare, und ihr Make-up war einen Ton zu dunkel, am äußeren Rand ihrer Augenbraue waren zwei Löcher, die von einem Piercing kamen, das sie entweder nicht mehr trug oder für die Arbeit rausnehmen musste. Sie sah müde und gelangweilt aus und passte nicht zu der Behauptung von Luxus und Vornehmheit in dieser Bar. Siegfried nickte der Frau wortlos zu und wandte den Blick sofort wieder ab. Ich wusste, dass er sie hässlich fand. Ich hatte ihn schon häufig Frauen hässlich finden sehen und mich dabei geschämt, für ihn und für die Frauen. (Er fasste seine Abscheu selten in Worte und niemals in so drastische, ihm war vermutlich nicht mal klar, dass er sie ausstrahlte. Frauen, die nach klassischen Maßstäben nicht als ansehnlich galten, waren für ihn unsichtbar und nur als Funktionsträgerinnen existent. Wenn sie gepflegt waren, war das okay, unverzeihlich war dagegen, wenn ihnen nicht klar war, dass sie unansehnlich waren, wenn sie ihren Platz nicht kannten, so wie diese Kellnerin hier. Keine besondere Qualifikation, keine Schönheit, nichts Liebenswertes, aber sie schien völlig sorglos zu sein. Dabei hätte sie sich Mühe geben, sich nützlich machen, sich wenigstens dankbar zeigen sollen.)

Die Kellnerin wippte mit ihrem Stift, den sie zwischen Zeige- und Mittelfinger hielt, sie sah ins Leere und dann wieder zu Siegfried. Es war für sie keine Frage, wer hier der Gastgeber war. Siegfried strich mit den Händen über den dunkelgrünen Stoffeinband der zugeklappten Karte, was sich anhörte wie ein Zischen, fahrig. Alex guckte in die Karte. Siegfried sah Alex und mich an, ungeduldig lächelnd, wir sollten sagen, was wir wollten. Ich wurde nervös, während Alex in der Karte blätterte, und begann ebenfalls zu blättern, obwohl ich genau wusste, was ich wollte (frisch gepressten Orangensaft, einen Espresso, ein stilles Wasser, ein vegetarisches Club Sandwich). Alex konnte sich nicht entscheiden, er blätterte weiter, vor und zurück, ich blätterte neben ihm mit. Es war anstrengend, es war wie auf der Stelle schwimmen, ich fragte mich, warum er so lange brauchte. Erst als er seine Karte behutsam, fast andächtig zuklappte, hörte auch ich auf zu blättern. Es war das erste Mal, dass ich diese Wut auf ihn spürte, die mir so vertraut werden sollte. Er bedeutete mir durch ein verhaltenes Nicken, dass ich zuerst bestellen sollte, was er sonst nicht tat. Es hatte zwischen uns noch nie eine Rolle gespielt, wer zuerst bestellte.

Ich sagte, was ich wollte, ich sah, wie Alex, nachdem er meine

83

Bestellung gehört hatte, kurz zögerte, um sich dann, mit einem Blick zu Siegfried, zu beeilen: Ein Wasser bitte, still, danke.

Er lächelte die Kellnerin an, Siegfried nickte, sie ging. Obwohl er gerade sein Telefon in der Hand gehabt hatte, sah Siegfried auf seine Uhr. Er schüttelte das Handgelenk mit der Uhr daran, ich kannte das, er wollte, dass wenigstens irgendwas schnell ging.

Schön, sagte er, verschränkte die Finger ineinander und drückte seine Daumen gegeneinander. Schon viel von Ihnen gehört, schön, dass wir uns endlich kennenlernen, wo noch mal geboren? In Potsdam, stimmt – solche Sachen sagte er. Und: Filme, aha, interessant, Ernst Busch? Ja, das wäre natürlich toll, wenn das klappen würde. Und dann: Jaja, die späten Siebziger, Fassbinder, Berlin, ist das schon lange her.

In regelmäßigen Abständen sah er über unsere Köpfe hinweg, verengte Ober- und Unterlid zu einem Schlitz, wie um zu scannen, wer den Raum betrat und wer wieder ging, ich kannte das alles, aber was dachte Alex? Er nahm meine Hand, wofür ich mich schämte, ohne dass ich hätte sagen können, warum. Ich sah Siegfrieds registrierenden Blick auf meiner Hand, auf der Alex' Hand lag. Ich sah Alex' feines, ernstes Gesicht, die offenen, klugen Augen, das braune Haar, das ihm wie so oft ins Gesicht hing, aber ich wusste, dass Siegfried das alles nicht sah. Ich hatte nichts anderes von ihm erwartet und war trotzdem traurig, wie immer, wenn wir uns trafen. Ich freute mich auf ihn und wurde traurig, während ich ihm zusah (seiner Geschwindigkeit, seinen Gesten, ihrer Reihenfolge) – eine Traurigkeit, in der ich mich auskannte, die mich fast tröstete. Doch an diesem Tag nicht, da fand ich ihn peinlich.

Sein Vater, sagte Siegfried, sich entschuldigend, während er eine Nachricht tippte (*Kleinen Moment, wollt ihr vielleicht noch was bestellen?*), sei wie Alex gebürtiger Berliner gewesen. Ich überlegte, ob ich ihn korrigieren sollte, tat es aber nicht. Er erzählte von Berlin, München und Köln, er erzählte, dass er mal beim SDS gewesen war und gegen den NATO-Doppelbeschluss und für nachhaltiges Bauen, unabhängig davon, dass das jetzt – klar – das nächste große Ding sei. Ich weiß nicht, was Alex dachte, ich traute mich nicht zu fragen, aber als Siegfried ein paar Monate später in der Stadt war und – es war sehr kalt – sein Auto nicht ansprang, brachte Alex es wieder zum Laufen. Fast eine Stunde lang beugte er sich über den Motor, obwohl er fror und in die Bar musste, obwohl Siegfried mehrfach anbot, den ADAC anzurufen. Es schien ihn nervös zu machen, dass Alex nicht aufhörte, sich mit seinem Auto zu beschäftigen, obwohl er arbeiten musste. Nein, sagte Alex, warum denn, das müsse doch nicht sein. Ich verstand ihn nicht, Siegfried und ich guckten uns ein paarmal hilflos an, und hinterher sagte Siegfried am Telefon zum ersten Mal diese ihm eigentlich fremden Vokabeln, *herzensgut* und *wirklich patent*; und auch wenn ich wusste, dass daran irgendwas nicht stimmte, war ich glücklich. Ich erzählte es Alex, ich sagte: Siegfried mag dich, hat er gesagt.

Bei der ersten Begegnung der beiden in der Hotelbar in Leipzig faltete Siegfried nach exakt fünfunddreißig Minuten seine Zeitung zusammen und gab der Kellnerin ein Zeichen, indem er leicht die Hand hob und ihr ohne eine Regung im Gesicht zunickte. Sie kam gleich, nun etwas lebendiger. Alex richtete sich auf, er sah mich an, dann meinen Vater, dann die Kellnerin.

Ich mache das, sagte er lächelnd (ich sah, dass es ein unsicheres Lächeln war) und öffnete sein Portemonnaie.

Sie sind wohl verrückt, sagte Siegfried entsetzt und bedeutete der Kellnerin kopfschüttelnd, dass das nicht infrage kam. Sie schien seiner Meinung zu sein und nahm, ohne zu zögern, die goldene Karte, die er ihr entgegenhielt. *Na klar*, sagte sie und ging.

Dachte ich später daran, an Alex, Siegfried und diesen Moment, hielt ich es kaum aus. Ich musste die Augen zusammenkneifen oder den Kopf schütteln oder ganz schnell aufstehen und irgendwohin gehen, so sehr schämte ich mich.

Als ich in der Psychiatrie auf diesem Metallstuhl saß und an meine Scham dachte, fiel mir Benjamin ein. Er wäre in der Steigenberger-Situation niemals auf die Idee gekommen, *Ich mache das* zu sagen und sein Portemonnaie zu öffnen. Er hätte mit Siegfried über die Zeitung geredet, die auf dem Tisch lag, über die Hotelbar, über Mietautos, über Siegfrieds iPhone, Benjamin hätte Siegfried sein iPhone gezeigt, und ich hätte die Augen verdreht (geschämt hätte ich mich nicht, im Gegenteil). Die beiden hätten sich sofort verstanden. Sie besaßen sogar den gleichen Schal (dunkelblau, Burberry), sie liebten Mailand. Mir fiel auf der ganzen Welt sonst niemand ein, der gesagt hätte: *Ich liebe Mailand.* Alex und ich liebten Neapel, Alex liebte Detroit, er kam gerade von dort, als wir uns kennenlernten, und manchmal erzählte er davon. Abends, mein Bett stand direkt am Fenster, das offen war. Wir lagen da, tranken und rauchten, das machten wir in unserem ersten Sommer dauernd.

Benjamin hatte ich fünf Jahre vor Alex kennengelernt, und wir hatten uns sofort verstanden. Warum, das fragte ich mich damals nicht, dabei mochte ich ihn nicht einmal richtig oder nur manchmal. Er provozierte mich, und das hatte etwas mit meinem Schreiben zu tun oder mit dem, was er dazu sagte, aber nicht nur. Benjamin lektorierte meine ersten Kurzgeschichten und später meinen Roman, und das war für mich so kostbar, dass ich mit ihm schlief. Ich schlief aber auch deshalb mit ihm, weil ich fasziniert davon war, wie er mich sah, wer ich in seiner Anwesenheit sein konnte. Sein Blick auf mich half mir zu verstehen, was ich schreiben wollte, und ich hatte nichts dagegen, dass ihm dabei auch mein Körper gefiel – aber was die Sätze anging, die ich schrieb, war ich von seiner Zuneigung besessen. Ich glaubte irgendwann, dass ich ohne ihn nicht schreiben konnte. In der schlimmsten Zeit wusste ich erst, dass etwas gut war, wenn er sagte, es sei gut. Kein Satz hatte mehr Bestand ohne ihn, und das Gleiche galt für mich.

Benjamin war sehr schlau, keiner redete über Texte wie er (ich ließ ihn allerdings auch sehr schlau sein). Und er wusste Dinge, nicht nur über Literatur und Kunst, auch sonst. Er sagte mir zum Beispiel, dass ich Paracetamol und Ibuprofen bei Regelbeschwerden vergessen könne, viel besser sei Naproxen, und zwar nie mehr als etwa 1000 mg pro Tag (mir gefiel, wie selbstverständlich er das aussprach, *Naproxen*). Ganz am Anfang nahm er mich mal mit in einen Laden für Weine aus Frankreich, der Besitzer begrüßte ihn, als würden sie sich ewig kennen, und sie unterhielten sich auf Französisch über irgendwelche Rebsorten. Benjamin kannte die Namen aller *Tagesschau*-Sprecher und die Namen aller Bundespräsidenten in der

87

richtigen Reihenfolge, er wusste, dass Helmut Kohls Bungalow in Oggersheim stand, was ein Teil von Ludwigshafen war, was neben Mannheim lag, wo Schillers *Räuber* uraufgeführt worden waren.

Solche Sachen erzählte er oft beim Autofahren. Er hatte einen Alfa Spider mit Düsseldorfer Kennzeichen (da kam er her, sein Vater hatte ihm den Spider vermacht). Ich mochte das Auto, und ich mochte es auch meistens, Benjamin dabei zuzusehen, wenn er es fuhr, vor allem beim Parken (die Art, wie er schaltete, in den Rückspiegel sah, sich beim Rückwärtsfahren an der Nackenstütze des Beifahrersitzes festhielt). Er wirkte, als hätte er einen Plan.

Manchmal holte er mich in dem Spider ab, und wir fuhren durch die Stadt. Ich war erleichtert, wenn ich mich auf den dunkelblauen Ledersitz neben ihn fallen lassen konnte. Ein paarmal schmiss er mich auch wieder raus, weil wir uns stritten. Aus irgendeinem Grund war es wichtig für uns zu streiten (aus irgendeinem Grund hielt ich es nur kurz auf dem Ledersitz aus).

Das hört sich nach Drama und Leidenschaft an, aber wir haben uns nie geliebt, ich bin mir nicht mal sicher, ob wir uns füreinander interessiert haben. Eigentlich war jeder mit sich selbst zusammen, und wir stellten einander nur den dazu passenden Raum zur Verfügung: Er wollte als Lektor wichtig werden, ich als Schriftstellerin, wir waren beide hoffnungsvoll, und das band uns aneinander. Wir quälten uns gegenseitig, aber kalt, beinahe nachlässig. Ich quälte ihn damit, dass ich nur mit ihm und seinem weißen, speckigen Bauch schlief, weil ich gute Texte schreiben wollte, er quälte mich, indem er sagte, dass meine Texte nicht gut seien, und am Ende erschien mein Roman, und es lief gut, für uns beide.

Es war also überhaupt kein Problem, als ich dann Alex kennenlernte und wir zusammenkamen. Benjamin war viel zu beschäftigt, um sich über Alex Gedanken zu machen, außerdem glaubte er, die Sache würde sich ohnehin bald von selbst erledigen (Alex war zu jung, hatte nichts vorzuweisen, ein Barkeeper, wer war er denn eigentlich). Er glaubte, mich erkannt zu haben, und das bisschen Film, das Alex machte, bedrohte ihn nicht. Wir sahen uns regelmäßig zu dritt oder mit anderen, auf Partys, bei Essen, Benjamin schenkte Johnny zur Geburt eine Stoffschildkröte und nahm sie auf den Schoß, wenn er da war. Durch uns konnte er, wenn ihm danach war, an einem Familienleben teilnehmen, Kaffee trinken, sonntags Nudeln essen, während im Fernsehen die *Sesamstraße* lief, er schien das zu genießen. Seine Anwesenheit entspannte unsere klaustrophobische Kleinfamiliensituation, Alex und ich waren dann besser miteinander. Als Johnny etwa ein Jahr alt war, half Alex Benjamin, den Alfa zu restaurieren, und sie tranken ein paar teure Flaschen Wein, die Benjamin mitbrachte. Er versprach, Alex mit einem befreundeten Filmproduzenten bekannt zu machen. Beide beteuerten, dass sie sich mochten (es war von *schätzen* die Rede).

Ich wusste immer, dass Alex irgendwo in sich ein Misstrauen gegenüber Benjamin hatte. Aber er vertraute mir. Wir hatten einander nie absichtlich gekränkt, und er wusste, dass ich kaum etwas so sehr fürchtete, wie ihn zu verlieren. Und jetzt war vielleicht genau das passiert.

Es war dieser Gedanke, bei dem ich anfangs immer wieder ankam, während ich dort saß, in der Psychiatrie auf dem roten Metallstuhl, während ich wartete, dass Siegfried oder Alex sich meldeten, während ich nicht wusste, ob ich bleiben oder gehen sollte. Die Sirene wurde lauter und leiser, manchmal verstummte sie ganz. Nach etwa zwei Stunden ging ich endlich zur Anmeldung, um der Frau in dem blauen Kittel meine Karte zu geben. Ich wollte *Wahnvorstellungen* sagen, wenn sie fragte, worum es ging. Durfte sie so etwas fragen? Sie tat es nicht. Es würde mindestens eine Stunde dauern, bis jemand mit mir sprechen könnte, sagte sie, eher länger. Durch ein Gespräch der Frauen hinter der Anmeldung erfuhr ich außerdem, dass der Oberarzt da war. Ich glaubte sogar, ihn wenig später an mir vorbeilaufen zu sehen, er trug eine braune Hornbrille und hatte braune Haare, er ging in seinem weißen Kittel den Flur entlang und verschwand in einem Zimmer, wahrscheinlich sein Sprechzimmer. Es war nicht so, dass ich mich darauf freute, mit ihm zu sprechen, aber die Aussicht darauf beruhigte mich, und zugleich machte sie mich wach, aufgeregt. Die Frau an der Anmeldung hatte gesagt, ich solle ihr meine Krankenkassenkarte geben und noch mal Platz nehmen, sie werde sie mir gleich zurückbringen. Meine Gedanken rasten wie auf einer Rennbahn, ich versuchte, ihnen zu folgen, und immer wieder kamen sie bei Alex an und dass ich ihn verloren hatte, am Vorabend, als ich ihm von der Sache mit Benjamin erzählt hatte, von meinem Betrug.

Er hatte an der Spüle gestanden und abgewaschen. Seine Augen waren rot und klein gewesen, er hatte getrunken, ich roch es auch. Ich war entschlossen gewesen, es ihm zu sagen, hatte tatsächlich so was wie Anlauf genommen. Erst hatte ich Johnny vor den Fernseher gesetzt und war rauchen gegangen. Dann hatte ich im Wohnzimmer am Fenster gestanden. Dann hatte ich beschlossen, bis drei zu zählen und danach zu ihm zu gehen. Und bei drei war ich tatsächlich in die Küche gerannt, hatte vor ihm haltgemacht und es ihm gesagt, in gehetzten Worten. Er hatte sich langsam umgedreht, die Hände auf die Arbeitsplatte gestützt, als würde er sonst zu Boden sinken. Er hatte mich angesehen, wie er mich ansah, wenn Johnny etwas umwarf, wenn ein Marmeladenbrot auf dem Boden landete, die Milch über den Tisch rann: vollkommen verzweifelt. Dann hatte er nach dem Wein gegriffen und war duschen gegangen. Er war insgesamt drei Mal duschen gewesen, das letzte Mal abends um zehn. Ich war ihm nachgelaufen, einmal hatte er mich rausgeschmissen und abgeschlossen. Irgendwann war Johnny vor dem Fernseher eingeschlafen, ich hatte sie ins Bett getragen und war wieder Alex hinterhergelaufen. Er hatte nicht mit mir gesprochen (nur ein- oder zweimal wollte er etwas wissen, und ich antwortete ihm, doch er zog sich wieder in sich zurück und schwieg). Ich hatte geweint und ihn nicht aus den Augen gelassen. Ich hatte darüber gewacht, dass er nicht einfach ging, zur Tür hinaus. Als wäre es das, was Verlassenwerden bedeutet: ein zeitlich klar begrenzter, sichtbarer Vorgang.

Alles vor Alex war nichts Ernstes gewesen, er war mein erster richtiger Freund. Dafür, wie wir uns kennenlernten, gibt es keine richtige Geschichte, keine, die sich in wenigen Sätzen erzählen lässt und bei der alle wissen, was gemeint ist.

Es war in Berlin in einem sehr kalten Frühling, und das alles ist lange her. Ich war sechsundzwanzig Jahre alt, und ich würde sagen, ich habe ihn ausgesucht. (Würde er davon erzählen, würde er auf diese Frage wahrscheinlich nicht eingehen, sie wäre nicht wichtig für ihn.)

Es war auf einer dieser unzähligen Premieren- oder Eröffnungspartys, an der Decke waren Neonröhren, auf dem Boden Beton, irgendetwas Ehemaliges, Unbeheiztes, Zugiges, Riesiges. Meine Bomberjacke reichte nicht, ich trank sofort zwei Wodka-Shots, als ich ankam, weil ich so fror. Dann sah ich ihn und fand, dass er gut aussah. Er trug auch eine Bomberjacke, grün, und die gleichen weißen Sportschuhe wie ich (Reebok Classics), er hatte braune, feine Haare, helle Augen, eine große und dabei filigrane Nase. Um ihn standen ein paar Leute, er überragte sie, und irgendwie gefiel mir, wie er seinen Kopf schräg hielt (als würde er versuchen, nicht ganz so groß zu sein). Wie immer warteten alle darauf, dass etwas passierte, wer kam und mit wem, wer hatte was an, wer fing zuerst mit den Drogen an und so weiter. Er schien all das zu beobachten, interessiert, aber mit Abstand. Sein Blick war ruhig und abwartend, und mein erster Eindruck war, dass dieser Blick überhaupt nicht zu seinem jungen Gesicht passte. Aber dann bemerkte ich, dass es dieser alte Blick war, der sein Gesicht so jung machte. Jedenfalls glaube ich, das damals so gedacht zu haben, es kann aber auch sein, dass dieser Gedanke viel später kam.

Ich habe mich oft gefragt, was genau dazu führte, dass wir uns an diesem Abend unterhielten. Mindestens genauso wichtig wie das, was mir an ihm gefiel, dürfte gewesen sein, wie es mir zu der Zeit ging. Ich hatte viel damit zu tun, mein Vorhaben, mir kein Geld von Siegfried geben zu lassen, weiter durchzu-halten. Er hatte mir nach dem Abitur natürlich sofort welches angeboten, damals hatten wir uns bei seinem Lieblingsitaliener in Wolfsburg gegenübergesessen, um meinen guten Abschluss zu feiern. Er hatte gewusst, ich würde jetzt endlich wieder bei meiner Mutter ausziehen und Geld brauchen (aber ich hätte ihn darum bitten müssen, das wäre wichtig gewesen). Auch in den Jahren danach versuchte er es immer wieder: *Du musst es nur sagen.* Ich sagte nichts, und das war anstrengend. Außerdem war ich schwach, nicht besonders widerstandsfähig, weil ich zu wenig aß und zu viel trank. Es war anstrengend, zu schreiben, zu studieren, kein Geld zu haben. Ich arbeitete als wissenschaft-liche Mitarbeiterin am Germanistischen Institut und hatte noch einen kleinen Aushilfsjob bei einem Radiosender. Ich wollte unbedingt allein wohnen und hatte auch Glück mit der Miete (zwei Zimmer, 429 warm), aber ich befürchtete immer, dass es nicht reichen würde. Ich war sparsam beim Heizen. Ich mache Hilde stolz, dachte ich, wenn ich mir noch einen Pullo-ver überzog. In meiner Wohnung sah es ein bisschen aus wie in ihrem Keller (funktional, unordentlich, bleich, völlig lieblos). Manchmal hatte ich die Idee, es schöner zu machen, mit Blu-men, einem richtigen Kleiderschrank, einem Teppich, solchen Sachen, aber dann fehlte mir die Zeit oder die Energie. Einmal riss Benjamin versehentlich den provisorisch angebrachten Vorhang im Schlafzimmer ab, ich nagelte ihn dann einfach an die Wand. Aber er half mir, die gebrauchte Waschmaschine an-zuschließen. Ab dann wusch ich viel Wäsche, das war eigentlich das Einzige, was ich im Haushalt machte: waschen, damit es nach Persil roch. Mein Kühlschrank war leer, aber es gab Milch für Kaffee, und es gab Zigaretten, das Fenster war auch im Winter offen, damit es nicht nach Rauch stank. Nachts arbeitete ich am Roman. Es war kalt und anstrengend, aber so schien es nun mal irgendwie zu sein (so war das Leben von Hilde gewesen, so war das Leben von Siegfried und meiner Mutter gewesen, obwohl sie Geld hatten). Man musste weitermachen, *die, die nicht ankommen, haben unterwegs aufgegeben, nur das unterscheidet sie von denen, die verlieren,* das hatte Siegfried öfter gesagt, beim Autofahren, während er Zeitung las, als ich mit dem Schwimmen aufhörte (er hatte mit der Zunge geschnalzt, scheinbar unbeeindruckt von meiner Entscheidung). Ich hatte kaum Kontakt zu ihm, er hatte meine Wohnung nie betreten, aber er war in meinen Gedanken, während ich versuchte voranzukommen. Nicht unterwegs aufzugeben. Ich gewöhnte mir ein Lachen an, das klang, als würde ich rufen oder irgendwo dagegentrommeln. Diese Härte, die ich mir zulegte, bedingte aber auch eine permanente Angekotztheit. Es war, als versuchte ich, mich an einer glatten Wand festzuhalten – nicht hinunterzufallen, mir aber auch nicht helfen zu lassen.

Meine Mutter wünschte sich für mich, dass mir jemand half. Dass mich einer rettete. Einer mit *ernsten Absichten,* so formulierte sie es, wenn wir telefonierten. Was machen die Männer?, fragte sie immer.

Sie kommen und gehen, Mama, hätte ich sagen sollen.

Und wie ist es bei dir, Mama?, hätte ich sagen wollen. *Wohin hat es dich gebracht, dass du einen getroffen hast?*

Aber ich tat es nicht. Ich fühlte mich ohnehin immer schuldig, wenn wir auflegten.

Benjamin war in dieser Zeit manchmal da und manchmal nicht. Wir waren ein bisschen wie Geschwister, die einander nicht allzu viel gönnen. Es war leicht, ihm zu gefallen, wenn es mir gelang, dass er sich in meiner Gegenwart gefiel (umgekehrt war es das Gleiche). Ich nickte und hörte zu, er las, was ich schrieb, er sagte, dass es gut sei oder nicht. Ich war wütend auf ihn, wenn er etwas schlecht fand, und unterstellte ihm, dass er es genoss, wenn ich litt. Aber ich schrieb so lange, bis es gut war. Er hatte Sex mit anderen, ich auch. Wenn es hell wurde, kamen sie mit zu mir oder ich mit zu ihnen. Auf den Klingel-schildern standen viele Namen, und wir hockten um sechs Uhr morgens zwischen Zimmerwänden, von denen kurz zuvor die Tapeten abgezogen worden waren, auf Futonbetten neben auf-gestapelten Taschenbüchern, wir rauchten selbst gedrehte Zigaretten. Und dort trug ich dann mein Herrscher-Outfit und guckte den Mann an, der mir gerade gegenübersaß. Bewaffnet einerseits, andererseits mit dem Blick von Frauen aus alten Filmen, so von unten, lange Wimpern, Make-up, den Kopf leicht schief gelegt. Grundsätzlich war ich dazu in der Lage, den süßen, zarten Ton zu treffen, der mit meinem Äußeren übereinstimmte, der machte, dass alles glattlief. Ich beherrschte das, doch hin und wieder verrutschte mir die Stimme, und dann klang es wie der unkontrollierte Laut eines Monsters, der hässlich durch den Morgen hallt, ein dröhnendes Rülpsen aus dem Schlamm. Für einige Sekunden sahen sie mich entsetzt an – etwas, das vollkommen schiefgelaufen war. Eine Laune der Natur, ein Unfall.

Ich war wütend (ich war oft wütend) und schämte mich, aber ich schwieg dann. Keine irritierenden Geräusche mehr.

Mein Äußeres war sehr gepflegt, die Männer und ich hatten Sex, und dabei war mir eine Sache besonders wichtig: die Behauptung (ihnen und mir selbst gegenüber), ich würde diesen Sex wollen, ich würde ihn mögen, weil ich mochte, was Männer mochten, weil ich war wie sie. Ich machte absichtlich auf hart, vielleicht auch zur Strafe dafür, dass es schrecklich war und ich mir das antat, und dabei wollte ich nach Hause. (Was will man denn sonst?)

Als ich Alex auf der Party sah, ging ich auf ihn zu, weil er mir gefiel und weil ich ihn haben wollte. Ich wünschte mir, dass irgendwer und an diesem Abend eben konkret er mich lieben würde, machte mir aber keine Hoffnungen. Beides stimmte. Es war mir egal, was er dachte, und ich wollte, dass er das wusste. Ich war ziemlich aggressiv, als ich sagte: Hallo, wie geht's?

Gut, antwortete Alex. Er lächelte mich an und schwieg.

Komm schon, erzähl was, sagte ich.

Er lächelte immer noch, mir fiel die Lücke zwischen seinen Zähnen auf. Er sagte: Aber ich weiß nicht, was.

Ich sah, dass es ihm ein bisschen peinlich war. Aber dass es ihm peinlich war, schien ihm nicht peinlich zu sein, und das fand ich besonders. Das war nach dem alten, ernsten Blick die zweite Sache, die mir an ihm auffiel. Wie sicher er mit seiner Unsicherheit umging, wie offen. In der linken Hand hielt er eine Zigarette, in der anderen ein Glas. Mir gefiel, wie er es in der Hand hielt. Die Hand sah kräftig aus, hatte im Vergleich zu seinem großen Körper aber etwas Zartes. Das Glas lag sicher in seiner Hand, aber er schien es nicht festzuhalten, und mir ist klar, dass diese Beobachtungen nicht besonders subtil in eine bestimmte Richtung weisen, aber es war genau so, das war es, was mir auffiel. Auf seinem rechten Jackenärmel war silberne Farbe, an den Händen auch, kleine, feine Punkte.

Ich stand vor Alex, das Glas in der Hand, die Arme vor der Bomberjacke verschränkt, den Kopf leicht in den Nacken gelegt, und keiner sagte etwas. Ich hatte Angst, dass es peinlich werden könnte, für mich, ich hatte mich aufgespielt. Also machte ich irgendeinen sarkastischen Spruch und ging.

Wenn wir uns später gemeinsam an diesen Abend erinnerten und ich Alex fragte, warum er zu mir gekommen war, an die Bar, wo ich ziemlich betrunken stand und versuchte, eine Vase aus dunkelrotem Glas zu klauen, sagte er, meine Haare seien gut gewesen und dass er Lust gehabt hatte, zu erfahren, was ich erzählen würde. Außerdem sollte ich nicht denken, er hätte nichts zu erzählen.

Die Vase stand am hinteren Ende der Bar, sie war bauchig und vielleicht so groß wie eine Wasserflasche, darin waren eine lila und zwei rosa Lilien. Ich hatte die Vase schon auf den Barhocker neben mich gestellt, um den Diebstahl vorzubereiten. Wahrscheinlich wollte ich sie ausleeren und dann irgendwie in meiner nicht besonders großen Handtasche unterbringen, jedenfalls hielt ich die Blumen in der Hand, als Alex plötzlich vor mir stand, und es sah aus, als wollte ich sie ihm schenken. Mein Gefühl in diesem Moment war vor allem: Dankbarkeit. Dafür, dass er da war, bei mir, obwohl der Raum voller Leute war. Was willst du trinken? Gin Tonic? Einen Wodka?, rief ich lächelnd, und er nickte, sagte aber, er wolle keinen Wodka. Ich ermahnte mich, meine Freude darüber, dass er gekommen war, nicht zu sehr zu zeigen, ich reduzierte das Lächeln in meinem Gesicht.

Ich bestellte, bezahlte, gefiel mir darin. Ich hatte eine Handtasche von Kaviar Gauche (Ratenzahlung), eine eigene Wohnung, ich schrieb, ich war bestimmt etwas älter als er, ich bezahlte, während auf diesen Partys eigentlich alle, die gut aussahen, jung und arm waren, und er natürlich auch. Aber er schien die Situation gar nicht so aufzufassen oder irgendwie besonders zu finden, er freute sich über den Gin Tonic und lächelte mich an (verschwenderisch und sehr vorsichtig, offen und ernst, alles gleichzeitig, es war so merkwürdig).

Als ich den Wodka runterstürzte, zog sich mein Magen so sehr zusammen, dass ich dachte, ich müsste mich übergeben, aber ich verzog keine Miene und suchte in seinem Gesicht nach Anzeichen dafür, dass er wahrgenommen hatte, wie hart ich im Nehmen war (es gab keine). Ein paarmal wankte ich, und er stützte mich. Fast hätte ich die Vase mitgerissen, er verhinderte es. Die Blumen lagen auf dem Barhocker. Ich fragte ihn, woher die Farbspritzer kamen, und er sagte, vom Sprühen (Häuserwände, Züge). Ich nickte anerkennend und vielleicht sogar schuldbewusst, ich wusste, es ging dabei um Gentrifizierung, Kapitalismus, den Westen, den Osten, mir fiel Siegfried ein (es war, als würde er uns kurz aus einer Ecke der Bar zuwinken). Ich wollte mehr von Alex über das Sprühen hören, ich fragte, er blieb zurückhaltend.

Sein Leben schien bedeutungsvoll zu sein, und ich war sofort ein wenig neidisch. Auf die Politik und darauf, dass er eine Geschichte hatte, ein Thema (ich hatte nie Politik in meinem Leben gehabt, ein weißer Fleck, zumindest glaubte ich das). Ich erinnere mich außerdem daran, dass ich, als ich noch betrunkener war, schlecht über Benjamin redete und irgendwas von *ficken* und meinem ersten Roman sagte. Ich wollte abgeklärt und pragmatisch wirken, aber es war ein schmaler Grat. Ich wusste, man zeigte sie besser nicht, diese ausgestellte Angekotztheit, weil sie hässlich machte, weil Männer das nicht mochten. Ich tat es trotzdem, und dabei verrutschte mir einmal die Stimme (das Monster, das Rülpsen), aber Alex schien es entweder nicht mitbekommen zu haben, oder er hatte keine Schwierigkeiten damit, jedenfalls sah er nicht aus, als würde er sich ekeln.

Wir tranken schnell, und ich bestellte noch eine Runde. Alex sagte, dass er bald gehen würde, weil er früh aufstehen müsse, und ich wollte ihm nicht glauben. Ich würde ihn fragen, ob er mitkommen wolle zu mir, und dann würde er natürlich Ja sagen, welcher Mann würde das nicht tun? Wieder wankte ich, Alex hielt die Vase fest, er sagte, vergiss es, die passt niemals in deine Handtasche, und die Blumen brauchen Wasser. Wir lächelten uns an. Ich hoffte, dass er mir anbieten würde, sie zu klauen. Aber er trank aus und sagte, er müsse jetzt los. Es war kurz vor eins, er zog den Reißverschluss seiner Jacke nach oben, was sehr gut aussah. (Weil Männer beim Gehen für mich immer sofort gut aussahen? Weil es das war, was sie machten, das Haus verlassen?) Und dann fragte ich. Es war nicht leicht zu fragen, auch wenn alle sagten, es wäre nichts dabei, schon lange nicht mehr. Es kam mir unangemessen vor, ich hatte das Gefühl, ich würde immer größer und breiter, während ich fragte, bis ich völlig unförmig vor ihm stand. Damit es nicht so auffiel, legte ich den Kopf schief, denn ich hatte ja schöne Augen. Er sagte, er müsse wirklich los, und dann gab er mir einen Kuss auf die Wange, ganz vorsichtig, und bat mich, ihm meine Nummer zu geben.

Ich blieb noch und trank allein weiter. Irgendjemand, der seine Augen nicht mehr offen halten konnte, küsste mich. Ich fand das schade, weil Alex mir so gefallen hatte. Bei dem Versuch, die Vase zu klauen, zerstörte ich sie, sie fiel auf den Steinboden im Eingangsbereich, und dann wurde ich von der Türsteherin rausgeschmissen. Am Morgen, nach dem Aufwachen, schämte ich mich. Ich machte mir einen Kaffee, rauchte am offenen Fenster, sah in den Hof, dessen Bäume noch kahl waren, und dachte, es sei alles wie immer, doch am Nachmittag rief Alex an.

Es ging so leicht, wir verabredeten uns einfach.

Wollen wir uns sehen?

Ja.

Wann?

Gleich.

Wo?

Ich hole dich ab.

Alex stand auf der Straße vor meinem Haus und lächelte (wieder diese schüchterne Souveränität). Ich sah ihn und wusste sofort, dass ich ihn wollte, aber wir hatten erst mal kaum Worte, die zueinanderpassten. Er rauchte und schob mit der freien Hand sein Fahrrad, ein silbernes Rennrad. Mir fiel nichts ein, und ich sagte, dass die beiden, er und sein Rennrad, sich ähnlich sähen, und er lachte. Ich hatte keine Ahnung, ob er verstand, was ich meinte, hielt sein Lachen aber für ein gutes Zeichen.

Er führte uns in ein kleines Café in einem heruntergekommenen Haus in Mitte. Wir saßen auf zwei Stühlen, die auf einer Art Podest vor einem großen Fenster standen, das einmal ein

Schaufenster gewesen sein musste, denn es reichte vom Boden bis zur Decke. Wir saßen da wie in einem Fernseher und lächelten verlegen. Er zeigte auf ein einstöckiges Gebäude gegenüber, das aussah, als hätte es dort eigentlich nur kurz stehen sollen, als Übergangslösung. Er sagte, er sei dort zur Schule gegangen und nebenan, in dem Haus mit dem Friseur, sei früher der Bäcker gewesen, der die Erdbeermilch verkaufte, die er in den Pausen immer getrunken habe. Er sagte diesen Satz wie ein Gastgeber, als wollte er mich mit dem Ort und sich selbst vertraut machen, denn im Grunde, und das schienen wir beide irgendwie schon zu wissen, hatten wir kaum geteilte Erfahrungen. In dem Café gab es das Standardprogramm von Cafés in westeuropäischen Großstädten, die Sojamilch, die Scones, die Panini. Das Haus war alt und eingerüstet und wurde gerade neu gemacht, die Bauschuttcontainer, der Staub, der Geruch, zumindest diese Dinge kannten wir beide. Die meisten Häuser in Mitte wurden damals neu gemacht oder sollten bald neu gemacht werden, die Möbel in dem Café waren wie zum Trotz alt und passten nicht zueinander. Vielleicht half uns auch unsere Kleidung ein bisschen, die Bomberjacken, die Reebok-Schuhe. Ich redete irgendetwas (Bücher, Serien, mein kaputtes Fahrrad, wie schön und elegant sein Rennrad war), schnell und flatternd, ich versuchte, irgendetwas Passendes zu finden, und strengte mich wahnsinnig an, dabei kam es mir so vor, als würde er vollkommen ruhig dasitzen und nichts davon bemerken. Das ärgerte mich, aber ich wollte nicht darüber nachdenken.

Was willst du trinken?, fragte ich und war froh, dass es etwas zu besprechen gab. Ich wollte das regeln, es war mir sehr wichtig zu bezahlen. Um ihn zu beeindrucken, damit er die Zeit mit mir genoss, weil ich den Eindruck erwecken wollte, Geld interessiere mich nicht, aber auch aus Angst davor, dass er auf die Idee kommen könnte, mich einzuladen.

Nach dem Kaffee bestand er darauf, mich nach Hause zu bringen.

Als Kind, ich war vielleicht sieben Jahre alt, wollte mir der Junge, in den ich verliebt war, ein Eis kaufen. Mich versetzte sein Vorhaben in Panik, ich wollte das auf keinen Fall und verbot es ihm, ich schrie ihn an, so laut, dass die anderen guckten. So fühlte ich mich immer, wenn Männer mir anboten, mich einzuladen oder mich nach Hause zu bringen, ich fand das gefährlich. Mit Alex war es anders, er lief so ruhig, so langsam und allein. Wie jemand, der nichts besaß und auch nichts kaufen wollte. Wir gingen durch die lange, gerade Torstraße, die zu dieser Jahreszeit noch vollkommen kahl war. Es war kalt, und wir kamen zu meinem Haus. Ich schlug dann einfach vor, dass wir reingingen, um noch mehr Kaffee zu trinken, und er sagte Ja.

Als Alex die erste Nacht bei mir verbrachte, schliefen wir nicht miteinander, wir küssten uns nur die ganze Zeit, bis es dunkel und wieder hell wurde. Manchmal schlief er ein, was mich rührte, und auch ich tat dann so, als würde ich schlafen, weil ich die Vorstellung schön fand. Ich schaffte es nie länger als zehn Minuten, und dann beobachtete ich ihn, wie er schlief. Seine Lippen sahen rot und neu aus, die Luft, die er ausatmete, roch gut.

So machten wir es ein paar Tage, und zwischendurch kochte

er für uns an meinem Gasherd (Rührei mit Pilzen, Pfannku-chen mit Apfelmus, ich hatte damals eigentlich viel dagegen, zu essen, aber es war mir noch wichtiger, dass er da war, also aß ich). Ich hatte keine Vorräte, er sagte mir, was ich einkaufen sollte. Bevor ich ging, küsste ich ihn noch mal, zum Abschied. Im Supermarkt konnte ich mich nicht konzentrieren und war überfordert. Seinetwegen, aber auch weil ich nicht oft einkau-fen ging und erst mal verstehen musste, was wo war. Wenn ich alles hatte, rannte ich zurück, die kalte Luft schmerzte im Hals und in der Lunge, und das tat gut, weil es mich die Aufregung darüber, dass Alex bei mir war und auf mich wartete, besser aushalten ließ. Er hatte ein Zimmer in einer WG gehabt, das er aus irgendwelchen komplizierten Gründen nicht mehr hatte, und zu seinen Eltern zu gehen kam nicht infrage, selbst nicht, wenn sie weg waren (an dem Abend, als wir uns kennenlernten, war er deshalb so früh gegangen, weil er seine Eltern am Mor-gen zum Flughafen bringen musste, Moskau, das erste Mal, *endlich Moskau*). Deswegen waren wir von Anfang an bei mir, und wenn ich die graue Wohnungstür mit dem Fuß aufstieß, weil ich wegen der Tüten keine Hand frei hatte, sah ich durch den Flur das Licht in der Küche.

Das wenige Geschirr, das ich besaß, war nun dauernd in Benutzung, und er hatte die Heizung aufgedreht (wenn Hilde das gesehen hätte, *dieses Weichei*). Außerdem hatte er meine Schreibtischlampe neben den Herd gestellt, weil es in der Kü-che kein sinnvolles Licht gab. Nach dem Einkaufen stellte ich die Tüten in der Küche ab und sah, wie sich der Dampf des Espressokochers oder des Wasserkessels im Licht der Lampe bewegte, was schön war. Als könnte man die Dinge ganz leicht verändern. Irgendetwas stand immer auf dem Herd, auf dem neuerdings Spritzer vom Kochen waren. Ich registrierte all diese Veränderungen, die Lampe, die Spritzer, die Heizung, das Geschirr, ich freute mich über sie und fand sie auch schrecklich, ich war nicht allein, ich schrieb weniger als vorher, aber wichtiger war es, dass Alex da war. Er stand versunken über den Pfannen und Töpfen, als hätte er alles um sich herum vergessen, und so sah er noch besser aus. Die Augenbrauen zusammengezogen, schnitt er, rührte er, schmeckte ab wie einer, der versuchte, für uns das Allerbeste rauszuholen, aber nicht im Sinne eines Wettbewerbs, sondern weil er wollte, dass es gut wurde. Ich kannte das nicht, dass man sich einer Sache mit solcher Konzentration und Liebe – ja, Liebe – zuwandte, von der wenig später nichts mehr übrig sein würde. Dass er bereit war, sich so zu verschenken, für eine Sache, die ihm *nichts einbrachte.*

Oft saß ich hinter ihm auf einem der beiden Stühle, die in der Küche standen. Ich rauchte und sah ihn an, während er kochte. Er schien gerne am Herd zu stehen, und es sah so friedlich aus, er in dieser winzigen Küche, die eigentlich zu klein für ihn war. Ich konnte mein Glück nicht glauben, und ich hatte den Eindruck, dass auch er erleichtert war, aber ich wusste noch nicht, warum.

Ich wollte vorsichtig sein. Ich fand ihn so toll, dass ich dachte, die Lösung könnte sein, dieses Mal alles anders zu machen und einfach nicht mit ihm zu schlafen. Als ich merkte, dass ich doch wollte (nach fünf Tagen, in denen wir ununterbrochen zusammen gewesen waren), presste ich beim Küssen meine Lippen auf seine, weil ich dachte, es müsse nach einem Kampf aussehen. Sex war vorher unwürdig gewesen, man musste sich wehren, was sonst. Die Penetration und die damit verbundene, vulgär naheliegende Symbolik, die nackte, harte, gesichtslose Fleischpuppe ohne Arme, das Stechen. Wie sonst sollte man darauf antworten als mit Aggressivität, Härte (was natürlich Teil des Spiels war und es noch lächerlicher machte).

Aber mit Alex ging es um andere Dinge. So nah wie möglich sein, ich musste unter seine Haut kommen und er unter meine. Seine Finger in meinen Haaren, seine Hände zwischen meinen Beinen, sein Blick auf meiner Haut, unter dem alles an mir erwachte, schön wurde und belebt. So mit ihm zu sein, er über mir, in mir, schien plötzlich gar nichts mit Schwäche zu tun zu haben (mit meiner Mutter).

Zwei Sachen wusste ich seit unserem ersten Spaziergang: dass er einundzwanzig Jahre alt war, fünf Jahre jünger als ich; und dass auf seiner Geburtsurkunde noch das Wappen der DDR war.

Eigentlich, las ich später irgendwo, war es in der Regel umgekehrt: Die Frau kommt aus dem Osten und der Mann aus dem Westen. (Angeblich weil Ostfrauen nach der Wende eher in den Westen gingen und dort besser klarkamen; weil die Ostmänner nicht so gut klarkamen und Frauen dazu neigen, sich nach oben zu orientieren.) Ich wusste davon nichts und meine Mutter natürlich auch nicht, als ich ihr das erste Mal von Alex erzählte. Ich war so verliebt und hoffte, dass sie sich freuen würde, und ich erzählte es ihr, noch bevor sie nach *den Männern* fragen konnte. Ich versuchte, Worte für ihn zu finden. Noch nie war jemand so fest entschlossen und ohne Angst bei mir gewesen, aber das sagte ich nicht. Ich sagte: Es geht so leicht mit ihm, ich muss nicht so tun, als wäre er mir egal, weil ich ihm nicht egal bin. Ich weiß nicht, er sieht aus wie ein Mann, ein schöner Mann, aber er benimmt sich nicht so, verstehst du, Mama?

Sie sagte, er sei ganz schön jung, und dann fing sie von ihrem Garten an. Sie lebte inzwischen mit drei Katzen in der Nähe von Marseille, vermietete Ferienwohnungen und stellte Schmuck her. Sie konnte Deutschland nicht leiden, das wusste ich, sie hatte immer gesagt, dass es hier kalt sei, hart und hässlich. Aber ich dachte manchmal, sie sei auch deshalb ausgewandert, damit man ihr nicht dabei zusah, wie sie lebte, eine *alleinstehende Frau*.

Sie sagte: Komm mich doch mal besuchen, du kannst auch jemanden mitbringen.

Ich glaubte, dass sie das nur sagte, weil es ihr ein gutes Gefühl gab und weil sie wusste, dass ich nicht kommen würde. Hinterher fiel mir auf, dass sie nicht einmal gefragt hatte, was er machte, und damit war klar, dass sie davon ausging, dass das mit ihm (*wie hieß er noch mal?*) sowieso nicht lange dauern würde.

Wenn sie gefragt hätte, hätte ich keine Antwort gehabt. Keine, die sie verstanden hätte. Alex war Barkeeper, das vielleicht schon. Er spielte Gitarre und schrieb Lieder, von denen er selbst sagte, sie seien extrem schlecht, aber er sang sehr schön, und ab hier wäre es für meine Mutter schon schwierig geworden: Alex bezahlte im Supermarkt so gut wie nie und besprühte nachts Züge und Häuser mit Bildern und Wörtern. Er und ich redeten ausführlich über die Form von Buchstaben, manchmal trat eine Pause ein, wir schwiegen und redeten dann weiter, wieder darüber. Ich hatte keine Ahnung, wovon wir sprachen, aber es fühlte sich so sicher und frei an wie nichts zuvor.

Um in der Stadt an gute, sichtbare Orte für seine Bilder zu kommen, balancierte Alex auf Dächern, er konnte das gut, er hatte keine Angst. Er war dabei, mit einem Freund eine Bar aufzumachen, was Eigenes, und um Geld zu verdienen, arbeitete er dreimal die Woche im weißen Hemd in einer schicken Bar auf der Friedrichstraße. Er sah so gut aus, dass man ihn ansehen musste, und wenn die Leute erfuhren, dass er aus Berlin war, aus Ost-Berlin sogar, waren sie begeistert und gaben noch mehr Trinkgeld. Deswegen berlinerte er beim Arbeiten. Außerdem half er bei Umzügen. Aber vor allem wollte er Filme machen. Er hatte zwei Kurzfilme fertiggestellt, die ich nicht sehen durfte, er fand sie nicht gut genug. Aber den Bewerbungsfilm würde er mir zeigen, sagte er, als wir mal wieder draußen saßen, abends vor irgendeiner Bar oder einem Restaurant in Mitte. Er wollte an die Filmhochschule, und in dem Bewerbungsfilm sollte es um einen Plattenbau in der Memhardstraße gehen, der aussah wie eine Burg. Eine Burg, um die zwei Freunde kämpften, die dort wohnten, seit sie klein waren.

Manchmal hatte Alex ein paar hundert Euro, von denen er mich viel zu teuer zum Essen einlud, manchmal gar nichts. Er ging mit seinen Freunden auf Partys, es lief Rap aus den Neunzigern und Techno aus Detroit. Ich ging mit, und wenn wir einmal länger nicht im gleichen Raum waren, dann fand er mich, um mich zu küssen. Vor den Partys nahm Alex mich mit auf die Dächer, über das Treppenhaus durch die Luke nach oben. Er half mir hoch, und wir aßen und tranken dort. Er brachte Servietten und ein schönes Tuch mit, sogar Blumen,

107

er transportierte alles in einer schwarzen Sporttasche, die er immer dabeihatte, seine Sprühdosen waren darin. Das Essen klaute er bei Rewe oder Kaiser's, auch das konnte er gut. Wir mussten nicht darüber reden, warum es richtig war, das zu tun. Einmal erklärte er mir, was die Treuhand war. Ich hatte davon schon gehört und alles wieder vergessen, aber ich tat so, als wüsste ich es noch.

Sonst sagten wir dort oben auf den Dächern nicht viel, wir redeten am Anfang sowieso nicht besonders viel. Mich machte das nervös, dauernd guckte ich ihn an, so unauffällig wie möglich. Alex hatte über den Tag hinweg immer wieder Phasen, in denen er länger schwieg, ein Schweigen, in dem er vollkommen verschwand. Dann schwieg ich mit, neben ihm. Ich gab mir große Mühe, mich davon zu überzeugen, dass das schick sei, ein bisschen wie in den Arthouse-Filmen, die wir zusammen auf meinem Rechner im Bett anguckten. Ich ließ mir dafür einen Ausweis in der Videothek machen, und Alex zeigte mir, was er mir zeigen wollte. Bevor der Film begann, ging ich noch schnell in ein Café und holte uns Kuchen, für Alex einen Americano und einen frisch gepressten Orangensaft, eilig, das Portemonnaie schon offen in der Hand, bezahlte ich, stopfte das Restgeld zwischen die Karten und Quittungen und stürzte aus dem Laden, denn ich wollte schnell zu ihm zurück, wollte sichergehen, dass er noch da war, und ich hoffte, er würde sich freuen (über den Kaffee, den Kuchen, den Orangensaft). Ich hoffte, es gefiele ihm bei mir und dass er bleiben würde. Dafür betete ich sogar, obwohl ich nicht an Gott glaubte, während ich zu ihm lief, so schnell ich konnte, aber vorsichtig, damit der Kaffee nicht überschwappte.

Wir guckten die meisten Filme auf Englisch, einige auf Französisch mit Untertiteln. Alex konnte gut Englisch, weil er zum Sprühen oft in ausländische Städte gefahren war. Außerdem musste er bei der Arbeit ständig Englisch reden. Ich verstand nur die Hälfte und war immer in Sorge, etwas nicht kapiert zu haben, dabei interessierte ich mich eigentlich sowieso nur für Alex. Nur wenn ich lachte, bloß weil er lachte, kam ich mir dumm vor und verstummte (dieses Bild: meine Mutter am Esstisch, weinend, die Haustür fällt krachend ins Schloss, der Wagen meines Vaters in der Einfahrt).

In vielen der Filme, die wir sahen, sagten die Menschen, die sich liebten, nicht viel, sie liebten sich so sehr, dass sie das nicht brauchten, und sahen dabei gut aus. Ich mochte es nicht, wenn die Schauspielerinnen auf eine Weise gut aussahen, die etwas mit mir zu tun hatte. Wenn mir ein Schauspieler gut gefiel, küsste ich Alex. Er küsste mich, wenn die Schauspieler sich küssten, ich wollte ihn küssen, wenn es eine Krise zwischen ihnen gab, hielt mich aber manchmal zurück. Wenn der Schauspieler die Schauspielerin betrog, küsste ich Alex nicht, war es umgekehrt, war sie die Untreue, hingegen schon.

Ich glaube, es war während *A Woman Under the Influence*, als ich beschloss, ihm nie davon zu erzählen, mit wem ich vorher zusammen gewesen war, weil es außer uns nichts geben sollte. Meine Absicht war in diesem Moment so dringend und plötzlich, dass ich bis drei zählte und auch für mich überraschend in die Filmstille hinein sagte, dass ich von ihm, Alex, niemals wissen wollte, wen es vor mir gegeben hatte, dass ich wollte, dass wir so taten, als wäre da überhaupt nichts gewesen.

Ich will das niemals wissen, okay? Es gibt dich und mich.

109

Dass auch ich ihm von mir nichts erzählen wollte, sagte ich nicht, ich dachte, das verstehe sich von selbst.

Er sah mich kurz überrascht an, zog die Augenbrauen zusammen, dann entspannten sich seine Gesichtszüge. Er nahm meinen Kopf zwischen die Hände, küsste mich, nickte und guckte weiter. Seine Reaktion wirkte bedeutungsvoll, wie Verständnis ohne Worte, aber wahrscheinlich wollte er einfach nur weiter den Film sehen. (Dennoch entschied ich mich für die bedeutungsvolle Variante. So oder so: Er hielt sich daran. Er sagte mir nie, mit wem er vor mir zusammen gewesen war.)

Nachdem ich ihn darum gebeten hatte, spürte ich meinen Herzschlag und richtete meinen Blick starr geradeaus auf den Bildschirm. Erst nachdem etwas Zeit vergangen war, sah ich Alex von der Seite an, aus den Augenwinkeln, vorsichtig. Er bemerkte es nicht, er schwieg und guckte ganz normal, aber für mich war es einer dieser Momente, in denen er aussah, als hätte er sein Gesicht verlassen, das deswegen für mich vollkommen ohne Anhaltspunkt war.

Ich fand einfach nicht heraus, was in diesen Momenten los war, wohin er verschwand. Ich suchte ihn, nicht nur damals beim Filmegucken, auch später suchte ich ihn immer wieder, und dabei verlor ich auch etwas von mir (doch wahrscheinlich fehlte bei mir schon vorher etwas, unabhängig von Alex' Verschwinden).

Wenn er so war und schwieg, rauchte ich oft, die Zigaretten passten auch gut zu den Filmen, die an mir mehr vorbeizogen, als dass ich sie sah. Manchmal sagte Alex freundlich und ohne Vorwurf: Du rauchst ein bisschen zu viel, und das freute mich, weil er sich um mich sorgte. Und jedes Mal erlöste er mich von seinem Schweigen und meiner Angst, indem er mir sagte, dass er mich liebte.

Wenn er am späten Nachmittag meine Wohnung verließ, um in die Bar zu fahren, war ich mir trotzdem jedes Mal sicher, dass er nicht wiederkommen würde. Mir war schlecht vor Glück und vor Angst. Ich schlief nicht viel, wie kannst du bloß schlafen, dachte ich, wenn ich ihn ansah, nach dem Sex. Ich verstand jetzt, warum Menschen Sex hatten, ich liebte es, zwischen Alex' großem Körper und der Matratze zu verschwinden, dass er mich hielt und bog und von innen ausfüllte. Es war mit ihm nie ein Problem für mein Denken und meine Würde, dass es mich in die Nähe der Frauen aus den Filmen, Pornos, Büchern rückte, eine Daseinsform, die sich in dem Stöhnen meiner Mutter zusammenfasste, das manchmal aus dem Schlafzimmer meiner Eltern gedrungen war (hingebungsvoll, schwach, flehend fast).

Es war kein Problem, weil ich das Geld hatte und weil es Alex nicht interessierte, wer oben und wer unten war.

Gegenüber von dem Bett stand das einzige ernsthafte Möbelstück, das ich besaß, ein Bücherregal aus Stahl, das fast bis unter die Decke ging. Nach der Scheidung war es meiner Mutter zugesprochen worden, und sie hatte es mir überlassen, bevor sie nach Frankreich zog. Manchmal wenn ich aus der Küche kam, wo ich etwas zu trinken geholt hatte, sah ich Alex mit schief gelegtem Kopf auf dem Bett sitzen und die Buchrücken betrachten. Versunken, interessiert, aber auch etwas skeptisch, scheu vielleicht. Ich freute mich, ich wollte ihm meine Bücher zeigen. Einmal zog ich *Anna Karenina* heraus, weil seine Eltern dieses Russlandthema hatten und weil er es bestimmt kannte, weil jeder es kannte, dachte ich. Er nahm es, blätterte ernst darin, ich erzählte, wann ich es das erste Mal gelesen hatte, warum und wo, er blätterte schweigend weiter und fragte etwas zu laut, ob wir eine Zigarette rauchen wollten. Das machten wir so, vorm Schlafen, abends am Fenster. Wir teilten eine Zigarette, und das war seine Idee. Ich hielt nichts davon, Zigaretten zu teilen, aber mit ihm wollte ich. Das Teilen nervte mich, aber das Bild davon war schön.

Wenn er am Nachmittag ging, wenn die Tür hinter ihm ins Schloss gefallen war und ich seine Schritte erst im Treppenhaus und dann im Hof gehört hatte, weinte ich. Dann räumte ich auf, die Küche, das Badezimmer, das Schlafzimmer, das Geschirr, die Kleider, die Krümel. Alex ließ die Dinge da liegen, wo er sie nicht mehr brauchte, er war zerstreut oder verträumt, ich verstand es nicht, und es machte mich nervös. Ich verstand nicht, warum er überhaupt keine Angst zu haben schien, sich und seine Sachen zu verlieren.

Aber ich sagte nie etwas zu seinem Chaos, weil ich einen Streit fürchtete, stattdessen stellte ich die Schreibtischlampe knallend zurück auf den Schreibtisch. Ich musste zur Uni oder zum Radio, um zu arbeiten, um das alles zu bezahlen, aber noch mehr musste mein erster Roman fertig werden. Benjamin wartete darauf. Ich schrieb oder arbeitete, und zwischendurch fragte ich mich, ob ich Alex wiedersehen würde. Ich fragte mich das ernsthaft und war deswegen unkonzentriert. Ich sah mich um, ich sah mein Zimmer und dachte, das Beste wäre, wenn ich mich trennen würde. Auch weil ich die Vorstellung nicht aushielt, dass er nicht wiederkäme.

Er kam jedes Mal wieder, jede Nacht, und die Schreibtischlampe stand wieder in der Küche. An einem Nachmittag, Alex war gerade zur Arbeit gegangen, war meine Angst, ihn nicht wiederzusehen, so groß, dass ich vom Schreibtisch aufsprang, mich aufs Fahrrad setzte und losfuhr. Erst wusste ich nichts von meinen Absichten, nur dass ich nicht mehr sitzen und schreiben konnte, dass ich etwas unternehmen musste. Ich hielt bei einem Juwelier an und kaufte eine kleine, viel zu teure silberne Kette mit zwei Buchstaben daran, unseren Anfangsbuchstaben. Es war am Monatsende, ich hatte eigentlich kein Geld für so etwas. Aber es half, es würde zu einer Reaktion führen, ablesbar an seinem feinen, ruhigen Gesicht.

Ich zitterte, er bedankte sich, er sah mich lächelnd an, und ich war voller Glück. Ich sah ihn an und dachte, dass er überhaupt keine Ahnung hatte und vor allem keine Angst. Nicht davor, bei mir zu sein, auch nicht davor, allein zu sein. Als ich Jahre später in der Psychiatrie saß, fragte ich mich, was aus Alex und mir geworden war, wie es sein konnte, dass es dem so ähnelte, was meine Eltern miteinander veranstaltet hatten, die Lügen, die Kälte, die Brutalität. Ich konnte es nicht sagen, aber ich hatte eine Ahnung.

Einmal, es war Sommer, ein Freitagnachmittag, sehr heiß, gingen wir durch Berlin, an der Spree entlang von Kreuzberg nach Mitte, und kamen durch eine Straße, die ich noch nie zuvor betreten hatte. Die Häuser waren hoch, die Bäume formten ein Dach, es war dunkel und still, kaum Autos. Ich ging nicht langsam, aber nach kurzer Zeit war Alex mir immer wieder ein paar Schritte voraus, weswegen ich mich beeilte, schneller zu gehen und ihn einzuholen. Für gewöhnlich gingen wir nebeneinander, oft Hand in Hand, aber da nicht. Ich sah, dass Alex vor einem der Hochhäuser stehen blieb und dass sein Gesicht wieder so aussah, als hätte er es verlassen. Er trat auf die Haustür zu und zog sein Schlüsselbund aus der Tasche, an dem auch ein Schlüssel zu meiner Wohnung hing. Wir kannten uns da schon über ein Jahr, doch manchmal hatte ich immer noch Angst, dass er nachts nicht wieder zurückkommen würde.

Er hatte bisher kaum über seine Eltern gesprochen, nur gesagt, ihr Verhältnis sei nicht eng, das sei schon immer so gewesen. Aber kein schlechtes Wort, nur: *Sie sind anders*. Er hatte auch nicht angekündigt, dass wir zu dem Haus gehen würden, in dem er seine Kindheit verbracht hatte. Was machen wir hier?, fragte ich ihn. Meine Eltern wohnen hier, sagte er, ich muss kurz was holen. Ich freute mich, dass er mich mitgenommen hatte, es musste etwas bedeuten. Vielleicht waren seine Eltern nicht da, und er wusste das, aber trotzdem, es wäre ein Anfang.

Ich war aufgeregt und sah nach oben. Das Haus hatte achtzehn Stockwerke, Platte, weiß, die Balkone und die Flächen rings um die Fenster waren blau gestrichen, die Häuser daneben sahen genauso aus. Es war merkwürdig still. Ich musste an einen Wald denken und dass ich keine Ahnung hatte, wo genau ich war, dass ich die Straßenführung nicht verstand und nicht gewusst hätte, in welche Richtung ich gehen müsste, um nach Hause zu kommen.

Im Haus war es sauber und leer, man sah, dass hier Leute wohnten und dass man ihnen so gut wie nie begegnen würde. Der Boden war aus schwarzem Stein, und wir fuhren mit einem silbernen, nicht vollgeschmierten Aufzug in den neunten Stock. Alex guckte zu Boden oder zur Decke, ich nahm seine

Hand, und er hielt sie fest. Ich muss nur kurz was holen, sagte er noch einmal. Als der Aufzug sich öffnete, ging er voran, auf die letzte von drei dunkelblau glänzenden Wohnungstüren zu und schloss sie auf (Sicherheitsschloss).

Mit einem Schritt standen wir im Eingangsbereich und waren einander auf der Stelle fremd. Es war so eng, dass man sich kaum bewegen konnte, so als wäre Besuch nicht vorgesehen. Die Wohnung war kühl, die Decken waren tief, der Flur war schmal und mit dunklem Holz vertäfelt, auf dem Laminatboden lag ein apricotfarbener Läufer. Das Licht war an, jemand musste zu Hause sein. Es roch nach Putzmittel, Essen und ein wenig nach Rauch. Alex sagte nichts, er streifte seine Schuhe ab, sah an dem Spiegel vorbei, der dort hing, und ergriff fest und praktisch meine Hand. Er zog daran und bedeutete mir so, ihm in ein Zimmer zu folgen, das gleich rechts vom Eingang lag.

Bevor wir verschwinden konnten, bevor Alex mich verstecken konnte – ich glaube, das war, was er in diesem Moment wollte –, erschienen nacheinander, leise und vorsichtig, erst seine Mutter und dann sein Vater im Flur. Sie lächelten freundlich und etwas betreten, so als fürchteten sie, etwas falsch zu machen. Ihre Körper waren groß, aber sie sahen nicht groß aus, und ich musste an dieses Elternpaar aus dem Kindercomic denken, Herr und Frau Dachs, beide sehr höflich und zurückhaltend, freundliche Gesichter und aufmerksame Augen, immer beschäftigt, sie reden ein bisschen wie Kinder und sind doch die Eltern. Alex' Eltern hatten Hausschuhe an, Schlappen aus Filz, und ich bemerkte, dass ich meine Schuhe noch trug. Es war peinlich, ich reichte ihnen die Hand, stellte mich vor, sagte, dass ich mich freue. Ich freute mich wirklich, und ich sah, wie sehr sie das freute. Alex hatte es sichtlich eilig, er wollte diese Situation beenden, hastig begann ich meine Sandalen auszuziehen. Er hatte ihnen zur Begrüßung zugenickt und Hallo gesagt, als hätten sie sich gerade erst gesehen, wieder mit diesem Gesicht, in dem niemand zu Hause war. Er stand vor der Tür, die rechts vom Eingang lag, und wartete mit nervös springendem Blick, während ich noch immer mit meinen Sandalen beschäftigt war. Sie hatten viele Riemchen, es dauerte, ich stand gebückt auf einem Bein und fummelte an den Verschlüssen herum, verlor das Gleichgewicht und hielt mich an einem Türrahmen fest. Alex' Eltern standen da und sagten nichts. Ich verstand nicht, warum sie nichts sagten, erklärte es mir mit Spannungen zwischen ihnen und Alex und damit, dass sie vorsichtig sein wollten. Ich begann irgendeinen Schrott zu erzählen (Studium, die Spree, der Sommer), sie standen weiter da und lächelten, nickten, dann sagte der Vater endlich, ich solle die Schuhe doch einfach anbehalten. Aber da war ich fast fertig und setzte meine nackten, von der Hitze leicht geschwollenen Füße auf den Läufer, meine geschwollenen Füße, die einige rote, schwitzige Druckstellen aufwiesen und vom Straßenschmutz außerdem ein bisschen dreckig waren und vielleicht nicht ganz einwandfrei rochen, zumindest befürchtete ich das. Ich hätte mir gerne die Hände gewaschen, war mir aber sicher, dass das Aufregung und vielleicht sogar Missverständnisse verursacht hätte. Jetzt komm, sagte Alex, und ich folgte ihm ins Zimmer, wobei ich weiter lächelnd seinen ebenfalls noch immer lächelnden Eltern zunickte, die *Na klar* sagten, genau wie die Kellnerin ein Jahr später im Steigenberger, als ich Alex Siegfried vorstellte. In meiner Erinnerung faltete Alex' Mutter ihre Hände vor dem Bauch zu einer Raute wie Angela Merkel, so als würde sie gerade eine Präsentation halten. Es war wie bei einer Parade oder einem Umzug, und es hörte erst auf (das Nicken, Lächeln, Schweigen), als Alex die Tür hinter mir schloss, und ich ahnte, dass es auch für seine Eltern unangenehm war, aber ganz anders unangenehm als für ihn, so wie es für mich anders unangenehm war als für Alex beziehungsweise seine Eltern. Es war für uns alle unangenehm, wir waren alle damit allein, und wahrscheinlich gab es dafür gute, sehr gute Gründe (diese Situation tauchte ein paarmal in meinen Gedanken auf, während ich mit geschlossenen Augen auf dem roten Metallstuhl saß, und sie machte mich traurig).

Alex schloss hinter mir die Tür ab. Er schloss wirklich ab und begann sofort irgendetwas zu suchen. Warum schließt du ab?, fragte ich. Ach so, sagte er, Gewohnheit. Das Zimmer war ein kleines Rechteck, die Rollläden waren heruntergelassen, holzvertäfelte Decke, Halogenleuchten, auf dem Boden ein abstrakt gemusterter, ziemlich scheußlicher Teppich wie aus einer Werbung für die Volksbank oder Opel aus den Neunzigerjahren. Alles, was hier stand, schien Katalogen aus dieser Zeit zu entstammen, das Bett, die türkisfarbene Bettwäsche mit den geometrischen Formen darauf, die Schrankwand, das Fitnessrudergerät. Dazwischen Kartons, ein Bügeleisen, ein Kanister mit destilliertem Wasser, Einkaufstüten. Alex suchte weiter, in den Kartons, der Schrankwand, unterm Bett, er sagte noch einmal, es würde nicht lange dauern, ich fragte: Und das hier ist dein Kinderzimmer, hier bist du aufgewachsen? Er nickte. Ja, leider, sagte er. Ich setzte mich aufs Bett, während er einen Karton mit CD-Hüllen durchschaute. Auf meine Frage, wonach er eigentlich suche, antwortete er nicht, und ich fand, dass alles an der Situation falsch war. Wir beide in diesem von ihm verachteten Kinderzimmer, in das er mich eingeschlossen hatte. Dass er nichts sagte, seine Eltern draußen vor der Tür, wo sie in meiner Vorstellung noch immer standen, während ich zu Besuch bei ihrem Kind war wie ein Kind aus der Schule. Dass wir nicht miteinander sprachen, alle so merkwürdig entmündigt und ohne Schuhe. Ich sah auf meine nackten Füße.

Alex und ich hatten noch nie einen ernsten Streit gehabt, dafür war ich zu verliebt und zu vorsichtig. Es war deswegen etwas Besonderes, dass ich Alex – trotz seiner Anspannung, obwohl er so einsilbig war – noch mal fragte, was er suche. Er antwortete nicht.

Ich müsste mal zur Toilette, sagte ich dann etwas lauter. Alex kramte in einer Schublade, er stand mit dem Rücken zu mir, seinem großen, leicht gerundeten Rücken, der in diesem Moment aussah wie ein Panzer. Er hielt inne. Er drehte sich um und sah mich ernst an. Okay, sagte er, fast ohne den Mund zu öffnen. Er sah mich an, aber es war trotzdem, als hätte er mich vergessen. Er schloss die Tür auf. Erste Tür rechts.

Ich ging vorsichtig, leise, weil ich glaubte, Alex irgendwie enttäuscht zu haben, und weil klar war, dass man hier leise ging. Barfüßig schlich ich über den Läufer und hatte das Gefühl, Alex' Blick im Nacken zu haben, aber ich drehte mich nicht um. Als ich wieder aus der Toilette rauskam, stand Alex noch immer in der Tür seines alten Kinderzimmers und wartete. Doch irgendwie lief ich dann nicht in seine Richtung, sondern nach rechts, zum Ende des Flurs, wo ich das Wohnzimmer und Alex'

Eltern vermutete. Ich hörte Fernsehgeräusche und drehte mich vor der Wohnzimmertür noch mal um. Alex stand am anderen Ende des Flurs und schüttelte heftig den Kopf, er kam einen Schritt in meine Richtung, aber etwas in mir hatte schon entschieden. Es tat mir leid für ihn, aber ich betrat das Wohnzimmer. Alex' Eltern wandten mir gleichzeitig die Köpfe zu, ein blonder Kopf, ein rot gefärbter Kopf, ein Bürstenschnitt, ein kinnlanger Stufenschnitt, sie sahen mich an, ungläubig. Wir lächelten alle gleichzeitig wie angeknipst. Sie saßen nebeneinander auf einem apricotfarbenen Ledersofa mit roten Kissen vor einer verglasten Schrankwand aus Eichenholz (türkis und natur), in deren Mitte ein sehr großer Fernseher stand. Die Vorhänge waren aus glänzend changierendem Stoff und im gleichen Ton gehalten wie der Teppich (helles Grau), es gab eine kleine Zimmerpalme, einen blauen Kristallaschenbecher, eine silbern-goldene Uhr, die sich um irgendetwas drehte, einen türkisfarbenen Bilderrahmen mit einem Foto von Alex als Kleinkind, einen silbernen Bilderrahmen mit einem Foto von Alex mit türkisfarbener Schultüte, insgesamt wirklich viel Türkis, Kerzenständer mit Kerzen, die nie angezündet worden waren, ein paar kleine Setzkastenfiguren, ein Korkenzieher mit einem türkisfarbenen Griff in Form eines Fisches (irgendwann später erfuhr ich von Alex' Mutter, dass Türkis für sie für das Meer stand). Kaum Bücher, in der Schrankwand vielleicht vier oder fünf, auf dem Couchtisch keines. Dort lagen eine silbern glänzende Tischdecke und kleine Untersetzer aus Plastik für Gläser. Siegfried hätte es vielleicht nicht so gesagt, aber er hätte dieses Wohnzimmer grauenhaft gefunden, die Platte, die Enge, *die Ossis*; meine Mutter ebenfalls (die ungeschickte Haarfarbe von Alex' Mutter, dass es nach Essen roch), und ich hatte das alles auch in mir, ich fand es auch alles scheußlich, aber ich wollte so nicht denken. Ich wollte Alex' Eltern nett finden, und ich wollte, dass sie mich mochten, deswegen ging ich zu ihnen ins Wohnzimmer. Weil ich Alex wollte.

Auf dem Fernseher lief ein Urlaubsvideo. Zu sehen war Alex' Mutter, die neben einem Kamel stand und in die Kamera winkte, lächelnd mit leicht hängenden Schultern, auf der Nase eine Sonnenbrille, die an einem Band befestigt war. Hallo, sagte ich und blieb stehen, ich dachte, ich sag mal Hallo. Sie waren erstaunt, aber sie freuten sich, ich sah es in ihren Augen. Sie erhoben sich, sofort ging eine geschäftige, irgendwie ernste Aufregung los, während deren sich die beiden durch kurze Sätze in gedämpftem Ton verständigten. Es war wie bei einer Prüfung, es galt, etwas zu schaffen, es war Eile geboten. Was ich trinken wolle, mit oder ohne Sprudel, eine Kleinigkeit zu essen vielleicht, süß oder eher salzig. Neben dem Sofa stand ein gro-ßer, schwerer Sessel, der mir zugewiesen wurde. Dort saß ich, und Alex' Vater sagte Alex' Mutter, was gebraucht wurde, und Alex' Mutter ging los wie eine, die geübt darin ist, zu bringen, und in diesem Fall froh, endlich bringen zu dürfen. Sie kam mit Säften, Obst, Süßigkeiten wieder, obwohl ich nur um ein Was-ser gebeten hatte (das ich wirklich gerne gehabt hätte, ohne Sprudel, hatte ich gesagt). Die Süßigkeiten lagen auf dem Teller wie in einer Werbung, Amicelli und Rocher. Außerdem mach-ten sie eine Flasche Sekt auf, *zur Feier des Tages*, obwohl beide nicht so aussahen, als würden sie nur zur Feier des Tages trin-ken (die Haut, die geröteten Augen). *Zur Feier des Tages* rauchte Alex' Vater an diesem Tag drinnen, er sagte das, als wollte er

120

sich entschuldigen, aber ich rauchte mit, und dabei saß ich lächelnd in dem Sessel und versuchte, meine nackten Füße zu verstecken. Alex' Eltern saßen auf dem Sofa, wir saßen in einer Reihe nebeneinander, so wie man eigentlich nur zusammensitzen kann, wenn man eine Familie ist, wenn man sich schon sehr lange kennt. Auf dem Fernseher lief noch immer das Urlaubsvideo, die Wüste und dann wieder Alex' Mutter mit der Sonnenbrille, sie streckte ihren Daumen in die Luft, sobald ihr Blick die Kamera traf. Ich musste immer wieder dorthin sehen, und sie mussten ihre Körper immer wieder neu arrangieren, damit sie einander nicht den Blick auf mich versperrten. Dann stießen wir an, auf den Sektflöten klebte am Fuß ein kleines blaues Etikett mit dem Namen des Herstellers. Ich dachte die ganze Zeit daran, es zu entfernen, was für eine Befriedigung das jetzt wäre.

Alex' Mutter strich sich die Haare hinter die Ohren, Alex' Vater trank und rauchte und guckte dann in die Sektflöte hinein, die in seiner großen grauen Hand zerbrechlich wirkte. Ich mochte, wie er sich die Zigaretten aus der f6-Packung in seiner Brusttasche holte, die Packung immer wieder dorthin zurücksteckte. Dann klopfte er mit der Zigarette auf den Tisch, zündete sie an und atmete geräuschvoll ein. Es machte mich ein bisschen traurig, wie er atmete. Es klang wie *Geschafft* und gleichzeitig wie: *Aber es ist nie vorbei.*

Unser Zusammensein begann wie auf Zehenspitzen. Ich sagte, ich hätte schon viel von ihnen gehört (was nicht stimmte, was sie kurz stutzig machte, was sie aber tapfer weglächelten). Sie nickten, sie sagten nichts, fragten nichts, ich dachte, ich erzähle einfach, was ich studiere, was mit meinen Eltern ist, so etwas wollten doch alle Eltern wissen, aber auch dazu fragten sie nichts, sie nickten nur höflich und fragten stattdessen, ob ich nicht doch Hunger hätte, nicht doch *zugreifen* wolle, und dann tranken wir Himbeerlikör. Ich wusste nicht, warum sie mich nichts fragten und warum auch ich sie kaum etwas fragte, was sie betraf, was sie machten, woher sie kamen und so weiter. Es verstand sich aus irgendwelchen Gründen von selbst, dass das nicht hierhergehörte, dass man über alles sprach, aber nicht über sie, Regina und Torsten.

Das Gespräch geriet hin und wieder ins Stocken, ich musste mich anstrengen, aber es gelang mir meistens. Nur einmal, am Ende, wusste ich nicht weiter, doch da übernahm Alex' Vater, der schon einiges getrunken hatte (ich auch). Es ging um Urlaub, das Wetter im Urlaub, um Reiseveranstalter, ich versuchte, etwas dazu zu sagen, aber das war nicht nötig. Tunesien, das mochte Regina besonders, und warum sollte man dann woandershin, sich den Stress machen? Kamelreiten, am Pool ausspannen, und Alex' Vater erzählte, worauf man bei tunesischen Hotels achten musste, Stichwort Renneritis, man darf das Leitungswasser in Hotels eben nicht trinken, Anfängerfehler, hier geht das, aber mit Wasserfilter, das Berliner Wasser ist ja sehr kalkhaltig, merkt man auch beim Haarewaschen, Regina sagt immer, an manchen Tagen muss ich nicht Haare waschen, da kann ich auch in die Steckdose fassen. Alex' Mutter lächelte, noch immer etwas schüchtern, ich lächelte zurück, und dann lachte sie etwas zu laut und ich auch.

Bei Real bekommt man gerade günstig einen guten Wasserfilter, für Lebensmittel geht man aber besser ins Kaufland, da ist das Fleisch besser, die Kundenkarte lohnt sich, dafür bringt man am besten etwas Zeit mit, nur keinen Stress, nach dem Motto: *Warum klappst du bei dem ganzen Stress nicht zusammen? Keine Zeit!* – Das ist ja nicht der Sinn der Sache. Spaß beiseite, bestimmte Sachen, Grundnahrungsmittel, bekommt man natürlich auch gut bei Aldi, da stehst du dann natürlich an der Kasse länger, aber irgendwas ist immer.

Es war unglaublich uninteressant, aber ich war froh, dass die beiden – vor allem Torsten – redeten. Plötzlich mit einer viel festeren Stimme und mit Berliner Dialekt, bereit zum Spaß, Reisegruppenspaß. Auch Alex' Mutter war lauter geworden, auch sie fühlte sich jetzt sicherer. Ich konnte damit nichts anfangen, aber es war mir egal, Hauptsache Alex. Nach etwa zwanzig Minuten stand er plötzlich in der Tür mit einem harten Gesicht. Ich würde jetzt langsam gehen, sagte er. Seine Eltern hatten noch ihre lauten, geliehenen Stimmen, sie waren überschwänglich. Ach komm, setz dich doch, riefen sie, und sein Vater schlug mit der flachen Hand auf das Sofa. Sein Gesicht lachte in diesem Moment, und Alex musste lächeln, er freute sich, auch wenn er wütend war, das sah ich. Er sah mich eindringlich an, ich erhob mich und spürte, wie hinter mir die Schultern seiner Mutter wieder einsanken.

Erst als wir im sauber glänzenden Aufzug nach unten gefahren waren und das Hochhaus verlassen hatten, atmete Alex auf. Er nahm meine Hand, küsste mich im Laufen auf den Kopf. Und, liebst du mich noch?, fragte er, und es sollte klingen, als wäre es nicht ernst gemeint, aber das war es. Spinnst du?, antwortete ich. Ich fand, der Besuch war ein Erfolg gewesen, ich freute mich darüber, dass es geschafft war, wollte mich mit ihm zusammen freuen. Ich dachte an seine Eltern und dass ich sie nicht beschreiben konnte, obwohl ich sie gerade gesehen hatte. Es gab nichts Charakteristisches, oder doch, aber mir fehlten die Worte dafür. Eine Abwesenheit, eine Lücke, und ich verstand diese Lücke nicht, ich verstand Alex' Eltern überhaupt nicht, und dazu gehörte, dass es ihnen mit mir genauso ging. Ich verstand auch Alex nicht, der von dem Moment an, als wir die Wohnung seiner Eltern betreten hatten, nicht mehr da gewesen war.

Ich glaube, er war damals erleichtert und unendlich allein zugleich, und wir gingen weiter auf den Sommerabend zu, der uns gehören würde (Drinks, Zigaretten, Sex, Bagels aus dem Deli nebenan, die kleine Wohnung). Wir gingen auf die Freiheit zu, die weiß und unbeschrieben war und in der wir uns trafen und verstanden und gegenseitig Halt gaben.

Einige Tage später erfuhr ich, dass Alex seine Geburtsurkunde gesucht hatte (er hatte sie nicht gefunden). Noch später, wesentlich später, erfuhr ich (nebenbei, ich glaube, er kochte gerade, draußen war es schon wieder kalt), dass sein Vater 1962 bei Potsdam geboren worden war, die Mutter 1963 in Pankow. Dass Alex' Vater im Personalmanagement der BVG arbeitete und seine Mutter Assistentin im Vertriebscontrolling eines Drogeriemarktes war. Es war merkwürdig, er flüsterte fast, als er das erzählte. Ist doch super, entgegnete ich nickend und etwas zu laut. Ich wusste sofort, dass daran etwas falsch war, aber mit genau diesem *Ist doch super* begegnete ich seinen Eltern damals.

Je mehr ich mich um sie bemühte, desto schlechter war Alex auf sie zu sprechen. Ich sagte, aber sie geben sich wirklich Mühe, er sagte, du hast keine Ahnung.

Die waren so jung bei der Wende, als sie Eltern wurden. Sechsundzwanzig, also für DDR-Verhältnisse ja eigentlich alt.

Er sagte, sie kämen ihm vor wie Kinder, die sich erschreckt hätten, als die Mauer fiel, und sich von dem Schreck nicht mehr erholten.

Es ging bei uns nur um Angst. Die haben alles aus Angst gemacht. Das Höchste, was man erreichen konnte, war Sicherheit.

Und dann sagte er traurig und mehr zu sich, dass sie ihm nie irgendetwas zum Leben hätten sagen können.

Es gab nichts, was ich nachmachen konnte. Oder wollte.

Trotzdem bedeutete es Alex viel, dass ich mit seinen Eltern zurechtkam.

Wir gingen selten, aber regelmäßig zu ihnen, etwa alle drei Monate in diesen Bau, dieses Niemandsland. Treffen fanden grundsätzlich im Wohnzimmer statt, vor der Schrankwand, mit Sekt, Likör und Zigaretten. Alex hasste es, er sagte in kurzen, leisen Sätzen, die klangen, als wollte er ihren Inhalt wegwerfen, dass er das Sitzen vor der Schrankwand hasse. Er sagte, dass er nach einer Weile nicht mehr sagen könne, ob die Schrankwand auf ihn zurase oder ob das Bild mit ihm darin eingefroren sei. Wenn es dann wieder so weit war, wenn wir wieder vor der Wand saßen, war er längst irgendwo in sich verschwunden. Er verschwand in dem Moment, als wir die Wohnung betraten, während ich anwesend blieb, das Nicken und Zuhören und Lächeln erledigte.

Die Treffen waren ausufernd, drei Stunden Minimum, und es ging immer um das Gleiche: Urlaube (der vergangene, der nächste, nur dafür lohnte sich das alles, die Arbeit, die sinnlose, nervige Arbeit, die man für andere machte), Reiseanbieter, Sonderangebote (schlauer sein, sich nicht an der Nase herumführen lassen). Alex' Vater sah sehr nett aus, wenn er lachte, vertrauenerweckend und warm, wenn er auf diese betont bodenständige Berliner Art sprach und Floskeln verwendete – *muss ja, damit kannst du keinen Blumentopf gewinnen* – oder Lebensweisheiten einstreute, *lebe dein Leben, nicht das der anderen, kleine Schritte sind besser als keine Schritte*. Ich war freundlich, nicht nur weil sie Alex' Eltern waren und ich sie wirklich mochte, sondern auch weil ich anders sein wollte als meine Eltern. Wir waren verschieden, Alex' Eltern und ich, und wir kamen trotzdem prima miteinander klar, so erzählte ich mir das.

Aber einmal, es war vor 2015, noch vor der *Flüchtlingskrise*, nannte Alex' Vater irgendwen, der sich bei Real angeblich betrügerisch verhalten hatte, einen *Schwarzafrikaner* und danach noch mal und noch mal, als müsste er etwas klarstellen, mit flatternden Wimpern. Es war unangenehm, ich dachte darüber nach, er redete weiter, ich sagte nichts, aber er hatte auch so erfasst, dass es zwischen uns einen Moment der Irritation gegeben hatte. Er hatte es blitzschnell erfasst (Alex' Mutter konnte das auch), er hatte es noch mal gesagt, als wollte er sich gegen mich durchsetzen, und dann, als das Unangenehme zu deutlich geworden war, schnell über etwas anderes gesprochen, über Urlaube oder Sonderangebote, irgendetwas, das ich nickend und lächelnd zur Kenntnis nehmen konnte.

Manchmal ärgerte ich mich darüber, dass ich regelmäßig bereit war, mich vor die Schrankwand zu setzen, dass ich das mitmachte, dass ich Alex' Eltern die Situation in ihrem Wohnzimmer auf eine Weise glattbügelte, die ihnen die Illusion eines harmonischen Zusammenseins mit ihrem Sohn ermöglichte. Aber es war leichter, Alex gegenüber nichts zu sagen, außerdem waren die Treffen selten, es war okay, jedenfalls so lange, bis Johnny auf die Welt kam und ich diesen merkwürdigen Wettlauf begann, der einem Programm zu folgen schien, das ich selbst nicht verstand.

Als ich in der Psychiatrie saß, fiel mir plötzlich der Sex ein, den ich mit Alex am Vorabend gehabt hatte oder glaubte gehabt zu haben. Ich bildete mir ein, ich wäre, nachdem ich mich stundenlang schlaflos bei brennendem Licht im Bett gedreht hatte, aufgestanden und zu Alex ins Wohnzimmer gegangen, wo er auf dem Sofa lag und schlief. Ich hätte seinen Penis angefasst, bis er hart wurde, und mich dann einfach auf ihn gesetzt, und währenddessen hätte ich geweint. Am nächsten Morgen in der Psychiatrie fand ich die Szene melodramatisch und nervig, ich schämte mich, aber vor die Scham schob sich die Erinnerung daran, wie ich auf Alex gesessen hatte. Alex hatte seine Augen nicht geöffnet, ich hatte sein Gesicht so gehalten, dass er, würde er sie doch öffnen, mich ansehen müsste. Ich war schneller geworden, hatte meinen Zeigefinger auf seine Brust gedrückt und hineingebohrt, meine Tränen waren auf seine Haut getropft, aber seine Augen waren geschlossen geblieben. Er hatte sich nicht gewehrt, er war auch zum Höhepunkt gekommen, obwohl ich mir, während ich dort saß und wartete, tatsächlich nicht sicher war, ob all das überhaupt stattgefunden hatte. Ich dachte: Ich wollte von ihm durchdrungen sein, und ich wollte, dass er mich ansah. Ich wollte mich bei ihm entschuldigen, weil ich das Gefühl hatte, ihn kaputtgemacht, ihn genommen und einmal komplett ausgeleert zu haben.

Heute denke ich, dieses In-den-Staub-Werfen, es gehörte in Wahrheit zum Ausleeren dazu.

Zu diesem Zeitpunkt gab es schon lange nur wenig Kontakt zwischen mir und Alex' Eltern, ich vermied, dass sie Johnny sahen. Sie spürten das und zogen sich zurück, fragten nur manchmal vorsichtig nach, als hätten sie Angst vor der Antwort. Auch Siegfried und meine Mutter waren in unserem Alltag wenig präsent. Aber wir fuhren auf eine Weise in den Urlaub, wie ich es von zu Hause kannte (schöne, ausgesuchte Ferienhäuser in Südfrankreich oder an der Nordsee), versuchten es zumindest. Wir feierten Geburtstage, wie ich es von zu Hause kannte, es gab Roederer und Petit Fours, der Tisch wurde gedeckt, wie ich es von zu Hause kannte, es gab die Gerichte, die ich von zu Hause kannte, und ich wollte Geld, weil ich es so von zu Hause kannte. Ich hatte Alex unzählige Male vorgeworfen, dass es nicht genug sei, dass es nicht reiche, natürlich nie so direkt, das wäre mir nicht eingefallen, denn ich wusste ja selbst nicht, worum es eigentlich ging. Dass ich ein Haus wollte, dass ich wollte, dass auch Alex ein Haus wollte, weil ich es so von zu Hause kannte.

Zu Hause. Ich dachte immer, da sei nichts, es gebe so etwas nicht in meinem Leben, es gab ja kaum Gerüche und Spuren in den Räumen, in denen Siegfried und meine Mutter sich bewegten, aber das stimmte nicht. Es gab dort Ordnung, Reihenfolgen, glatte Flächen, nichts lag herum, und mit Johnnys Geburt fing es an, dass ich das auch wollte, mich danach sehnte, während die Angst immer stärker wurde, eine brutale Angst,

Angst von der miesen Sorte. Die Sache mit Benjamin war ein Detail kurz vor dem Ende, an dem ich mich festhalten konnte, als ich die Orientierung längst verloren hatte.

Es war im Juni, als ich abends zu ihm ging. Johnny war fast vier und lispelte noch, wenn sie *Schwimmbad* sagte. Benjamin hatte eine neue Wohnung, groß, mit Stuck, Balkon und Flügeltüren, in die Badewanne gelangte man über eine weiß gekachelte Stufe, die Armaturen glänzten, sie waren eckig und neu (die Seife war quadratisch und passte exakt in den Seifenhalter, was mich ein bisschen freute, als ich mir im Bad die Hände wusch). Wir hatten uns eine Weile nicht gesehen, das letzte Mal ein paar Monate zuvor, aber nicht allein, sondern auf der Buchpremierenparty eines Autors, den Benjamin betreute, Alex und Johnny waren mitgekommen. Es war stickig gewesen, ein voller, überheizter Raum am Ende des Winters, und Alex war die ganze Zeit Johnny hinterhergerannt. Er schwitzte, und ich hatte gesehen, wie unwohl er sich fühlte, aber wie immer in solchen Zusammenhängen, wenn es um meinen Beruf ging, um Bücher und um die Menschen, die sie machten, wurde er fast höflich, zog sich zurück, kümmerte sich um Johnny, und als Benjamin zu mir sagte, dass er mich unbedingt Tess, dieser Agentin aus New York, vorstellen müsse und außerdem noch Frank, einem Übersetzer, war ich mit Benjamin gegangen, der mich bei der Hand genommen und zu ihnen geführt hatte, durch die Menschen hindurch, wie zu einer Bühne.

An dem Abend einige Monate später, als ich zu Benjamin ging, war ich geflohen, ich hatte es an dem Ort, den Alex und ich uns gemeinsam geschaffen hatten, nicht mehr ausgehalten.

Es gibt überhaupt nichts Gutes mehr dort, dachte ich. Immer gab es ein Problem, oder ich, die panische Hausmeisterin, suchte zu gründlich danach. (Dass ich das eine nicht vom anderen trennen konnte, machte mich verrückt.) Immer schien von irgendwoher schmutziges Wasser in die Wohnung zu sickern, immer war der Boden nass (Ausrutschen, Fluchen, Vorwürfe deswegen). Wenn ich gerade das Bad sauber gemacht hatte, waren plötzlich in der Küche Flecken, ich hatte es schon kommen sehen, aber gehofft, dass es nicht so sein würde, und vielleicht ein bisschen darauf gewartet. Der Schmutz verteilte sich. Der Schmutz verteilte sich, und das Geld war knapp.

An dem Abend hatte es einen schlimmen Streit gegeben, trotzdem war es mir schwergefallen, die Wohnung zu verlassen, denn ich wollte Johnny nicht mit Alex allein lassen, der am Vorabend lange in der Bar gearbeitet und getrunken hatte, er wurde dann dünnhäutig. Als ich unten vor der Haustür stand, verborgen vor Blicken aus unseren Fenstern, war ich unglücklich und erleichtert, beides zugleich. Ich wollte Alex nicht mehr sehen, es ging nicht mehr. Meine Hand zitterte, als ich in der linken Tasche meines Sommermantels nach dem kleinen Schminkspiegel und dem Lippenstift tastete, beides hatte ich oben eilig eingesteckt, während Alex die Küchentür zuschmiss und vor sich hin fluchte. Ohne darüber nachzudenken, war es mir unanständig vorgekommen, den Lippenstift in unserem Bad aufzutragen.

Ich versuchte, meine Hand ruhig zu halten, und malte dem kleinen ovalen Ausschnitt meines Gesichts die Lippen rot, prüfte, ob die Augen verheult aussahen, aber wie immer, wenn es mir schlecht ging, war von außen nichts zu sehen, die Oberfläche war intakt. Ich trat auf meinen Sandalen, deren Absätze ein bisschen zu hoch waren, einen Schritt nach vorne, schaute nach oben, sah die drei erleuchteten Fenster, hinter denen kein Unterschied mehr gewesen war zwischen mir und der dampfenden Luft, zwischen mir und Alex und Johnny, zwischen dem, was Alex und Johnny wollten, und dem, was ich wollte. Ich hatte panische Angst vor dieser Unterschiedslosigkeit, und ich suchte sie. Meine Vorstellung war, dass ich deswegen nichts mehr schrieb, dass es keinen Roman gab, aber dafür eine Familie. Wie sollte man schreiben, wenn man für sich selbst nichts mehr wollte?

Ich suchte in meiner Handtasche nach Zigarette und Feuer, der Rauch verpasste meiner Lunge einen Schlag, ein Beweis für meine Anwesenheit, unmissverständlich und klar. Was später bei Benjamin passieren würde, wusste ich da schon, andernfalls hätte ich keine Schwierigkeiten damit gehabt, mich zu Hause zu schminken. Aber ich ging los, als wäre es nicht so, mit entschieden schnellen Schritten durch den beginnenden Abend, dessen oranges Licht warm über die Gründerzeitfassaden unseres braven und viel zu teuren Viertels fiel. Leute liefen umher und aßen noch ein Eis, ein Paar teilte sich eine Tüte Popcorn. Alles sah sehr friedlich aus, friedlich und bedrohlich.

Ich war spät dran, ich wollte rennen, aber die Absätze eigneten sich dafür nicht. Ich ging etwas schneller, atmete, sah an mir hinunter. Ich war angekleidet, eine Person im öffentlichen Raum, privat unterwegs, der Körper klar definiert, von außen überhaupt keine Frage, dass das hier alles zusammengehörte und in Ordnung war. Niemand, der mich so gesehen hätte, hätte eine Frage gehabt.

Während ich lief, beruhigte ich mich: Es würde weitergehen, ich würde wieder die Kraft haben, alles zusammenzuhalten, und was vor mir lag, war nur ein Abendessen, Benjamin und ich würden über Geld und den Roman sprechen. Ich musste husten, der Rauch, den ich ausstieß, hatte die gleiche leicht orange Färbung wie die Häuser. Es sah schön aus, alles sah so schön aus. Ich dachte an Siegfried und vermisste ihn. Wäre er an diesem Abend vor die Tür getreten, hätte er auch sofort geraucht. Er hätte in die Innentasche des Trenchcoats gegriffen, den er selbst bei diesen Temperaturen getragen hätte, eine Zigarette aus der roten Marlboro-Schachtel geholt, und dann hätte er sie angezündet, mit dem Feuerzeug, das mal seinem Vater gehört hatte, dem toten Heinrich. Wäre Siegfried bei mir gewesen, hätten wir nebeneinander vor der Haustür gestanden, ich hätte mir auch eine Zigarette angezündet, und er hätte mich aufgefordert, das nicht zu tun, es hätte sich angehört wie ein Knurren. Rauchen gehörte sich nicht für Frauen, *nur Huren rauchen auf der Straße*, das war so ein Spruch von Hilde, den Siegfried zwar absurd und unzeitgemäß fand, wie eigentlich alles, was Hilde gesagt und getan hatte, aber er wiederholte ihn trotzdem regelmäßig. Er hätte den Kopf geschüttelt, und dann hätte er gesagt: Am besten ist es natürlich, man raucht überhaupt nicht. Wäre er gut gelaunt gewesen, hätte er gelacht, wenn nicht, wäre er etwa einen Schritt vor mir hermarschiert. Ich war ihm durch einige Städte hinterhergelaufen.

An dem Juniabend, an dem ich rauchend zu Benjamin ging und gerannt wäre, wenn ich es gekonnt hätte, lag Siegfrieds Herzinfarkt fünf Wochen zurück, und seit zwei Wochen war er in der Reha. Es war ein Donnerstag, auch der Infarkt war an einem Donnerstag passiert, in Magdeburg, im Anschluss an ein berufliches Mittagessen, nach einer Zigarette. Ich war sofort hingefahren und zwei Tage geblieben, bis er stabil war, danach jede Woche einmal. Er hatte zwischen den Maschinen gelegen, aufgehängt an Schläuchen. Ich hatte vor ihm gestanden, und es war gewesen, als hätte ich mir unerlaubt Zutritt zu seiner Intimsphäre verschafft. Ich konnte nicht sagen, wann ich ihn zuletzt oder ob ich ihn überhaupt schon mal so hatte liegen sehen – in einem Bett, ohne gebügeltes Hemd, ohne Manschettenknöpfe, ohne die großen, glänzenden Lederschuhe an seinen Füßen, ohne seine Uniform. Aber die Zigaretten vermisste ich am meisten. Mir war sofort aufgefallen, dass er nicht nach Zigarettenrauch roch, als ich ihn besuchte.

Beim nächsten Mal waren seine Augen schon wieder geöffnet, aber er sah mich nicht an. Er war einsilbig gewesen, blass, die Augen feucht. Ich hatte erst gar nicht in Betracht gezogen, dass es Tränen sein könnten, auf diese Idee kam ich erst später.

Wir hatten uns beide dafür geschämt, dass ich ihn so sah. Nach drei Wochen war er unglaublich dünn geworden, und während er dort lag und ich mich durch meinen Alltag kämpfte, der immer katastrophaler zu werden schien, hatte ich regelmäßig den Impuls, ihn anzurufen. Aber es war nicht der Mann dort im Krankenhaus, den ich sprechen wollte, sondern Siegfried. Ich wollte ihn um Rat bitten, brauche ich diese Versicherung, was sagst du zu diesen Konditionen, wie würdest du die Verhandlung mit Benjamin angehen?

Wie oft ich an ihn dachte und wahrscheinlich schon immer

gedacht hatte, fiel mir erst auf, als er im Krankenhaus lag. Wie sehr ich die Dinge durch seine Augen sah, wie sehr ich durch ihn hindurch dachte. Er saß in meinem Kopf, dafür musste ich ihn überhaupt nicht anrufen, doch jetzt war er schwach, und das war nicht die Vereinbarung gewesen. In den Nachrichten, im Internet ging es zu dieser Zeit dauernd um ältere Männer, die früher etwas zu sagen hatten und nun gestorben waren.

Beim Laufen sah ich auf mein Telefon. Ich musste noch zur Bank, Geld für das Geschenk für einen Kindergeburtstag holen, bei dem Johnny eingeladen war, ich würde ein paar Minuten zu spät bei Benjamin ankommen. Das Geschenk wollte ich gleich am nächsten Morgen in einem Laden bei uns um die Ecke holen, wo man nur bar zahlen konnte. Ich lief noch schneller, ich war auf dem Weg zu Benjamin, und das milderte meine Wut auf Alex. Ich war wütend, aber ich wollte mich nicht trennen, dennoch überlegte ich, wie das vonstattengehen würde, wer die Wohnung bekäme, was ich organisieren müsste, es beruhigte mich, das zu denken. Doch ich würde mich nicht trennen. Ich liebe Alex, sagte ich mir, auch das beruhigte mich. Ja, mag alles sein, aber ich liebe ihn ja wirklich, dachte ich.

Insgesamt fehlten uns etwa viertausend Euro. Er hatte versprochen, bis Mittwoch Geld auf unser Konto einzuzahlen, eintausendfünfhundert Euro, weil einige Sachen abgebucht werden mussten, die vorher nicht abgebucht werden konnten. Irgendwer schuldete ihm noch was, ein Barjob bei einem Event, der noch nicht bezahlt worden war, dann noch ein Umzugsjob, ich könne mich darauf verlassen, hatte er gesagt. Mir wurde schlecht, wenn ich an unser Geld dachte, körperlich. Ich wollte Alex nicht immer wieder an das Geld erinnern, ich hatte es hinausgezögert, er hasste es, von mir an Dinge erinnert zu werden, und ich hasste es, wie er mich dann ansah. Vielleicht war das am schlimmsten: wie er mich inzwischen ansah, nach acht Jahren und einem Kind, ein verschlossener, dunkler Blick, als wäre überhaupt niemand mehr zu Hause, wenigstens nicht für mich.

Irgendwann war er mit diesen Kopfhörern nach Hause gekommen, riesige Kopfhörer und dazu dieser Blick. Er war damit durch die Wohnung gelaufen, während ich versucht hatte, mit ihm zu reden. *Denkst du an Johnnys Arzttermin, die Zahnpasta, die Überweisung, den Steuerberater? Der Abfluss ist verstopft, wir haben kein Geld, um jemanden zu beauftragen, der Abfluss ist immer noch verstopft, denkst du daran?*

Nichts traf mich so sehr wie der blicklose Blick, seine Mutter sah er auch immer so an, sie trug ihm auch ständig irgendetwas auf, fragte ihn, erinnerte ihn, wollte in seinen Kopf hineinklettern und klopfte von außen dagegen, leise und stetig (seit ich gesehen hatte, wie sie versuchte, in Alex einzudringen, und wie er sie *nicht* ansah, hatte ich öfter an diesen totalen Zugriff auf Babys durch Frauen gedacht, und dann hatte ich an Hilde gedacht). Alex' Mutter verlieh ihrem eigenen Leben durch das dauernde Anklopfen und Erinnern Bedeutung, sie genoss die Bedeutung, die sich aus dem Herumrennen und dem Aufräumen der Leben *ihrer zwei Männer* ergab, ich glaube, sie war der höchste Genuss in ihrem Leben, das Einzige, was man ihr beigebracht und erlaubt hatte zu genießen, ganz früh wahrscheinlich, aber ich verachtete sie dafür, und dieser Verachtung begegnete ich wieder, wenn Alex mich mit seinem blicklosen Blick zu nichts machte, während ich neben ihm und seinen

Kopfhörern stand und mich und ihn und das alles einfach nicht fassen konnte.

Denkst du daran, Alex?

Seine Eltern hatten nicht gewollt, dass er in einer Bar arbeitete und von Filmen träumte. Er hatte Abitur, er hätte etwas studieren können, womit man Geld verdiente, Zahnarzt, Anwalt, BWL. Es war Regina und Torsten vollkommen widersinnig erschienen, als sich herausstellte, dass er diesen Weg nicht einschlagen würde. So hart gearbeitet, die Wende überstanden, all die Demütigungen am Anfang und trotzdem etwas erreicht, alles für den Sohn, der nun nachts arbeitete und von Filmen redete, in Worten, die ihnen nichts sagten. Wie können sie meine Eltern sein, hatte Alex einige Male zu mir gesagt, ich verstehe das nicht, wie können wir miteinander verwandt sein? Er liebte sie, und die Entscheidung für das Filmstudium war ein stiller, zäher Kampf mit ihrer Enttäuschung. Das Tragische war, dass er sie dann nie richtig traf. Es gab mehrere Fristen pro Jahr, um sich zu bewerben. Er fing früh an, schrieb aufwendige Drehbücher, die er mir zeigte und über die wir diskutierten, zu Beginn jedenfalls. Später dann nicht mehr. Später war Johnny da, und er sagte, er müsse arbeiten.

Da, wo ich herkam, hatten alle Abitur, bei mir sagte niemand was, als ich Geisteswissenschaften studierte und anfing zu schreiben (mir einbildete, es zu können). Vielleicht ja, weil ich eine Frau war, weil ich sowieso heiraten und Kinder kriegen und diese Einbildung nicht weiter ins Gewicht fallen würde, aber auch weil meine Mutter und Siegfried viel zu sehr mit sich beschäftigt waren und ganz selbstverständlich davon ausgin-

136

gen, dass mein Leben irgendwie erfolgreich verlaufen würde. Und genauso selbstverständlich sagte ich Alex, dass ich es für die allerbeste Idee hielt, wenn er es sich zum Ziel machte, Filme zu drehen, eine Bar zu haben, es war so viel möglich. Ich war es, die sagte: Alex, du musst Filme machen, du musst an die Filmhochschule. Ich war es auch, die sagte: Du darfst und kannst dir alles einbilden. Was für ein Unsinn, aber ich sagte es ihm immer wieder und betrachtete es vielleicht sogar als Teil eines Auftrags, der irgendwas mit Freiheit und der richtigen Entscheidung zu tun hatte, der Entscheidung für sich selbst. Das war es, was man machte – da, wo ich herkam. Man entschied sich für sich selbst.

Ich war außerdem diejenige, die so tat, als wäre Geld egal, meins, deins, von Anfang an. Weil ich keinen Streit wollte, weil es mir peinlich gewesen wäre, darauf zu achten, weil ich die Trennung, die dadurch für Momente entstand, nicht wollte. Weil es ihm doch bei mir gefallen sollte, weil er bleiben sollte. Und weil es etwas am Bezahlen gab, was ich sehr, sehr mochte.

Nein, nein, ich mache das.

Stimmt so.

Ich meine, wie schön ist es, *Stimmt so* zu sagen? Zu bestimmen: Es ist so, weil ich es sage?

Aber an jenem Abend, auf dem Weg zur Bank und zu Benjamin, hasste ich es, dass Alex nicht Arzt war oder Anwalt und dass er kein Geld hatte, und seine Eltern hasste ich auch, weil ich dachte, sie seien schuld daran. Ich ging unsicher, die Sandalen nervten, und auch wenn ich mich im Kopf völlig klar fühlte, war es, als würden die Fassaden erzittern, wenn ich auftrat. Die schönen, seit der Wende zu einer fast makellosen Oberfläche sanierten Fassaden. Wir konnten uns diese Gegend eigentlich nicht leisten, und der Gedanke löste eine Panik in mir aus, die ich niemandem zeigen wollte. Die Angst, bei den Verlierern zu sein. Ich musste nichts sagen, Alex spürte auch so, dass er im Grunde permanent infrage stand. Das Gift sickerte aus mir heraus und erreichte ihn, ob ich wollte oder nicht. Wenn ich das Gegenteil versuchte, verriet ich mich umso mehr. Er hingegen konnte sich gar nicht verraten, dachte ich, denn seine Wut war leicht erkennbar, auch für unsere Nachbarn, zu denen ich im Treppenhaus immer etwas zu freundlich war.

Ich war gerade dabei gewesen, mich für das Treffen mit Benjamin fertig zu machen, als Johnny nach mir gerufen hatte. Die Rufe kamen aus der Küche, und ich war zu ihr gerannt, es war halb sieben gewesen, längst Zeit für Johnnys Abendbrot, Alex hatte sich darum kümmern wollen, aber nichts war passiert. Ich war wütend, weil er mich ignorierte und weil seine Nachlässigkeit oder das, was ich für Nachlässigkeit hielt, eine Angst in mir aufsteigen ließ, die immer noch neu war. Vor Johnny hatte es mich nie gestört, dass Alex' Ellenbogen beim Essen auf dem Tisch lagen, dass er dabei den Fernseher anmachte, dass er manchmal mit vollem Mund redete. Es hatte mich nie gestört, aber jetzt störte es mich.

Ich stand in Unterhose, BH, mit nur einem geschminkten Auge neben der Spüle und strich Johnny entschuldigend über den Kopf, weil sie noch nichts zu essen bekommen hatte. Heute erinnere ich mich gar nicht so sehr an Johnny in dieser Situation, ich war vor allem mit mir beschäftigt. Ich sagte irgendwelche fürsorglichen Müttersätze und riss mit dem Schäler die

Schale vom Apfel, den ich dann auf einen Teller mehr knallte als legte. Es war, als hätte ich einen Krampf in mir, und am schmerzhaftesten war eigentlich, dass ich trotz meiner Wut immer die Form wahrte, freundlich blieb.

Der Krampf war nicht vorzeigbar, doch in mir tobte es: Warum hatte Alex nicht längst etwas vorbereitet, Kartoffeln mit Spinat und Ei, wie vereinbart, warum hielt er sich nicht an ihre Zeiten, warum interessierte er sich nicht für Zeiten, warum gab es nichts, was ihn zusammenhielt, damit nicht andauernd irgendetwas verloren ging, Papiere, ein Portemonnaie, Geld, Termine, damit nicht immer alles zerfiel? Sogar seine Sätze fielen auseinander (manchmal unterbrach er sich während des Sprechens und schwieg).

Warum war er nicht wie ich?

Ich wusste, wie falsch diese Frage war, ich fand das alles komplett lächerlich, aber wenn es das war, lächerlich und nichtig, warum ging es mir dann so schlecht?

Ich trank einen Schluck Wasser. Die Küchenschublade war auf, Johnny sagte, sie wolle Kochen spielen, mit dem Schöpflöffel da, ich gab ihr den Schöpflöffel, einen schweren Le-Creuset-Schöpflöffel, den ich von meiner Mutter geschenkt bekommen hatte und der bestimmt viel mehr kostete, als wir für einen Schöpflöffel ausgeben konnten. Ich setzte Kartoffeln auf, ich wusste, dass es Ärger geben konnte wegen des Schöpflöffels, dass so vielleicht eine dieser schlimmen Situationen heraufbeschworen wurde, aber ich tat es trotzdem, damit Johnny ruhig war und vielleicht auch aus Wut.

Ich war froh, mich dem Chaos für einen Moment zu entziehen und mich nur auf einen Vorgang (die Kartoffeln) zu konzentrieren. Ich wollte ihn zu Ende bringen und bis dahin aus diesem dampfenden Chaos fliehen, innerlich, ich hatte mir vor einer Weile vorgenommen, während des Putzens oder Kochens über Plots, Sätze und so weiter nachzudenken, und in dem Notizbuch, das ich zu diesem Zweck in den Küchenschrank neben die Gläser gelegt hatte, standen genau zwei Einträge: *Entschuldigung, aber warum hat sie nicht einfach besser geheiratet?* Und: *Panik.*

Ich fuhr herum. Johnny schlug mit dem Schöpflöffel auf den Boden, schwarze Kacheln. Das Geräusch tat mir sofort weh, doch wahrscheinlich nicht so sehr wie Alex. Der entscheidende Unterschied aber war: Mir tat das Geräusch weh, weil ich wusste, dass es Alex wehtat (und ich Angst vor seiner Reaktion darauf hatte). Er hatte wenig geschlafen, in der Bar lief es okay, aber nicht gut, sein Rücken tat weh, er brauchte eine Pause, aber es ging nicht, nicht mal krank sein ging, und kürzlich hatte er einem, der ihm bei seinem ersten Film geholfen hatte, einen Drink gemixt, und dieser Typ drehte gerade seine erste Serie. Das knallende Geräusch des Schöpflöffels auf dem Steinboden fuhr Alex wie ein glühendes Messer ins Gehirn, das wusste ich, und ich sah es ihm an, als er plötzlich in der Küchentür stand.

Ein wunder Blick, als heulten Sirenen los, weil Gefahr droht. Sirenen, immer weiter anschwellend. Warum haut sie denn mit dem Löffel auf dem Boden rum, warum lässt du sie denn so was machen?, fragte er mit ansteigender Stimme. Wenn Alex diesen Blick hatte, dann kamen diese Sätze, von deren Existenz ich lange nichts gewusst hatte. Sie waren mit Johnnys Geburt gekommen, aber sie waren älter.

140

Kannst du nicht mal zuhören, warum schafft sie es denn nie, sich mal alleine zu beschäftigen, warum ist sie denn dauernd unzufrieden, warum schreit sie denn schon wieder, kann ich nicht mal meine Ruhe haben, will sie mich ärgern, wollt ihr mich ärgern, halt den Mund, halt endlich mal den Mund und du auch.

Als wären wir eine Einheit, triefend und rot, die ihm böswillig das Leben schwer machte, ihn aussaugte und festhielt. Als hätte die Welt sich gegen ihn verschworen, um seine Sachen unmöglich zu machen, und er konnte nichts, gar nichts dagegen tun. Also schrie er.

Noch war es allerdings nicht so weit, noch stand er da und guckte. Johnny schlug weiter auf den Boden, das Geräusch war unerträglich. Ich gefror, ich gefror in solchen Momenten regelmäßig, den Blick auf Alex geheftet, konnte ich mir selbst dabei zusehen, und merkwürdigerweise ging es ihm ähnlich. Er sah sich in seiner Panik, ich mich in meiner, wir sahen uns dabei zu, wie wir beide zielsicher dorthin gingen, wo wir herkamen, und dann ging alles meistens ganz schnell. Ich starr und bewegungslos wie als Kind. Gebrüll, Gerenne, Türenknallen, das Kind, das weinte, und zum Schluss verließ Alex türenknallend die Wohnung.

Ich wollte mich dann jedes Mal hinlegen, nicht mehr aufstehen und konnte nur auf diese Fragen starren: Warum hatte Alex solche Panik, woher kam meine Panik, in welchem Verhältnis standen sie zueinander, was war hier los? Wie waren wir hierhergekommen, an diesen harten Ort?

Ich stand also wortlos vor Alex, der auf den Schöpflöffel starrte, während ich die Fingernägel in meine Handflächen drückte. In diesem Augenblick unterbrach Johnny ihr Konzert, woraufhin Alex ein komisches Geräusch aus dem Mund kam, ein hoher, zarter Ton wie das Seufzen einer Comicfigur. Ich stand starr da, aber ich musste lächeln. Mein Lächeln erschreckte mich, denn es war keine Entscheidung gewesen, meine Mundwinkel waren mir nach oben gerutscht, als dieser fiepsende Ton aus ihm herauskam, und ich bereute es sofort, zugleich fand ich seine Panik so lächerlich, und es half mir, sie klein und lächerlich zu machen. Es war so: Wenn er brüllte und seine alten Sätze sagte, machte ich in Gedanken immer erst ihn fertig, und dann waren seine Verwandten und deren Vorfahren dran, wo das Geschenkpapier gebügelt wurde, wo man sich auf das gute Sofa nur dann setzte, wenn eine Decke darunter lag, wo man die Originalverpackung von Elektrogeräten aufhob, wo sich wenig unterhalten wurde, weil alle zu müde und erschöpft vom Arbeiten waren. Alex hatte mir in leisen, traurigen Momenten gesagt, wie sehr er unter seiner Familie litt, nur mir.

Es war nicht schön, wie ich war, aber es half. Ich wollte mit dieser Angst, diesem Wüten, dieser Verzweiflung über den Verschleiß von Dingen nichts zu tun haben, und ich wollte vor allem mit diesen Sätzen nichts zu tun haben, die in den letzten fünfundsiebzig Jahren in irgendwelchen Bauernhäusern und Zweiraumwohnungen mit Kohleofen mit der gleichen Verzweiflung gebrüllt worden waren, das alles (der Mangel und die Wut deswegen) sollte nicht mein Leben sein und nicht Johnnys Leben, doch das war ein großer Irrtum, denn wir waren ja hier, Johnny war da und ich auch, und vor uns stand Alex und ballte seine Faust, um nicht loszubrüllen.

Er sah aus, als wäre er sich nicht sicher, ob ich ihn wirklich belächelt hatte. Er zog die Augenbrauen zusammen, er kam mit dem Kopf ein klein wenig in meine Richtung. In diesem Moment fing Johnny wieder an, auf den Boden zu hauen. Alex' Kinn zuckte, er schluckte, ich sah es an seinem Hals, ich bewegte mich, plötzlich ging es wieder. Ich hob Johnny hoch.

Es ist ja nichts passiert, und es ist doch nur ein Löffel, sagte ich freundlich, fast aufmunternd, wie eine Reisebegleiterin oder eine Unterstufenlehrerin, wie jemand, der mit der Situation nichts zu tun hat, und dabei versuchte ich ein besänftigendes Lächeln in Alex' Richtung. Aber auch eines, mit dem ich austeilte (ich bin besser, ich habe mich, anders als du, unter Kontrolle), ich konnte das Austeilen nicht lassen. Besänftigung, Aggression, sanfte Aggression.

Legt man den Kopf ein wenig schief und guckt so von unten nach oben, dann signalisiert man auf diese Weise Hilfsbedürftigkeit, Angewiesenheit, Bindungsbereitschaft. Egal wie viel man verdient, egal welches Jahrhundert. Ich nahm mir dieses Kostüm regelmäßig, wenn ich etwas auszugleichen hatte.

Alex war noch nicht wieder in sein Gesicht zurückgekehrt, es stand mir hart und bewegungslos gegenüber, die Augenlider gesenkt, als wären sie viel zu schwer. Ich lächelte und hob den Löffel auf, mit Johnny auf dem Arm, und legte ihn schnell zurück in die Schublade. So war es häufig, schnell zog ich alles wieder sauber und glatt. Ich fürchtete mich davor, dass Alex laut wurde. Vor allem fürchtete ich mich davor, dass er mich verlassen könnte. Diese Angst hatte nie aufgehört, auch nach acht Jahren nicht, also vergaß ich mich nie, bewahrte ich immer die Fassung. Ich setzte Johnny wieder ab. Alex versuchte nun auch zu lächeln, aber er hatte Schmerzen, das sah ich.

Sag mal, hast du eigentlich an die Überweisung gedacht?,

143

fragte ich. Hohe Stimmlage, lächelnd. Im gleichen Moment ging Johnny zum Tisch, griff nach dem Glas darauf und ließ es fallen, es zersprang auf dem Steinboden. Alex lief aus der Küche und knallte die Tür hinter sich zu, er lief weg, um nicht zu brüllen. Ich ging sofort zum Fernseher, machte Johnny eine Zeichentricksache an, ausnahmsweise nur, und beseitigte die Scherben. Dann ging ich ins Bad, wo ich mir das andere Auge schminkte, die Lippen ließ ich, wie sie waren. Als ich fertig war, rief ich knapp und hart über den Flur, dass Johnny fernsah und dass ich jetzt ging. Ich küsste Johnny, steckte Lippenstift und Spiegel ein und ging nach draußen. Ich ließ die Wohnungstür etwas zu laut ins Schloss fallen.

Bevor ich an jenem Abend erst zur Bank und dann zu Benjamin ging, hatte ich unzählige Male daran gedacht, dass ich nicht vergessen durfte, zur Bank zu gehen und das Geld zu holen, ein nerviger Alarm in meinem Kopf. Die Ankunft bei der Bank war deshalb erlösend, ein kleiner Sieg fast, ich hatte es nicht vergessen.

Ich betrat die Bank und musste an Hilde denken. Hilde hatte es nicht lächerlich gefunden, für eine Sache zu kämpfen und dafür zu leiden, aber es musste die richtige Sache sein (eine Medaille beim Schwimmen, ein gutes Examen, eine Diskussion mit gebildeten Leuten auf Französisch). Ein Kindergeburtstagsgeschenk gehörte sicher nicht dazu, das war lächerlich. Rotfleckige Panik auf wackeligen Absätzen war lächerlich, eine schreiende Frau war lächerlich, Frauen überhaupt mit ihren dauernden Sorgen und ihrer Abhängigkeit. Einmal hatten wir in der Bad Homburger Innenstadt eine hochschwangere Frau

144

in einem engen Kleid gesehen, die aus einer Bäckerei kam. Dass mir dieser Anblick nicht erspart wird, hatte Hilde gesagt. Damals hatte ich nicht verstanden, was sie meinte.

Hinter dem Geldautomaten saß ein Mann auf dem Boden, vor sich einen ausgefransten Pappbecher, in dem einige Münzen lagen. Die Luft war heiß und roch nicht gut, ich atmete durch den Mund. Hilde hätte dem Mann niemals etwas gegeben. Einmal hatte ich sie gefragt, in ihrem Auto war das gewesen, warum hast du dem Mann da eben nichts gegeben? Sie hatte ein zischendes Geräusch gemacht und mit den Fingern der rechten Hand auf den Schaltknüppel getrommelt. Sie hatte gesagt, *solche Leute* würden betrügen, dahinter stünden Banden und man solle ihnen nichts geben, das habe sie in der Zeitung gelesen. Ich wusste genau, dass sie dem Mann aus einem einfachen Grund nichts gegeben hatte: weil sie ihn verachtete, weil sie schwache, bedürftige Menschen, die tatkräftige, starke Menschen in ihrem Tun behinderten – die die Frechheit besaßen, so viel Aufmerksamkeit zu beanspruchen –, verachtete. Der Geldautomat gab mir das Geld und zeigte unseren Kontostand an, es waren minus 2348 Euro. Es wäre so leicht gewesen, Siegfried zu fragen, er hätte mir sofort etwas gegeben. Aber das wollte ich nicht, ich hatte es immer ohne ihn geschafft und war stolz darauf (er hätte es so nicht gesagt, aber auch er war, was das anging, stolz auf mich). Ich steckte das Geld ein, seufzte und lief mit gesenktem Blick und schnellen Schritten aus der Bank. An der Tür hielt ich plötzlich inne, ging zurück zu dem Mann und legte ihm nickend zehn Euro in den Becher. Es war ein zackiges Nicken. Ich sah den Mann nicht an, ich wollte keinen Dank, keine Freundlichkeit.

Im Treppenhaus von Benjamins neuer Wohnung kontrollierte ich noch einmal den Zustand meines Gesichts in dem kleinen silbern-goldenen Spiegel. Alex sah mich immer weniger an, aber Benjamin würde das heute tun. Ich war zwar irgendwie traurig, als ich klingelte, aber es war auch, als wären meine Haut, meine Augen, ich selbst endlich wieder da.

Als Benjamin mir die Tür seiner neuen Wohnung öffnete, trug er, inzwischen Cheflektor, ein weißes Hemd, eine schwarze Stoffhose und schwarze Lederschuhe. Er machte eine leichte Verbeugung, und ich sah, dass ihm all das – die Wohnung, sein Outfit, sein Erfolg – unangenehm war und dass er es zugleich genoss. Es musste schnell etwas gesagt werden, aber das war kein Problem, denn es gab einen Ablauf. Er zündete Kerzen an, die in einem massiven antiken Leuchter standen, er sagte: Es gibt eine sommerliche *Coq-au-Vin*-Variante, das richtige Olivenöl und die Tomaten sind das Geheimnis und natürlich das Fleisch (irgendein Brandenburger Hof), dazu *kommt* der und der Weißwein, ein ganz besonderes Weingut. Er lief vor mir her, ich spürte kurz etwas Friedliches, vielleicht mit dem Gefühl vergleichbar, wenn man lange versucht hat, ein Taxi zu bekommen, und es schließlich geschafft hat, der Moment, in dem man sich auf die Rückbank fallen lässt. Ich ging Benjamin hinterher, betrachtete den gedeckten Tisch, die Kerzen, die weiße Tischdecke, die Servietten in Ringen mit Perlmuttverzierung, das schwere Silberbesteck, nach Gängen geordnet aufgereiht. Von meinen Großeltern väterlicherseits, *die Frankfurter*, sagte er im Vorbeigehen, weil er gesehen hatte, dass ich vor einem Serviettenring stehen geblieben war und ihn berührt hatte.

146

In meiner Erinnerung liefen Arien von Händel, und Benjamin blieb vor seinem deckenhohen Bücherregal stehen und sagte: Ich liebe diese Arien von Händel (meine Mutter auch, sie liebte sie wirklich). Das war ein Satz, über den wir uns früher lustig gemacht hätten, über die Bereitschaft, in so einem Satz aufzugehen, dahinter zu verschwinden, wir hätten laut gelacht. Jetzt lachten wir nicht, denn wir wussten viel zu gut, was für ein Leben wir führen wollten. Wir hätten uns selbst ausgelacht.

Ich nickte also nur, als Benjamin sagte, dass er Arien von Händel liebte, und sagte, ja, einfach fantastisch, und stellte mich ans Fenster neben das Bücherregal. Unzählige schöne, sortierte Bücher, eine perfekte Oberfläche, vor der Benjamin auf und ab ging, weil er in der Küche noch mal umrühren musste, etwas zu trinken holen wollte, vergessen hatte, den Kühlschrank zu schließen. Zerstreut und charmant, so war er und so wollte er auch sein. Er brachte mir einen Aperitif.

Ich wollte meine Stirn an das kühle Glas des Fensters legen, vor dem ich stand, ich tat es nicht (Make-up-Flecken) und war plötzlich sehr allein. Ich vermisste Alex oder ein bestimmtes Gefühl des Aufgehobenseins, das ich nur bei ihm hatte, so wie damals, als wir zusammen auf dem Dach gesessen hatten, als er mir dort oben ein kleines Abendessen zubereitet hatte. Oder in unserem großen weißen Bett, bei offenem Fenster.

Ich trank, Crémant. Ein ganz besonderer Crémant, Benjamin hatte mir den Namen genannt, ich hatte ihn sofort wieder vergessen. Er schmeckte sehr gut, und das sagte ich Benjamin: Wirklich fantastisch, was war das noch mal?

Es war eigentlich kein Wunder, aber es erstaunte mich trotzdem: Wir waren in dieses Alter gekommen, in dem man, wenn es gut gelaufen war, durch solche Wohnungen ging und dabei solche Dinge über Musik oder Möbel oder Alkohol sagte, und dazu gehörte auch, dass man kapiert hatte, dass man bei dem Versuch, sich davon ironisch zu distanzieren, noch schlechter wegkam, als wenn man einfach dazu stand: Ja, genau das strebe ich an, mit allem, was dazugehört, der guten Ausbildung, dem vererbten Kapital, der monogamen Zweierbeziehung, gegebenenfalls der Reproduktion, dem Eigentum, der Putzfrau, der Langeweile, dem Seitensprung, der Trennung, dem Streit, der Einigung, sie die Kinder, er das Geld.

Ich strich mit dem Finger über den Serviettenring mit der Perlmuttverzierung. Hilde hatte ähnliche gehabt, nur aus Elfenbein, sie war ausgerastet, als meine Mutter Teile des wertvollen Geschirrs, das sie Siegfried und ihr vermacht hatte, bekommen sollte. Benjamin zündete die Kerze auf dem Esstisch an. Seine Eltern hatten sich scheiden lassen, sie waren reich und alt gewesen (dass die Ansprüche an ihn hoch waren, hatte er mir nicht erklären müssen). Sein Vater hatte die Gynäkologie der Düsseldorfer Uniklinik geleitet, und als Benjamin zehn war, hatte er sich wegen einer jüngeren Frau getrennt. Bei ihnen war es ein Flügel gewesen, über den sie sich nicht einig wurden, aber Benjamins Vater konnte die besseren Anwälte bezahlen. Seine Mutter hatte nach der Scheidung eine Ausbildung zur Heilpraktikerin gemacht und war an Krebs gestorben. Eine ruhige, gut erzogene Mutter, die Bernsteinkette, die ihr als junges Mädchen geschenkt worden war, hatte sie ihr Leben lang getragen. Das hatte Benjamin mir erzählt, die Kette hing jetzt an der Schreibtischlampe in seinem Büro. Nach ihrem

Tod hatte er sich manchmal gefragt, wer da eigentlich gestorben sei: eine Frau, also eine Person, ein Individuum. Oder ein Lebenslauf, der unter bestimmten Bedingungen zu einer bestimmten Zeit eben so und so endet (Scheidung wegen jüngerer Frau, *jetzt nur nicht bitter werden*, ganz von vorne anfangen, Kanarische Inseln, allein, Tod). Er hatte nicht das Gefühl, seine Mutter gekannt zu haben, auch das hatte er mir erzählt. Ich hatte gesagt, das sei vielleicht kein Wunder, weil sie es als ihre Aufgabe betrachtet habe, nicht gekannt zu werden, sich nicht zu zeigen, keine Schwierigkeiten zu machen. Benjamin hatte nachdenklich geguckt, und ich hatte gedacht, dass er keine Ahnung hatte.

Wir stießen an, schon zum zweiten Mal. Es gab kaum Aussetzer und ging wie von selbst, es war wie auf einer Bühne, nur dass außer uns keiner zusah. Vor dem Fenster stand eine Art Pult, auf dem Bücher und Papiere lagen, darunter auch das Manuskript von Selina, der jungen, schönen Autorin, die ich eigentlich gar nicht kannte und die bald ihren ersten Roman veröffentlichen würde. Ich hatte es zuvor im Vorbeigehen gesehen und sofort alle möglichen Gemeinheiten gedacht. Benjamin lief zwischen Pult und Bücherregal hin und her und suchte nach etwas. Es war merkwürdig, er sah selbst in diesem Moment aus, als würde er arbeiten, als hätte er etwas zu erledigen, woran ihn sein Umfeld besser nicht hinderte. Er war zu klug, um das, was er hier zur Aufführung brachte, nicht selbst genau zu erfassen, aber auch zu beschäftigt, um sich daran zu stören. Das machte ihn zwar etwas unsympathisch, aber nicht unattraktiv (im Gegenteil, es ließ ihn noch souveräner wirken). Ich sah zur Seite, zu ihm, der noch immer suchte, den aktuellen *New Yorker*, wegen des Covers. Er war noch nie ansehnlich gewesen, es hatte sogar Momente gegeben, in denen er mich körperlich abgestoßen hatte. Dafür hatte ich an diesem Abend mein Aussehen wieder, das hatte ich in seinen Augen gesehen bei der Begrüßung, beim Anstoßen. Als ich am Fenster gestanden hatte, hatte ich es gespürt, in meinem Rücken, den Schultern, und so hatte ich mich auch bewegt (kleine, zarte Bewegungen, wie ein Tanz), und wahrscheinlich, dachte ich, während ich neben Benjamin vor seinem Bücherregal stand, der Alkohol langsam zu wirken begann und ich den Kopf leicht in den Nacken legte, wahrscheinlich bedingte sich das alles hier gegenseitig: die Wohnung, ihr Inventar, die Sätze, der Betrug, die Art der Anbahnung des Betrugs, dass ich *Betrug* dachte (auch wenn ich es nie so gesagt hätte). Ich war hier falsch, ich wollte das nicht, aber ich genoss es. Vielleicht liebte ich es sogar. Es war unpersönlich, der Edelstahl, die Aufgeräumtheit, die Abwesenheit von Spuren, nur die Bücher passten nicht genau dazu. Es war vollkommen vertraut. Dann begannen wir zu essen.

Ich kam schnell auf meinen Roman zu sprechen, auf meine Zweifel und Unsicherheiten. Das war der erste Schritt. Benjamin hob meine Zweifel behutsam auf, strich vorsichtig darüber, er schenkte Wein nach und ließ die Idee, die er von mir hatte, vor unseren Augen lebendig werden, er ließ mich auferstehen. Er machte das so gut, so präzise, dass ich und vielleicht sogar auch er den Eindruck hatten, ich sei ganz von selbst wiederauferstanden. Das war ein Moment, in dem ich kurz so etwas wie Glück empfand, ein verschwommen strahlendes Glück (die Kerzen, der Wein, die Kristallgläser, die Bücher, das weiße

Tischtuch, Mama hätte diese Situation gut gefallen, dachte ich unwillkürlich, ich dachte wirklich *Mama*).

Dann kam der zweite Schritt. Ich hatte schon zu viele Zigaretten geraucht, mein Kopf schmerzte etwas. Wir hatten vorher noch ein ernsthaftes Gespräch über Literatur geführt, es zumindest versucht, ein Gespräch, in dem Benjamin auch eine meiner Schwachstellen thematisiert hatte (der Plot), so als wollte er unserer gemeinsamen Aufführung dadurch mehr Glaubwürdigkeit und seinem Part mehr Redlichkeit verleihen. Als Dessert gab es Heidelbeer-Tiramisu. Sichtlich zögernd erklärte ich Benjamin dann, dass nicht nur meine Zweifel der Grund dafür waren, dass ich nicht schrieb, sondern auch das Geld, das mir fehlte. Er nickte verständnisvoll, aber ernst.

Wie viel brauchst du?, fragte er, und dabei schob er mit einem leichten Nicken sein Kinn nach vorne. (Den Stuhl, auf dem er saß, etwas vom Tisch weggerückt, das linke Bein angewinkelt und auf das rechte gestützt, den Hinterkopf an die ineinander verschränkten Hände gelehnt. Ich verabscheute seine Gesten, aber ich kannte mich so gut darin aus.)

Ich holte tief Luft. Achttausend Euro, antwortete ich. Er atmete ein, machte eine Pause. Gut, ich rede mit Frau Rieger und der Geschäftsleitung. Sechstausend, mehr werde ich nicht bekommen, sagte er. Aber dann musst du auch wirklich etwas haben, was ich vorzeigen kann, wenigstens zwanzig Seiten, besser fünfzig. Er sah mich ernst an, nun nach vorne gebeugt, die Ellbogen auf dem Tisch. Ich nickte und lächelte erleichtert und bedankte mich. Und dann tranken wir schnell etwas, Benjamin lehnte sich wieder zurück, sprach über dieses *New-Yorker*-Cover, das zufällig aussah wie das Cover eines Titels aus dem aktuellen Verlagsprogramm, aber ich hörte nur mit halbem Ohr zu, denn mich beschäftigte seine Kritik an meiner Schwachstelle, das Plot-Problem. Die *starke Erzählung*, die fehlte, die im Nebel lag. Ich war traurig, wütend, ich wollte auf der Stelle verschwinden, aber ich lächelte, nickte. Denn dann kam der dritte Schritt.

Ich war schöner als Benjamin, und ich ließ es ihn spüren. Die Situation gehörte mir, und er gab sie mir, als wir uns küssten, auszogen, in sein Bett legten. Es war, als würden wir gemeinsam Fotos von mir anschauen. Ich begehrte nicht ihn, sondern das Gefühl, von ihm angesehen zu werden. Ein sicheres, warmes Gefühl, ein Gefühl des Glücks tatsächlich, das Stöhnen war nicht gelogen, doch sein Geruch, sein Atem, sein Gewicht, sein Körper selbst lenkten mich ab. Ich überschlug, dass wir während unserer etwa zweijährigen Beziehung, die wir so nie genannt hatten, vielleicht neunzigmal miteinander geschlafen hatten. Ich sah ihn an, er lag unter mir. Gleich war mein Zenit überschritten, gleich war meine Zeit vorbei. Denn nun kam der Teil, in dem er meine Bilder für seinen Sex nicht mehr brauchte, der Moment, in dem er mich verließ, noch bevor er kam, und damit verschwand auch ich.

Sobald er duschte, legte ich mir das Laken um die Schultern und stand auf. Ich ging ins Wohnzimmer zu dem Pult und blätterte in dem Manuskript von Selina. Ich las die erste Seite, prätentiös und banal, beschloss ich sofort, aber sie war sehr hübsch. Sie würde ihren Moment haben und Benjamin mit ihr. Er hatte sie entdeckt. Auch sie war unter seinen Blicken aufgestanden und wurde zu dem, was er sich für sie vorstellte. Sie würde bald auch hier liegen. Fünf Jahre lang würde sie sich vielleicht noch einbilden können, dass alles möglich sei, mehr nicht, und falls sie Kinder bekäme, würde der Absturz noch brutaler werden. Ich hätte nicht sagen können, was mir mehr wehtat, meine hässlichen Gedanken oder Selinas fertiges Manuskript. Ich legte es zurück, mit der Titelseite nach unten. Hilde, ich musste schon wieder an Hilde denken und wie verächtlich sie geworden war, wenn ich in ihrer Gegenwart in den Spiegel geguckt hatte. Hatte sie mich vor etwas bewahren oder bestrafen wollen? (Damals hätte ich gesagt, dass es nur darum ging, mich zu bestrafen, inzwischen glaube ich, es war beides.)

Kurz vor Mitternacht war ich wieder zu Hause. Ich näherte mich vorsichtig dem Wohnzimmer, in dem ich Alex vermutete (erst ins Badezimmer, noch mal Hände waschen, ein bisschen Creme, die Haare ordentlich und dann wieder unordentlich machen). Er saß auf dem Sofa, links neben der Parentesi-Leuchte, die Siegfried uns vermacht hatte, die einzige Licht-quelle in dem sonst dunklen Raum. Die Fenster waren offen, Autos waren zu hören und manchmal Stimmen. Alex saß da, als würde er auf einen Zug warten, und ich sah sofort, dass er ers-tens betrunken war und zweitens etwas nicht stimmte. Graue, halb geöffnete Augen, blicklos, keine Mimik. Ich weiß noch, ich ließ den Mantel von meinen Schultern auf den Boden gleiten und meine Tasche dazu, eine melodramatische Geste, die schon aus praktischen Gründen eigentlich überhaupt nichts für mich war. Aber so war es. Die Sachen lagen auf dem Boden, ich ging langsam auf Alex zu, und dass er mich überhaupt zur Kenntnis nahm, wusste ich nur, weil seine Augen zuckten. Kurz fühlte ich mich ertappt, aber nur für eine Sekunde. Ich ahnte, dass es um etwas anderes ging.

Was ist los?, fragte ich zu laut und zu schnell in die Stille hinein, denn ich hatte es eilig, ich hatte Angst.

Alex' Augen füllten sich mit Tränen. Wenn Alex weinen musste, musste auch ich weinen, das war schon immer so gewesen.

Sein Körper war steif. Ich drückte seine Hände, legte die Arme um seine Schultern, roch den Alkohol. Ich streichelte den breiten, harten Rücken, den er leicht von mir abgewendet hatte und der vor mir stand wie ein Fels. Alex gab sich Mühe, seine Tränen zurückzuhalten, er schob meine Hände weg und rückte zur Seite.

Alex, was ist? Er sah zur Seite.

Er sagte, er habe wieder diese Kopfschmerzen gehabt, fürchterliche Kopfschmerzen, Tabletten hätten nicht geholfen. Rückenschmerzen von der Schlepperei und vom vielen Stehen. Er konnte nicht mehr. Keine Ideen, nie genug Geld, mit der Filmhochschule würde es nichts mehr werden, er war ja nicht blöd. Er sagte, er stehe morgens auf und die Wände fielen auf ihn drauf. Harte, körperliche Arbeit für zu wenig Geld, das nie reichte, und bis dahin hatte ich kein Wort gesagt, aber das war auch nicht nötig.

Jetzt guck nicht so, hast du eigentlich je in deinem Leben körperlich gearbeitet? Alles, was du machst, machst du mit deinem Kopf.

Ich wurde sofort laut, was nicht meine Art ist. Wahrscheinlich lag es am Alkohol.

Das mit der Arbeit war deine Entscheidung. Du hast ein Kind gewollt, du hast mich gewollt.

154

Und du hast mich gewollt.

Mehr wäre eigentlich nicht zu sagen gewesen, an diesem Punkt hätten wir aufhören können. Aber wir machten weiter. Während Alex die Fäuste ballte, die Augen schloss und den Kopf auf sein Brustbein fallen ließ wie jemand, der beim Fernsehen erschossen wurde, umfasste ich sein Handgelenk und sagte, er solle sich endlich zusammenreißen. Ein trockenes, kratziges Fauchen, das mir guttat, wie wenn ein Degen durch die Luft fährt. Eigentlich hatte ich so nie reden wollen. Alex verharrte noch ein paar Atemzüge in seiner Totenhaltung, dann stieß er mich weg, und es ging weiter.

Wir mussten dann noch ein paar Runden, ein paar hässliche Runden im Kreis drehen, bis ich endlich erfuhr, was passiert war.

Er hatte sich an die Bewerbung für die Filmhochschule gesetzt, auch um mich zu überraschen. Er wollte es noch mal versuchen, trotz der Kopfschmerzen, der Bewerbungsschluss war in wenigen Tagen. Aber Johnny war immer wieder aus ihrem Bett aufgestanden, zu ihm gelaufen, auf ihm herumgeklettert, sie hatte angefangen, mit irgendwelchen Dingen auf den Boden zu hauen, und sie hatte ihre täglichen zwanzig Minuten Fernsehzeit ja schon gehabt. An dieser Stelle des Berichts sah Alex mich kurz an. Ich wollte ihn fragen, an welcher Stelle der Alkohol ins Spiel gekommen war, davor oder danach, aber ich ließ es sein.

Er hatte die Stimme nicht erhoben, er hatte ihr ruhig gesagt, dass sie damit aufhören solle, immer wieder, vier, fünf Mal.

Ich sah ihn fragend an. *Die Stimme nicht erhoben, ja?* Er bekräftigte die Aussage.

Er hatte die Augen nur kurz schließen wollen, und dann hatte Johnny die Weinflasche vom Tisch heruntergerissen. Das Parkett und der helle Teppich vor dem Sofa waren über und über rot gewesen und voller Scherben. Johnny war kurz erschrocken, aber in ihrer müden Überdrehtheit hatte sie sich sofort für den Unfall interessiert, hatte sich gleich hineinstürzen wollen. Alex hatte sie zur Seite geschoben, er hatte verhindern wollen, dass sie sich schnitt, sagte er, aber es war zu fest gewesen.

Ein Unfall.

Aber wie konnte das passieren? Ich verstehe das nicht.

Das fragte ich immer wieder. Wie konnte es sein, dass es nicht war, wie es sein sollte.

Alex wusste, dass es keine Entschuldigung gab. Johnny war gestürzt, gegen den Tisch, ein Schnitt über der Augenbraue, es hatte geblutet, aber nicht lange. Alex hatte sie getröstet, ins Bett gebracht. Er war liegen geblieben, bis sie eingeschlafen war. Dann hatte er sich aufs Sofa gesetzt und noch mehr Wein getrunken und gewartet, bis ich kam.

Hatte er wegen des Schnitts geweint oder weil er etwas ahnte?

Am Ende von Alex' Erzählung konnten meine Hände ihn nicht mehr berühren. Ich schwieg, den Kopf nach vorne gerichtet, der Rücken zu gerade. Siegfried, schoss es mir durch den Kopf, hatte auch die Nerven verloren, er hatte uns terrorisiert, aber er war wenigstens reich gewesen. Der Gedanke machte mich so traurig, dass mir doch wieder die Tränen kamen. Alex wollte mich umarmen, ich ließ es geschehen, mehr nicht. Ich sah ihn nicht mehr an, für den Rest des Abends nicht.

Es war keine Strafe, es ging einfach nicht. Ich ging zu Johnny und trug sie in unser Schlafzimmer, der rote Schnitt über ihrer Augenbraue war klein und sauber, ringsherum ein bisschen getrocknetes Blut. Der Schnitt klaffte ein wenig auseinander, eine Öffnung mit roten Rändern, wie ein kleiner Mund.

Ich deckte sie zu, legte mich neben sie, Alex kam dazu, vorsichtiger. Wir lagen zu dritt nebeneinander, die Frequenz unseres Atems und die Geräusche, die unsere Bewegungen machten, verrieten, dass weder er noch ich schlafen konnten. Ich drehte mich zur Wand. Das mit Benjamin war weit weg. Es war nicht von Bedeutung gewesen, nicht für mich, dachte ich kurz, bevor ich endlich einschlief. Es war, als wäre es gar nicht passiert. Ich war erleichtert wegen des Geldes, ich fühlte mich fast ein wenig im Recht deswegen. Und natürlich wegen Johnny.

Wie gesagt, ich lernte Alex' Panik erst kennen, als Johnny da war, und umgekehrt war es genauso.

Die Panik, seine wie meine, zeigte sich, als Zeit und Geld wichtig wurden, als es nicht mehr egal war, wer der Mann und wer die Frau war und woher wir kamen.

Alex' Vater hatte ihn geschlagen, nicht oft, hatte Alex gesagt, aber regelmäßig, das erste Mal, als er vielleicht sieben, acht Jahre alt war, und das allerletzte Mal mit vierzehn. Da hatte Alex' Vater dann ausreichend Geld verdient, und außerdem war Alex schon fast so groß wie er.

Schlimm?, hatte ich gefragt.

Guck ihn dir an, hatte Alex gesagt und verächtlich ausgeatmet. Ich hatte nicht gewusst, wem diese Verachtung galt. Seinem Vater, weil er ihn geschlagen hatte, oder mir, weil ich eine

Frage stellte, deren Tragweite ich seiner Vermutung nach nicht erfassen konnte, da, wo ich herkam (studierte Eltern, Klavierunterricht und so weiter).

Das war kurz nach unserem ersten Besuch bei Alex' Eltern vor sieben Jahren gewesen, abends auf dem Rückweg von einer Pizzeria. Wir waren Hand in Hand gelaufen, aber sein Satz und wie er ihn gesagt hatte, hatte uns voneinander getrennt. Er hatte mich geärgert, weil ich dachte, du kennst mich nicht. Ich dachte: Deine ruhigen grauen Augen, die manchmal ein klein wenig zu arrogant nach draußen gucken, haben dir ein Bild von mir gemacht, das du für das richtige hältst. Aber da fehlt etwas.

Alex hatte meinen Ärger nicht bemerkt. Ich hatte nichts gesagt, seine Hand nicht losgelassen, wir waren einfach weitergelaufen, Hand in Hand, und mir waren die großen, rissigen Hände von Torsten eingefallen.

Und deine Mutter?, hatte ich ihn nach einer Weile vorsichtig gefragt. Alex hatte den Kopf geschüttelt. Die nicht, hatte er gesagt. Sie hat sich die Ohren zugehalten, wenn er wieder laut wurde. Manchmal hat sie auch so gemacht.

Er hatte seine Hände an den Hinterkopf gelegt, sodass die Ellenbogen über seiner Stirn standen.

Er wurde weiß vor Wut, als ich zu ihm sagte: Du bist wie dein Vater. Ich hätte das nicht tun dürfen. Ich hatte es leise gesagt, aber er hatte es gehört. Das war etwa zwei Wochen nach Johnnys Verletzung. Wegen des Schnitts über ihrer Augenbraue waren wir so schockiert gewesen, dass es bei uns zu Hause kurz sehr ruhig geworden war. Höflich und still. Beim Essen war oft nur das Klappern des Bestecks zu hören gewesen, und wenn das zu laut wurde, begannen wir, die Eltern, Kindersätze zu unserem Kind zu sagen, viel zu viele, die Tonlage etwas zu hoch und zu süß.

(Es war, als wären wir an diesem Esstisch platziert worden, und daraus folgte dann alles Weitere. Alex sagte mir später, dass es ihm genauso gegangen war.)

Das mit der Stille hielt nicht lange. Denn natürlich kam die nächste Rechnung, die nächste Sache, die Alex vergaß oder nicht so erledigte, wie ich es verlangte. Wenn er Johnny wieder zu spät von der Kita abholte, sie zu lange fernsehen oder die falschen Sachen anschauen ließ, beim Tischdecken keine Servietten hinlegte, sich nicht augenblicklich kümmerte (um den Müll, die Krümel, den Einkauf, die Wäsche). Ich musste gar nichts sagen, mein Blick, mein Atem genügten, die Art, wie ich die Dinge nicht sagte.

Einmal ließ ich eine Reportage zur Kinderbetreuung in der DDR auf dem Wohnzimmertisch liegen, und abends sagte ich freundlich, dass es besser wäre, wenn wir Johnny ab jetzt wirklich eine Stunde früher abholten, *findest du nicht?* Danach drückte ich Alex vorsichtig an mich und gab ihm einen schnellen Kuss auf die Wange, denn die größte Angst vor meiner unbändigen Wut hatte ich selbst. Ich musste ständig hinter mir herwischen, ich war im Dauereinsatz.

Und während meine Panik wuchs, verschwand Alex. Er blieb nachts noch länger weg. Nach der Arbeit ging er noch in eine andere Bar in der Torstraße. Sie gehörte einem Freund, der sie zusammen mit einem anderen Freund machte. Der andere Freund wollte aussteigen, und Alex wollte vielleicht einsteigen. Er ging auch wieder mehr sprühen, das sagte er mir sogar, obwohl er mir sonst kaum noch was von sich aus erzählte. Auf seinen Händen, den Schuhen, den Klamotten war wieder dieser feine Nebel. Wenn ich die Waschmaschine füllte, roch ich an seinen Pullovern und Hemden. Sie rochen nach Rauch, Farbe und ein bisschen nach ihm. Näher kam ich ihm während dieser Zeit nicht, und es fühlte sich so an, als dürfte ich das auch nicht.

Ich duldete keine Fehler, und nach Johnnys Verletzung schien alles voller Fehler zu sein. Ich überwachte ihn und mich, ich musste meine Aufgaben schaffen, die Wäsche, es mussten immer mindestens zwei nicht angebrochene Flaschen Persil im Haus sein, außerdem ein frisches Brot aus der Bäckerei, zu der man etwas weiter laufen musste, und noch eins auf Vorrat. Alles war eine Prüfung, es war im Grunde egal, worum es ging, eine fehlerfreie Moderation, die Formulierung eines Sendekonzepts, einen Einkauf im Supermarkt, eine Überweisung. Einmal setzte ich Johnny vor den Fernseher, nachdem ich festgestellt hatte, dass ein Vorratsbrot fehlte. Niemand brauchte das Brot in diesem Moment, doch ich schloss Johnny in der Wohnung ein, rannte los, rauchend und unter meiner Kapuze versteckt wie ein Kind.

Auf dem Schnitt über Johnnys Auge klebte noch ein Pflaster, als sie sagte, dass sie nicht mehr laufen wolle. Der Buggy war schon im Keller verstaut, aber ich holte ihn wieder hoch und schob sie. Ich fühlte mich so schlecht, ich hätte sie auch getragen.

Im Kindergarten hatte ich gesagt, sie sei beim Spielen gegen den Tisch geknallt, so wie man es eben macht. Morgens beim Abräumen hatte ich Alex berichtet, was ich den Erzieherinnen am Vortag gesagt hatte, und verächtlich in unsere immer weiter anschwellende Stille ausgeatmet. Ich sprach die Dinge aus, ich machte nicht die gleichen Fehler.

Asi war ein Wort, das ich nie gebraucht hätte. Aber ich dachte es unwillkürlich, als Alex einmal beiläufig erwähnte, dass seine Eltern sich gemeldet und nach Johnny gefragt hätten. Ich sagte irgendetwas Unverbindliches und wechselte dann das Thema. Torsten und Regina rauchten zu Hause und tranken Likör. Sie weigerten sich, die *Tagesschau* zu gucken, sie hatten Johnny einmal Zuckerwatte gegeben.

An einem anderen Nachmittag, ich hatte wieder mal keine Ahnung, wo Alex war, musste ich Johnny zum Turnen bringen (pünktlich erscheinen, auch das eine Aufgabe, eine Lebensaufgabe). Die Halle war einige Kilometer von unserer Wohnung entfernt. Beim Versuch, die S-Bahn zu betreten, verkantete ich den Buggy so kompliziert in der Tür, dass ich die Flucht ergriff. Schnell atmend beschloss ich, mit Johnny fortan überallhin nur noch zu laufen. Das war anstrengend, und manchmal war es auch zu weit. Ich nahm das Fahrrad, doch auf dem Supermarktparkplatz schaffte ich es nicht, Johnny wieder im Kindersitz anzuschnallen, weil der Verschluss klemmte. Ich scheiterte vor den Augen der Leute, die mit ihren Einkaufswagen an mir vorbeizogen und ihre Ziele erreichten. Sie konnten sagen, was sie wollten, man konnte jederzeit von dieser Welt herunterfallen, heraus aus allem, was sie hielt und verschnürte (Verträge, Rechnungen, Konten, Familien, Wohnungen, Häuser). Alles war darauf angelegt, zu entfliehen, zu platzen, sich zu atomisieren, es fiel nur niemandem auf, wie irre es war, davon auszugehen, dass die Sachen weiter gut gehen würden. So dachte ich, meine Hände zitterten, und ich weiß noch, dass ich eine Stimme im

Kopf hatte, die mir sagte, ich müsse die anderen darauf hinweisen.

Dort, auf diesem Parkplatz, hatte ich das erste Mal das Gefühl, ich würde verrückt werden.

Abends war ich meistens allein. Das war traurig, bedeutete aber auch die Möglichkeit einer Art von Frieden. Wenn alle Oberflächen glatt und gewischt waren und der Boden gesaugt, wenn es keinen Streit gab, wenn alle Vorräte da waren, wenn Johnny versorgt und ihre Kleidung sauber war und gut roch, sodass ich noch an einem Radio-Exposé arbeiten konnte, wenn also die ganze komplexe Arbeit, die zum Erreichen dieses Zustands nötig war, funktioniert hatte, war ich eine stolze, optimistische Frau. Vorm Schlafen trug ich noch etwas Augencreme auf und dachte, das alles sei vielleicht doch machbar: Wir könnten es schaffen, es würde wieder gut werden. Das waren Momente ohne Panik, aber sie kam wieder, denn in diesen Momenten ahnte ich auch meine Erschöpfung. Sie war plötzlich spürbar, sie klang wie das Geräusch von Flugzeugmotoren, kleine Maschinen, die regelmäßig an meinem Horizont auftauchten, und ich fragte mich, ob mein sich täglich erneuernder Wunsch, endlich einmal mit allem fertig zu sein, nicht eigentlich bedeutete, dass ich tot sein wollte.

Im Bett wollte ich am Roman arbeiten beziehungsweise an dem, was ich nur noch *die zwanzig Seiten für Benjamin* nannte. Ich nahm es mir immer wieder vor, aber wenn ich ehrlich war, erinnerte ich mich kaum daran, was ich mal hatte schreiben wollen. Alex kam meistens erst um fünf, halb sechs am Morgen. Er legte sich nicht zu mir, er wollte mich nicht wecken, du schläfst doch immer so schlecht, sagte er später und guckte dabei auf sein Telefon. Die Nachbarn unter uns guckten lange und laut fern, ich vermutete, dass es der Vater war. Die Mutter grüßte im Treppenhaus immer so überfreundlich, als würde sie gar nichts stören. Wenn ich mit offenen Augen im Bett lag und in das dunkle Zimmer guckte, nahm ich mir vor, Alex gegenüber nicht mehr so vorwurfsvoll zu sein, mit dem Meditieren anzufangen, vielleicht das Wohnzimmer umzuräumen, und dann schlief ich einen unruhigen, kurzen Schlaf, und wenn ich aufwachte, wusste ich, ohne nachsehen zu müssen, dass Alex noch immer nicht da war.

Ich nahm dann mein Telefon und überprüfte die Uhrzeit und dann zum hundertsten Mal unseren Kontostand. Benjamin musste mir etwas geben, bevor ich etwas zum Vorzeigen hatte, er musste mir vertrauen. Ich hatte ein paarmal versucht, ihn zu erreichen, er rief nicht zurück. Einmal schrieb ich ihm nachts eine viel zu lange Nachricht über den Roman und unsere Freundschaft, am Ende bat ich um eine *schnelle Rückmeldung* wegen des Geldes. Als es wieder hell war, fand ich die Nachricht so peinlich, dass ich beschloss, gar nichts zu tun. Alex hatte auch nichts überwiesen. Siegfried hätte mit Sicherheit sofort überwiesen, dachte ich und wunderte mich über meinen Starrsinn. Es wäre so leicht gewesen. Bei Instagram bauten die Leute Häuser und kriegten ihr zweites Kind. Ich wollte das auch. Ein zweites Kind würde uns umbringen, aber das war mir egal, und ich verstand nicht, wieso. Irgendwann hörte ich endlich Alex' Schlüssel im Schloss und wie die Kugeln in den Sprühdosen klackerten (und dann liebte ich ihn besonders).

Am Morgen begegneten wir uns im Flur oder in der Küche. Er war blass, schön, roch nach Bier, auf den Ohren die Kopfhörer, hin und wieder lag er noch auf der Liege in der Küche und schlief. Einmal nahm er die Kopfhörer ab, lächelte mich an, ein bisschen wie früher, und sagte, so, Geld ist jetzt erst mal kein Problem. Er fuhr sich durch das ungekämmte dunkle Haar. Ich fragte nicht nach.

Er gab sich Mühe. Er versuchte, seine Not zu verbergen, nicht die Fassung zu verlieren. Aber es passierte immer wieder, der Kühlschrank war undicht, beim Nachsehen fiel ein Marmeladenglas herunter und zerbrach, und er verlor das, was ihn hielt. Wenn etwas kaputtging, wenn etwas nicht funktionierte, wenn Johnny laut war. Die Waschmaschine ging kaputt, insgesamt ging bei uns in dieser Zeit wirklich viel kaputt, die grüne Vase, der Mixer, Gläser, Teller, eine Schüssel mit Cornflakes fiel um, die Milch tropfte auf den Boden, vermischte sich dort mit dem Staub, das Chaos trat ein. Ich wischte und versuchte, das Schlimmste zu verhindern, ich meine, ich war es, die sich dafür entschied, auf allen vieren durch die Küche zu krabbeln, zu wischen und Scherben einzusammeln, zu flüstern und ihn zu besänftigen, und er war es, der nichts dagegen einzuwenden hatte. Ich begriff nicht, wie er das fertigbrachte.

Aber wenn ich eine Explosion abwenden konnte, strich ich ihm über den Rücken, froh, aber vorsichtig, denn manchmal wollte er das nicht.

Er fehlte mir sehr.

Was ist denn daran so schwer, sagte ich wütend zu mir selbst. Einmal wartete ich im Sender am Drucker und schlug mir mit der flachen Hand vor die Stirn, als ein Kollege den Raum betrat.

Er wunderte sich nicht, er hatte es eilig, aber ich hätte ihn das gerne gefragt. Was war daran so schwer?

Ich wollte uns ein Zuhause machen, eine Familie, ich wollte, dass es uns gut ging, und Alex wollte das auch. Oft schlief er morgens noch, oder er musste nach dem Frühstück gleich weiter, und ich sowieso. Das war traurig, denn wie gesagt, ich vermisste ihn trotz allem und er mich auch, glaube ich, zumindest hoffte ich das. Manchmal wenn er mich kurz ansah und dachte, ich merke es nicht. Trotzdem waren wir froh, uns aus den Augen zu gehen und uns gegenseitig diese Blamage ersparen zu können.

Am Tag bevor ich es Alex sagte, fand ich abends auf meinem Kopfkissen einen weißen DIN-A4-Umschlag. Ich lächelte, froh und ein bisschen traurig, und öffnete vorsichtig den Verschluss, ohne das Papier zu zerreißen. Ich hoffte auf eine Zeichnung, einen Brief, vielleicht ein Foto. Es waren zwei Flugtickets nach Venedig und eine Karte, auf der in Alex' zarter Handschrift stand, dass wir im Hotel Metropole wohnen würden, zwei Nächte lang. Siegfried hatte mir das Gleiche zum zwanzigsten Geburtstag geschenkt, aber ich hatte es damals mit irgendwelchen vorgeschobenen Gründen nicht angenommen und mich über mich selbst geärgert. Ich hatte immer nach Venedig gewollt, aber es hatte sich nicht mehr ergeben. Alex wusste, dass ich nie da gewesen war. Ob er auch von Siegfrieds Geschenk wusste, konnte ich nicht sicher sagen. Ich überlegte, ich durchsuchte sogar meine Mails nach den entsprechenden Schlagworten, fand aber nichts. Nachdem ich festgestellt hatte, dass eine Nacht im Hotel Metropole etwa vierhundertfünfzig Euro kostete, zündete ich mir im Schlafzimmer eine Zigarette an, was ich sonst niemals tat. Ich rauchte und ging umher. Ich war so gerührt und voller Hoffnung, zugleich so wütend und ungläubig, dass es mir vollkommen unmöglich erschien, Alex anzurufen oder ihm auch nur zu schreiben.

Am nächsten Morgen fand ich, nachdem ich Johnny in die Kita gebracht hatte, eine Zahlungsaufforderung unseres Vermieters im Briefkasten. Alex war in der Nacht nicht nach Hause gekommen, wir hatten immer noch nicht gesprochen. Als ich bei der Bank anrief, sagten sie, das Dispolimit sei ausgeschöpft und eine Erhöhung nicht möglich, aber ich könne gerne zu einem Gespräch vorbeikommen. Vielleicht wäre das ohnehin eine gute Idee.

Ich rief Alex an, doch er ging nichts ans Telefon, es war nicht an. Aber Siegfried ging ran. Er reiste wieder und war zufällig in der Stadt, wir verabredeten uns zu einem Kaffee. Elf Uhr, wie immer im Hotel Savoy. Er saß an einem Tisch draußen, Zeitung lesend, vor den großen Fenstern, wo er rauchen konnte, neben sich den kleinen silbernen Koffer. Auf dem Tisch vor ihm lagen ordentlich arrangiert weitere Zeitungen, ein Mietwagen- und ein Hotelzimmerschlüssel, ein silbernes Zigarettenetui wegen der hässlichen Bilder, alles wie immer, wie vor dem Infarkt, das gleiche Orchester, die gleiche beruhigende Melodie, und wie immer registrierte er genau, was ich trug, das Material, den Hersteller, während er sorgfältig seine fast bis auf den Filter heruntergerauchte Marlboro zwischen Daumen und Zeigefinger ausdrückte, und ich sah ihm dabei zu, traurig und erleichtert zugleich, dass alles wie immer war. Ich hatte ein Miu-Miu-Blusenkleid mit Punkten angezogen, knielang, meine

Mutter hatte es mir vermacht. (Die Entscheidung war spontan gewesen, ich hatte es vom Bügel gezerrt und war ins Badezimmer gelaufen, wo ich mir noch schnell die Beine rasiert hatte, nur mit etwas kaltem Wasser, ohne Schaum. Auf den Waden und über dem Knie waren rote Striemen zurückgeblieben. Ich war mir sicher gewesen, dass Siegfried den Stil des Kleids mochte, doch während ich es übergezogen hatte, waren mir kurz Bedenken gekommen, ob es ihm nicht doch missfallen würde, weil es von meiner Mutter war, aber es war keine Zeit mehr geblieben.)

Als ich an seinen Tisch trat und wir uns begrüßten, kommentierte er das Kleid nicht weiter, aber ihm schien zu gefallen, was er sah. Ich setzte mich, schlug die Beine übereinander und sah prüfend an mir hinunter. Erleichtert stellte ich fest, dass die Striemen verschwunden waren, so wie alles, was in mir verletzt und instabil war. Ich saß Siegfried gegenüber, klar und sortiert, etwas nervös vielleicht, und schlug noch mal die Beine übereinander. Er hatte mir oft gesagt, dass ich gute Beine hatte. Der Kellner kam, ich bestellte ein Wasser, nichts zu essen. Siegfried lehnte sich zurück, nickte lächelnd und zündete sich eine Zigarette an, deren Rauch er etwas ungeduldig einatmete, erwartungsvoll, als würde es nun darum gehen, endlich anzufangen. Es fiel mir nicht leicht, aber ich nahm mir eine seiner Zigaretten, er nickte wieder. Seine kleinen Augen, die immer alles gesehen hatten und selten lange auf einer Sache verharrten, sie hatten es immer noch eilig, vielleicht waren sie ein kleines bisschen langsamer als früher. Ich stieß den Rauch aus und gab ihm durch ein Kopfnicken zu verstehen, dass ich gleich so weit war, dass es gleich losgehen würde.

167

Warte kurz, nicht mehr lange.

Seine Haut war fahl und staubig, um die wässrigen Augen herum trocken und faltig, an den Wangen hing sie nach unten, die Lippen waren bläulich und aufgesprungen. Traurig und etwas angeekelt registrierte ich die Schuppen und die gerötete Kopfhaut zwischen seinen graublond gesträhnten Haaren. Aber das Hemd war weiß und gebügelt, die Manschetten waren leicht zerschlissen (darauf hatte er immer Wert gelegt), auf der rechten Seite das kleine blaue Monogramm, und der Geruch seines Parfüms war wie jedes Mal, scharf und schwer.

Ich holte tief Luft. Wie gesagt, ich hatte es immer vermieden, ihn um Geld zu bitten. Einmal hatte ich etwa zweihundertfünfzig Euro für die Semestergebühr gebraucht, die hatte ich ihm sechs Wochen später zurücküberwiesen, das Gleiche, als mein Rechner vor Jahren kaputtging und die Nebenkostenabrechnung höher ausfiel, als ich es erwartet hatte. Er sprach in solchen Situationen noch weniger als ohnehin schon, am nächsten Tag hatte ich dann das Geld auf dem Konto, und es war immer klar, dass ich es nicht zurückzahlen sollte. Dass ich es doch tat, nahm er mir übel, aber etwas daran gefiel ihm auch. (Vielleicht einfach, weil er es so gut verstehen konnte?) Ich hätte nicht einmal sagen können, für wen ich das eigentlich tat, für mich oder für meine Mutter, und was das bringen sollte.

Manchmal wenn wir uns zum Essen trafen, erwähnte er eher beiläufig, dass es ein Konto gebe, auf das ich zurückgreifen könne, wenn ich wolle, und natürlich irgendwann das Erbe. Meine Generation, sagte er, sei wirtschaftlich in einer vollkommen anderen Situation als *wir damals. Und Alex natürlich sowieso.* Genauso beiläufig brachte er während solcher Restaurantbesuche zum Ausdruck, was er von meiner Mutter hielt (nichts) und dass sie nachweislich unter psychischen Problemen litt.

Auch an dem Tag, an dem ich Siegfried im Hotel Savoy gegenübersaß, um über Geld zu reden, ging die Abwicklung schnell. Er verzog keine Miene, als ich ihm sagte, dass es um zehntausend Euro ging. Er sagte, er würde sich gleich nach unserem Treffen darum kümmern. Ich wollte ihm erklären, in welchen Raten ich ihm das Geld zurückzahlen würde, aber er griff über den Tisch nach meiner Hand und fragte, ob ich einen Champagner wolle. Ich sah ihm ins Gesicht, aber nicht in die Augen, ich rauchte, meine rechte Hand zitterte leicht, und ich war dankbar, als Siegfried dann von der Sanierung irgendeiner alten Schule in Brandenburg zu erzählen begann, ein *Herzensprojekt*, auf das er sich jetzt mehr konzentrieren wollte. Das war taktvoll, und es ließ ihn noch besser erscheinen. Ich dachte, dass es gar nicht wehgetan hatte. Meine Bitte um Geld hatte sich fast wie eine Befreiung angefühlt.

Als er die Rechnung bestellt hatte und darauf wartete, dass der Kellner mit dem Kartenlesegerät wiederkam, fragte er beiläufig nach Alex. Was er mache, was er *eigentlich den ganzen Tag* mache. Siegfried sah mich abwartend an und lächelte. Ich wusste nicht, was ich ihm sagen sollte, wie ich ihm erklären sollte, was wir da eigentlich machten. Ich wollte sagen: Johnny sieht Alex viel häufiger als ich dich damals, er holt sie mindestens jeden zweiten Tag vom Kindergarten ab, geht mit ihr zum Turnen, badet sie, bringt sie ins Bett, bastelt Drachen, und sie lassen sie zusammen steigen, solche Sachen. Er weiß, wie ihre Freundinnen heißen und der Kinderarzt und wie weit wir mit

169

dem Buch sind, das wir gerade lesen. Aber ich schwieg und zuckte mit den Schultern und sprach dann etwas hastig von einem Film, der bald fertig werden würde, und einem Stipendium, das so gut wie sicher war, und der Bar in der Torstraße, die er sich mal angucken müsse. Der Kellner war wiedergekommen. Siegfried unterschrieb nickend den Beleg, er sagte, dass er Alex *wirklich sehr nett und interessant* finde, *aber das weißt du*, und dann legte er geräuschvoll Trinkgeld auf den Tisch. Er erhob sich und schlug mit der flachen Hand auf den Tisch, als wollte er etwas besiegeln, das wir gerade ausgemacht hatten. Der Schlag brachte seinen Körper kurz aus dem Gleichgewicht, er musste sich an mir abstützen.

Vielleicht wird es ja was mit der Bar, wir werden sehen, sagte er und sah mich einen Moment lang an, als hätte er einen Blitz über mir abgeworfen und wollte nun überprüfen, ob er getroffen hatte. Ich lächelte. Siegfried griff nach seinem Sommermantel, und dann ging er voran, in seinen großen Schuhen, die früher beim Spielen meine Schiffe gewesen waren, dünn und entschlossen, aber eigentlich etwas zu wackelig, dachte ich, während ich hinter ihm herlief und tief einatmete, um möglichst viel von dem Geruch seines Parfüms in mich aufzunehmen. Wir verabschiedeten uns mit zwei Küssen auf die Wange, links, rechts, dann stieg er ins Mietauto. Ich sah ihm nach, mit einer Mischung aus Dankbarkeit und Abscheu. Ich war ihm dankbar für das Zuhause, das ich in seinen Gesten fand, die für mich eine merkwürdige, unverrückbare Richtigkeit hatten, ich war ihm dankbar, weil er uns half, und in den Bedingungen dieser Gesten, dieser Hilfe, dieses Zuhauses lagen die Gründe für meine Abscheu.

Das letzte Mal rief ich Alex an diesem Tag gegen vierzehn Uhr an, insgesamt hatte ich es bestimmt zehn, elf Mal probiert, ohne ihn zu erreichen, und das war genug. Während ich wartete, telefonierte ich mit dem Vermieter, entschuldigte mich, kündigte die sofortige Überweisung an, machte ein paar Stichpunkte für die nächste Sendung, beantwortete der Assistentin der Verlegerin eine Mail, in der ich den Termin am Nachmittag des kommenden Tages bestätigte. Ich rauchte und trank zwischendurch zwei Gläser Weißwein, dann zog ich in einem Anfall alle Betten und Decken ab, steckte die Wäsche in die Maschine und schüttete fast eine halbe Flasche Persil hinterher. Ich fragte mich, warum Alex nicht ans Telefon ging, und dachte daran, dass ich nicht vergessen durfte, am nächsten Tag unbedingt eine neue Flasche Persil zu besorgen, und wann ich das am besten erledigen könnte (nämlich bevor ich Johnny aus der Musikschule abholen würde, nicht danach), ich dachte daran in regelmäßigen Abständen, es war wie ein Jucken am Körper, an das ich nicht herankam, das nicht aufhörte, denn ich hatte Schwierigkeiten, mich an den richtigen Zeitpunkt zu erinnern, und Angst, ihn zu vergessen, das Persil zu vergessen. Dann rauchte ich wieder, trank und versuchte mich zu beruhigen, doch ich merkte, dass ich völlig verschwitzt war, an der Brust, den Händen, auch auf dem Gesicht war ein Schweißfilm. Ich fragte mich, ob es beim Abziehen der Betten passiert war oder wegen des Weins. Mir wurde heiß, ich bekam schlecht Luft, ich machte den Ventilator an und stellte mich davor. Wo war Alex? In manchen Momenten fürchtete ich, dass ihm vielleicht doch etwas zugestoßen war, beim Sprühen auf irgendeinem Dach, oder er wollte einfach nicht mehr und war gegangen? Aber meistens war ich wütend und wollte ihm Schmerzen zufügen oder mir, das verschwamm und wurde eins. Zwischendurch hatte ich die Idee, dass der perfekte Moment gekommen war, am Exposé zu arbeiten, es nun in kurzer Zeit einfach herunterzuschreiben, aber dann saß ich auf dem Sofa vor meinem Rechner, kontrollierte ständig mein Telefon (Alex), und unsere Wohnung lenkte mich ab (überall unordentliche Stellen wie kleine Wunden), also sprang ich auf und räumte auf, und dabei kam mir immer wieder diese Melodie, dieser Halbsatz von Siegfried in den Sinn: *Wir werden sehen*. Der Satz begleitete mich bis in den frühen Abend, er schien klar und gerecht zu sein, so als hätte er längst ausgesprochen werden müssen. Es tat trotzdem weh, ihn zu denken. Alex zu beschädigen, mich zu beschädigen, uns beide. Der Satz hatte die gleiche Evidenz wie Siegfrieds Gesten, die gleiche Richtigkeit wie Geld, und er wurde noch stärker, während ich die Kühlflüssigkeit des Kühlschrankes aufwischte, den fleckigen Teppich im Schlafzimmer saugte, die Wäsche zusammenlegte, Johnny abholte. Am Ende meiner Gedanken angekommen, fühlte ich mich so schlecht, so schuldig und zugleich im Recht, dass es das Plausible, aber auch das Richtige zu sein schien, der Zerstörung zu vertrauen. Der Satz stand brennend in mir, hell und heiß.

Als Alex um 17:25 Uhr die Wohnungstür aufschloss, stand ich in der Tür zur Küche. Unsere Blicke trafen sich. Alex sah erschrocken aus, ich machte einen Schritt zurück und ging in die Küche. Er rief, dass er das Telefon vergessen habe, *entschuldige*, und es klang, als wäre er verletzt und gäbe sich Mühe, sich nichts anmerken zu lassen. Ich drehte den Wasserhahn über der

Spüle auf und hielt die Innenseiten meiner Handgelenke darunter. Alex hatte die Küche betreten, er stand nun neben mir, ich roch, dass er getrunken hatte, und ich spürte seinen Blick, in meiner rechten Seite, der Wange, dem Kopf, dem Hals, der Schulter. Ich hatte Angst, aber mein Entschluss stand fest. Er wirkte vollkommen logisch, so als wäre es meine Pflicht, die Dinge dorthin zu bringen, wo sie hingehörten (in der Psychiatrie stand mir Alex' Gesicht wieder vor Augen, der Moment, kurz nachdem ich es ihm gesagt hatte, und da musste ich dann unwillkürlich mit dem Kopf schütteln).

Vier

Meine traurige, schöne Mutter kehrte mit Siegfried von der Geschäftsreise aus Amerika zurück und schien plötzlich nicht mehr traurig zu sein. Wir standen im Eingangsbereich bei Hilde, und ich sah es sofort. Hilde sah es auch. Mein Blick ging erst zu meiner Mutter, die ich so noch nie gesehen hatte, dann zu Hilde, deren Augen schmaler geworden waren, während ihr Mund so tat, als würde sie lächeln. Hilde sah aus wie ein lauernder Hai, und vielleicht ahnte ich, dass meine Mutter irgendeine neue Kraft haben musste, weil sie weder Augen für die gefährliche Hilde noch für Siegfried hatte. Sie sah auch nicht in den Spiegel. Sie ging in die Knie, öffnete die Arme und drückte mich fest an sich. Sie drückte mich so fest an sich, dass sie das Gleichgewicht verlor und wir beide auf dem Boden lagen, unter uns ihr heller Trenchcoat, um den sie sich sonst so viele Sorgen machte. Sie legte ihr Gesicht an meinen Hals, und es war ihr egal, was das für ihr Make-up bedeutete. Sogar ihre Frisur war egal, und sie begann mich zu kitzeln, dabei lachte sie laut, lauter als ich. Ich war glücklich und schockiert zugleich, ich bekam kaum Luft vor Lachen. Ihre Augen, die immer ein bisschen feucht waren, führten nicht wie normalerweise ins Bodenlose, sondern zu ihr, zu einem Kern. Als wir wieder standen, war ihr Lippenstift verschmiert, was auf ihrer hellen Haut so aussah, als hätte sie sich verletzt. Siegfried warf mich in die Luft, aber er war eigentlich woanders. Ich spürte den rauen, gestärkten Stoff seines Hemdkragens, sein Bart kratzte an meiner Wange. Er roch wie immer: nach Rauch und ansonsten sauber, nach Parfüm und Waschmittel. Er sagte, mein Kleid sei schön, es war das Matrosenkleid, und strich einen Fussel von dem blauen Kragen. Er streichelte meine Wange, dann sagte er, er hole schon mal meinen Koffer, und zu meiner Mutter sagte er im Vorbeigehen: Dein Lippenstift ist verschmiert.

Dann fuhren wir über die Autobahn nach Hause, in einem weißen BMW, einem Cabriolet. Siegfried am Steuer, meine Mutter daneben, ich hinten (so war es immer, seit ich denken konnte). Meine Mutter fuhr nie, und ich dachte, dass sie gerne fahren würde, aber noch erleichterter war, es nicht zu müssen, weil Siegfried so schnell die Nerven verlor. Das Verdeck war geschlossen, die Fenster wurden nur zum Rauchen aufgemacht, und dann entstand immer dieses besondere Geräusch, laut und leise zugleich, das Autobahnrauschen. Es war so gleichmäßig, dass man vergaß, dass es da war, und dazu gehörte der leichte Druck auf den Ohren durch die Höhenunterschiede. Meine Mutter klappte die Sonnenblende nach unten und brachte im Schminkspiegel die Sache mit dem Lippenstift in Ordnung. Das *Klack*, wenn die Sonnenblende wieder an die Innenverkleidung des Daches schnalzte, hatte die gleiche Strenge wie die präzisen Bewegungen, mit denen sie ihre Lippen schminkte (und ich weiß, wie gut ihr diese Strenge tat, wie gut es ihr tat, über den Schminkspiegel und ihre Lippen zu herrschen). Es gab nun wieder eine saubere Linie zwischen ihrer Haut und dem roten Mund. Ich dachte an Hilde und dass ich den Pool vermissen würde und sie irgendwie auch. Ich dachte an den Moment, in dem wir im Eingangsbereich von Hildes gelber Villa gestanden und beide gleichzeitig begriffen hatten, dass etwas mit meiner Mutter anders war. Blitzschnell hatten wir uns darüber verständigt und uns miteinander verbunden, obwohl ich es zuletzt nicht hatte erwarten können, endlich abgeholt zu werden.

Vorne auf dem Beifahrersitz klappte meine Mutter zu oft, nämlich etwa alle zehn Minuten, die Sonnenblende auf und sah in den Spiegel, so als müsste sie kontrollieren, ob sie noch da sei. Ich guckte abwechselnd zu ihr und aus dem Fenster. Die Autobahn sah aus wie ein dickes, glänzendes Band, das jemand scheinbar mühelos über den schon abgeernteten rechteckigen Feldern ausgerollt hatte, die sich vor uns auftaten. Um nach Hause zu kommen, folgten wir diesem Band so mühelos und schnell, als würden wir uns nicht bewegen, und all das, die klaren Konturen, die Geschwindigkeit, wirkte auf eine Weise aufgeräumt, die bedrohlich war (vielleicht waren es aber auch Siegfried und meine Mutter, von denen etwas Bedrohliches ausging, oder das alles hing zusammen).

Von Hildes Villa in Bad Homburg waren es etwa vier Stunden Fahrt. Wir wohnten seit drei Jahren in Lehre, einem Ort zwischen Braunschweig und Wolfsburg, an den später, nachdem das Haus verkauft worden war, keiner von uns je zurückkehrte. Manchmal unterhielten sich Siegfried und meine Mutter über Lehre, und diese Unterhaltungen klangen gereizt, obwohl die Bedeutung der Worte an sich nicht unfreundlich war. Doch, doch, sagte meine Mutter in etwas zu hoher Stimmlage (sie wollte keinen Streit), in Lehre sei es wirklich *nett*, das Haus, der Garten, die Obstbäume. Aber mit der Bezeichnung *zu Hause* sei sie bekanntlich schon immer zurückhaltend gewesen. Ich spürte, sie wollte gefragt werden, warum das denn so sei oder irgendetwas anderes, wie es ihr gehe, vielleicht. Ich fand, das war wirklich nicht schwer zu verstehen, und ich begriff Siegfried nicht, der es ignorierte. Er sagte, er könne der Landschaft inzwischen richtig was abgewinnen, und meine Mutter fügte mit noch bemühterer Telefonstimme hinzu, Lehre habe einfach wirklich viele Vorteile: Siegfried komme von dort aus schnell *in die neuen Bundesländer* und ich würde *im ländlichen Raum* aufwachsen. Ich ahnte schon damals, dass meine Mutter in diesem Raum, den sie und ich in der Regel allein, nämlich ohne Siegfried, bewohnten, eigentlich nichts verloren hatte. Ich wollte nicht schuld an ihrem Unglück sein, aber ich sehnte mich trotzdem danach, dass sie beim Schulfest bei den anderen Müttern stand und Kuchen verkaufte und Mitglied im Tennisverein war, so wie die Mutter von Sabrina, mit der ich in eine Klasse ging und die in dem Haus ein Stück die Straße runter wohnte.

Wir fuhren, und meine Mutter fasste sich auf dem Beifahrersitz an die Haare. Sie tat es anders als sonst, so als hätte sie neue Haare, einen neuen Kopf, neue Hände. Ich sah ihre Freude, die schön und jung war, und ich ließ sie nicht aus den Augen (was mir brutal vorkam, was mich traurig machte, aber ich konnte nicht anders). Ich saß nach vorne gebeugt auf dem grauen Leder der Rückbank in der Mitte, den Kopf an den Rücksitz von Siegfried gelehnt, und beobachtete meine Mutter, und während ich so dasaß, suchte ich einen Geruch (das tat ich in diesem

Auto immer, manchmal finde ich ihn noch heute in fremden Autos, einen kleinen Rest davon). Wenn ich nahe heranging, roch das Leder neu, so wie vor zwei Jahren, als Siegfried das Auto gekauft hatte, als Geschenk für meine Mutter, eine Entschädigung oder vielleicht auch Entschuldigung. An dem Autoschlüssel war eine rote Schleife befestigt gewesen. Sie war noch dran, aber inzwischen ausgeblichen. Siegfried hatte den BMW in der Einfahrt geparkt, und wir waren alle rausgegangen, um ihn zu besichtigen, hinein in eine blasse Samstagskälte, umgeben von T-Verbundpflastersteinen (die ich irgendwie mochte, weil sie so schön ineinanderpassten, aber sie machten mich auch hoffnungslos, schon damals). Meine Mutter hatte inmitten dieser Wüste gestanden, sie hatte sich Mühe gegeben, Freude zu zeigen, aber sie fror und wickelte sich in ihren Mantel, und ich sah, dass sie wieder ins Haus wollte. Siegfried dozierte über das Auto: Der Innenraum war platzökonomisch klug gestaltet, das vergleichbare Modell von Mercedes verbrauchte wesentlich mehr und so weiter. Ich verstand nicht, was meine Mutter wollte. Sie musste doch wissen, wie er war, dass er nicht anders konnte, und ja, es war vielleicht nicht das, was sie sich vorstellte, aber er hatte ihr ein Auto geschenkt! Um ihre Verhaltenheit zu überspielen, jubelte ich umso lauter, für sie, für Siegfried (für mich). Abends beim Gutenachtsagen fragte ich sie, wie sie BMW eigentlich finde. Sie sah mich verständnislos an, was willst du denn jetzt mit BMW, sagte sie.

Es gab viele Probleme, überall waren sie versteckt. Wenn Siegfried da war, nahm er das Auto, ohne zu fragen, obwohl er einen Firmenwagen hatte. Ich erkannte an der Geschwindigkeit des Augenaufschlags und dem Atem meiner Mutter, dass sie es hasste. Manchmal rauchte er sogar darin. Wenn ich dabei war, sagte ich: Siegfried! Dann zwinkerte er und grinste mich so von der Seite an, und ich musste lächeln, obwohl ich nicht wollte (ich wollte mich nicht entscheiden, weder für sie noch für ihn). Auch Siegfried ärgerte sich wegen des Autos, er fand, dass meine Mutter auf der Mittelkonsole zu viele Sachen herumliegen ließ, Kassenzettel, Kleingeld, so was. Er sagte, das Auto sei ein *Saustall*, sogar ein *dreckiger Saustall*, einmal warf er während der Fahrt ihre Kaugummis aus dem Fenster, aber weder meine Mutter noch ich sagten etwas, deswegen war es fast so, als wäre es nicht passiert.

Als die beiden mich von meinen Ferien bei Hilde abholten, blieb Siegfried die meiste Zeit stumm. Ich guckte über die aufgeräumte Mittelkonsole zu meiner Mutter, ich konnte nicht aufhören, sie anzusehen mit dieser neuen Kraft in ihrem Körper. Dass ich beobachtete, wie sie sich verhielt, war nichts Besonderes, ich tat es ständig: Für gewöhnlich beobachtete ich meine Mutter, während sie Siegfried beobachtete, der ebenfalls unter meiner Beobachtung stand. Siegfrieds Augen waren meistens leicht zusammengekniffen, seine Pupillen navigierten blitzschnell innerhalb des so entstandenen Schlitzes nach links, nach rechts, während meine Mutter und ich zu erforschen versuchten, was gerade los war: Woran dachte er, guckte er ernst, verärgert, besorgt, sollten wir vielleicht noch ein bisschen leiser sein? Er war ruhig, meistens war er das, aber er konnte explodieren, ein Tisch konnte gegen die Wand fliegen, eine Faust konnte auf den Tisch fallen. Mir wurde jedes Mal schlecht davon, aber er war empfindlich nach siebzehn Stunden Arbeit, so war es eben, da konnte er *eben kein Chaos gebrauchen*, sagte meine Mutter. Oft kam er auch nach siebzehn Stunden nicht, und dann wartete meine Mutter. So war es meistens: Sie wartete auf ihn, und ich wartete mit ihr. Das war anstrengend, und es gab Momente, in denen ich das alles unglaublich blöd und falsch fand, aber es schien da eine Logik zu geben, die befolgt werden musste.

Unser Haus hatte eine Empore, eine Art offener Flur, der zu den Schlafzimmern führte und von dem aus man durch ein Glasgeländer hinunter ins Wohnzimmer sehen konnte. Dort stand ich und beobachtete meine Mutter, ohne das Glas zu berühren (Flecken), da wir ja alle schon *genug Ärger* hatten. Wenn ich abends nicht schlafen konnte, schlich ich aus dem Zimmer und sah hinunter, aber auch tagsüber stand ich dort manchmal. Oft saß sie auf dem cremefarbenen Sofa (alles bei uns war cremefarben oder irgendwie hell), im Schoß einen ihrer französischen Romane, und guckte, ohne zu lesen, durch die Fensterfront in den Garten. Oder sie telefonierte mit ihrer Freundin Alice aus Paris. Dorthin war sie nach dem Abitur *geflohen*, erzählte sie gelegentlich lachend, und ich spürte, dass es eigentlich nicht lustig gewesen war. Sie war vor der hessischen Provinz und ihren Eltern abgehauen, von denen ich nicht viel mehr wusste als ihre Vornamen (Hans, *Eisenbahner*, und Tilli, Hausfrau), dass sie sehr alt und *sehr einfach* waren und dass man sie nicht verstand, wenn sie redeten (dass Hans bei der SS gewesen war, erfuhr ich erst später, aber meine Mutter sagte, mehr wisse sie nicht, und guckte entschuldigend). Nach der Schule war sie als Au-pair in Paris gewesen, dann hatte sie studiert (*lang und breit*, hatte Siegfried manchmal spöttisch gesagt), zusammen mit Alice, bis sie mit mir schwanger geworden war. Das mit meinem biologischen Vater sei eine einmalige Sache gewesen, viel mehr erfuhr ich nicht. Dass er auch Student war, aus Berlin. Sie sagte, er habe sich *nicht mit Ruhm bekleckert,* und es war ihr anzusehen, dass sie darüber nicht sprechen wollte (auch das schien nicht lustig gewesen zu sein), und dann hatte sie ja auch schon Siegfried kennengelernt, in einer Bar, wo sie kellnerte. Sie hatte ihre Sachen gepackt, sich bei Alice verabschiedet und war mit Siegfried zurück nach Deutschland gegangen. Ich hatte Alice nie gesehen, ich dachte immer nur an das blonde Mädchen mit dem blau-weißen Kleid aus dem Disney-Film. Die beiden telefonierten auf Französisch, dann wurde meine Mutter ein fremder Mensch. Ich mochte das nicht, sie sprach so gedämpft, aber manchmal wurde sie lauter, und es klang aufgeregt. Manchmal weinte sie auch. Ich verstand nichts von dem, was sie sagte, und war sehr misstrauisch, gegenüber der französischen Sprache und natürlich gegenüber Alice.

Meine Mutter konnte nicht wissen, wie genau ich die Gesetze unseres Lebens von dem Rücksitz oder der Empore aus studierte. Eines dieser Gesetze war, dass Siegfried bei Unordnung nervös und laut wurde (auch dann, wenn alles ordentlich war) und meine Mutter sehr viel putzte und aufräumte. Ein weiteres Gesetz war, dass sie anfing zu putzen, wenn sie zu lange auf Siegfried warten musste (und nicht mit Alice telefonierte). Sie putzte unser großes, sauberes, helles Haus, in dem kein einziger alter Gegenstand war. Sie putzte die weißen Fliesen in der Küche, das weiße Leder der Thonet-Freischwinger, die verchromten Stuhlbeine, die Oberfläche der Thonet-Tischchen und die Fensterfront im Wohnzimmer. Ich hörte das Zischen des Sprühkopfes der Putzmittelflasche bis in mein Zimmer, ich hörte leider so gut wie alles. Sie putzte auch spätabends, aber um mich nicht zu wecken, saugte sie nur tagsüber. Sie saugte den dicken Teppich, und an einem guten Tag entspannten sich ihre Gesichtszüge dabei etwas. Sie wischte die Bücher und Zeitschriften auf dem Beistelltisch mit einem feuchten Tuch ab, während ich fernsah. Manchmal glaubte ich an dem Geräusch, das sie erzeugte, wenn sie die Bücher wieder auf dem Glas des Tisches platzierte, erkennen zu können, dass sie weinte und ob es ein trauriges oder ein wütendes Weinen war. Sie entfernte den Aufsatz des Staubsaugers und saugte in den Winkeln des Sofas. Mich machte die Putzerei nervös, es war wie in einem Bahnhof, und ich dachte auch immer, ich müsse ihr helfen. Aber sie war im Putzen natürlich viel besser als ich, und vor allem wollte sie meine Hilfe überhaupt nicht, sie wollte putzen.

An einem Nachmittag hörte ich sie fluchen und war sofort beim Geländer. Sie hatte versehentlich Rotwein auf dem Sofa verschüttet, was brutal aussah. Wie eines dieser Bilder aus dem *Tatort*, die abends unser Wohnzimmer anstrahlten und die *nichts für Kinder* waren (ich hatte aber schon ein paar Leichen erspähen können, meistens Frauenleichen). Ich wusste nicht, was ich tun sollte, also sah ich ihr von oben zu. Sie bewegte sich, als wollte sie nicht aufgeben, wüsste aber gleichzeitig, dass es keinen Sinn hat. Die Wut über diese Ausweglosigkeit schien ihr die Kraft dafür zu geben, weiterzumachen, und sie gleichzeitig unendlich zu erschöpfen (und ich verstand sie, denn ich war auch wütend).

Als ich auf dem Rücksitz des BMW saß und wir von Hilde kamen, hatte ich keine Ahnung von Affären, aber ich begriff trotzdem, was los war. Siegfried hatte immer Sachen nebenbei laufen, von Beginn an, das wusste ich damals zwar nicht, aber ich spürte die Trauer, die Wut und Langeweile meiner Mutter, deren Körper sich immer in Siegfrieds Richtung bog, sich nach seinem Tun formte (sie deformierte), egal ob er anwesend war oder nicht. Manchmal, vielleicht alle vier Wochen, gelang es ihr, das alles in eine Art Überschwang zu verwandeln, und dann fuhren wir *zum Italiener.* Wenn es warm genug war, machte sie das Dach des Cabriolets auf, und wir hörten laut Musik, sie sang mit und ließ mich Cola bestellen. Aber ich dürfe Siegfried nichts von unserem Ausflug sagen, flüsterte sie mir zu, und ich hatte den Eindruck, das Geheimnisvolle mache ihr Spaß. Sie lächelte die Bedienung verschwörerisch an, wenn sie sagte: Nein, ich zahle heute bar (das tat sie bei unseren Ausflügen immer). Ich liebte es, mit ihr zum Italiener zu gehen, und fand es genauso unheimlich. Aber es war klar, dass es nur Ausflüge bleiben würden, es war klar, dass sie nicht wirklich wegwollte, zumindest dachte ich das (oder ich hoffte es, vor allem das).

So oder so schien an dem Tag, an dem meine Mutter und Siegfried von der Amerika-Geschäftsreise zurückkehrten, plötzlich alles möglich zu sein. Meine Mutter sah nicht nur zu oft in den Spiegel der Sonnenblende, sie redete auch so viel wie sonst nie. Dabei war ihr Körper wie aufgeladen, er gab nicht sofort nach, wenn ihn etwas berührte. Sie atmete auch anders, lauter, und zwischen ihrem Rücken und dem Beifahrersitz blieb eine Lücke, als würde sie etwas erwarten und hielte sich dafür bereit. Ihr Gesicht war, als würde es angestrahlt werden, sie strich sich die dunkelbraunen Haare hinters Ohr, als würde ihr sehr aufmerksam jemand zusehen, dessen Blick ihr schmeichelte. Mich machte das wütend, denn sie verheimlichte mir etwas und schien zu glauben, dass ich es nicht bemerkte.

Aber dann drehte sie sich zu mir um und wollte sich mit mir unterhalten. Sie fragte nach meinen Schwimmzeiten, was sie sonst nie getan hatte. Ich hatte dazu eine Menge zu sagen, ich wusste erst gar nicht, wo ich anfangen sollte. Es war, als würden wir endlich dazu kommen, darüber zu sprechen, so ein Gefühl war das, als würden wir leuchten vor lauter Freude. *Was ist denn der Unterschied zwischen einer Roll- und einer Kippwende? Du kannst kraulen? Ich würde so viel Wasser schlucken, das Schwimmbad wäre leer.*

Ich war glücklich, aber gleich darauf fand ich es auch gefährlich. Ich lehnte mich an den Rücksitz und wurde stiller. Sie wollte wissen, wann ich ins Bett gegangen sei, wie es der Haushälterin gehe, ob das Essen erträglich gewesen sei, ob ich sie vermisst hätte, sie erzählte, sie sei in einem Beautysalon gewesen und dass es in New York eine Gegend gebe, die Little Italy heiße, da hätte es mir gefallen, aber als ich wissen wollte, warum, antwortete sie nicht. Sie sagte, dass sie in einem Restaurant im einhundertsiebten Stockwerk des World Trade Centers gewesen sei und dort eine Cola light getrunken habe. Ich wusste nicht mehr, was ich mit ihren Worten machen sollte, sie waren wie ein Haufen Ameisen, die durcheinanderliefen. Sie griff vom Beifahrersitz aus umständlich zu mir nach hinten, wollte mich streicheln, und ich nahm ihre zarte, warme Hand, als hätte ich etwas gefangen, und hielt sie fest. Siegfried drückte mit starrem Hals den Hinterkopf gegen die Nackenlehne und verzog keine Miene, er hielt mit beiden Händen das Lenkrad fest, sah wortlos geradeaus und fuhr viel zu schnell. Er fuhr dicht auf und gab

Lichthupe. Siegfried, sagte ich und versuchte, freundlich zu klingen. Ich war mir nicht sicher, ob er mich gehört hatte, aber jetzt fiel auch meiner Mutter auf, wie schnell er fuhr. Sie drehte sich wieder nach vorne. Ist alles okay, brauchst du vielleicht etwas zu trinken?, fragte sie ausatmend, und ihre Schultern sanken nach vorne, als wäre ihr wieder eingefallen, wo sie war und mit wem. Er fuhr langsamer.

Ich sah meine Mutter im Profil. Unter der Nasenwurzel folgte ihr Nasenrücken einer leichten Wellenform, er erhob sich und flachte dann wieder ab. Die Haut, die sich darüber spannte, war dünn, der Knochen darunter zart wie von einem Vogel. Dieser Teil ihres Gesichts erschien mir immer ungeheuer zerbrechlich und angreifbar, so als wäre es eigentlich unausweichlich, dass er irgendwann kaputtgehen würde. Fast wie eine Einladung dazu. Ich fühlte mich schlecht, ich sorgte mich um sie und sah wieder weg. Es war anstrengend mit Hilde, aber mit Siegfried und meiner Mutter auch. Ich versuchte, auf dem Rücksitz zu schlafen, aber es ging nicht, also tat ich so. Manchmal machte ich die Augen auf, um zu gucken, was vorne passierte. Aber sie saßen nur nebeneinander und wechselten kein Wort miteinander.

Zu Hause waren es nur noch eineinhalb Wochen, bis die Schule wieder losging. Ich war aufgeregt wie immer am Ende des Sommers. Ich träumte davon, dass Kai und Christian im Schwimmunterricht bemerkten, wie gut ich war, aber vor allem hoffte ich, dass sie mich in Ruhe ließen und dass Sabrina nett zu mir war. Abends wurde es schon etwas kühler, doch tagsüber war es noch heiß und schwül. Meine Mutter lief in ihren beigefarbenen Leinenkleidern durchs Haus, in dem wegen der Hitze alle Jalousien runtergelassen und die Vorhänge zugezogen waren. Wenn Siegfried nicht da war (fast immer), dann sah sie aus, als würde sie spazieren und dabei von etwas Schönem träumen. Ich hätte gerne gewusst, was es war, aber ich wusste nicht, wie ich sie danach fragen sollte, also guckte ich ihr zu. Sie bekam es nicht mit, sie merkte auch nicht, dass ich von der Empore aus beobachtete, wie sie auf dem Sofa saß und sich mit angewinkeltem Kopf die Fußnägel rot lackierte (ich versuchte nicht, zu verheimlichen, dass ich sie beobachtete, wodurch es sich nicht ganz so falsch anfühlte). Sie seufzte, und ich überlegte, was für ein Seufzen das war. Ihr normales müdes Seufzen oder das andere, neue Seufzen, das zu dem alten nicht passte, es klang so sehnsuchtsvoll und zufrieden und schien ganz allein ihr zu gehören. Von draußen war das gedämpfte Zwitschern der Vögel zu hören, manchmal ein Auto, und wenn ich aus dem Fenster geguckt hätte, hätte ich T-Verbundpflastersteine gesehen. Eigentlich ist doch alles wie immer, beruhigte ich mich.

Wie immer war, dass Siegfried arbeitete. Manchmal kam er ein paar Tage nicht, manchmal kam er spät und rauchte am geöffneten Küchenfenster. Wenn ich noch wach war und ihn hörte, ging ich runter und sah ihn von hinten dort stehen. Er hielt sich mit einer Hand am Fensterrahmen fest, sah nach draußen in die Dunkelheit, und dieses Bild mochte ich. Am nächsten Morgen hing dann einer seiner großen, eckigen Anzüge wie ein fremder Mann im Bügelzimmer, und ich erschreckte mich jedes Mal aufs Neue, obwohl mir der Anblick vertraut war, obwohl ich den Anzug vermisst hätte, wenn er da nicht gewesen wäre. Ich war erleichtert, wenn Siegfried meine

Mutter auf die Wange küsste, bevor er das Haus verließ, denn das bedeutete, dass es weitergehen würde, genau wie ihr anschließendes Lächeln. Unser Haus sah auch aus wie immer, hell, sauber und aufgeräumt, der gleiche Rhythmus, die gleichen Geräusche. Die Schuhe meiner Mutter auf der Treppe hallten viel zu laut, obwohl sie auf Zehenspitzen lief, wenn sie mit dem Wäschekorb unterm Arm nach oben ging. Die Wäsche roch nach Persil, das Garagentor machte, kurz bevor es schloss, den gleichen quengelnden Ton. Die Zeitschriften und Bücher lagen ordentlich sortiert auf dem Glastisch. Wenn ich mich nach den Hausaufgaben aufs Sofa legte, wischte meine Mutter (ohne dass ich je verstanden hätte, warum) den Glastisch noch mal ab und brachte mir geschnittenes Obst und Leibniz-Kekse. Dann sagte sie gedankenverloren, dass ich endlich – *endlich* – zunehmen müsse, sie küsste mir die Stirn, und ich durfte fernsehen, *aber nicht länger als eine Stunde.* Es war meistens mehr als eine Stunde (am liebsten *Die Schöne und das Biest*), und meine Mutter brachte mir zwischendurch noch mehr Kekse, während sie das Abendessen vorbereitete. Ich hörte sie in der Küche hantieren, ich lag auf unserem großen cremefarbenen Sofa in unserem großen aufgeräumten Wohnzimmer, und in diesen Momenten dachte ich, dass jetzt gerade alles in Ordnung sei, und das bedeutete: wie immer. Wie immer riss sie beim Kochen alle Fenster auf, und auch nach ihrer Rückkehr aus Amerika kochte sie viel zu komplizierte französische Gerichte mit nervigem Gemüse, mit dem ich eigentlich überhaupt nichts anfangen konnte, aber jetzt beruhigte mich das, ich aß sogar davon.

Ein paar Tage später rief Sabrina an und fragte, ob ich sie

besuchen wolle. Sabrina war fast einen Kopf größer als ich und hatte ein Pflegepferd auf dem Reiterhof, der mit dem Fahrrad höchstens zehn Minuten entfernt war. Sie hatte mich mal *Spasti* genannt und traf sich eigentlich lieber mit Julia, aber die war noch in den Ferien. Ich hatte lange gehofft, dass sie mich einmal zu ihrem Pflegepferd mitnehmen würde, und nun fragte sie tatsächlich, ein wenig widerwillig zwar, doch es war mir egal. Ich spürte, wie mein Gesicht warm wurde und ich nicht mehr sprechen konnte, ohne zu lächeln. Ich presste das weiße schnurlose Panasonic-Telefon gegen mein Ohr und wollte schon *Klar, ich komme* rufen, aber dann fiel mir ein, dass ich eigentlich gar nicht wegkonnte, ich musste ja aufpassen. Ich sagte Sabrina, ich müsse erst fragen, und legte schnell auf. Denn es gab eine Sache, die war nicht wie immer: Meine Mutter verschwand mit dem Panasonic-Telefon stundenlang im Gästebadezimmer, im Bügelzimmer oder in der Garage, um zu telefonieren. Sie tat das, weil wir uns ein oder zwei Tage nach ihrer Rückkehr von Siegfrieds Dienstreise gegenseitig erwischt hatten.

Ich erwischte meine Mutter zuerst. Sie hatte gesagt, dass sie Kopfschmerzen habe und sich hinlegen würde. Ich hatte ihr nicht getraut (was kein schönes Gefühl war, schon damals nicht), aber sie lag tatsächlich mit einer Decke und einem Waschlappen auf der Stirn auf dem Sofa und rührte sich nicht. Sie sah ein bisschen aus wie eine dieser toten Frauen aus dem Fernsehen, wie zugeschlossen, und ich hatte keine Ahnung, was ich jetzt tun sollte, während sie schlief. Leise stieg ich die Treppe hoch und ging die Empore vor den Zimmern auf und ab, jeweils fünfunddreißig Schritte von der weißen Wand bis zum Treppenabsatz, über dem ein brennender Emil-Nolde-Himmel hing. Wenn ich dort ankam, sah ich kurz runter zu meiner Mutter, ob sie noch schlief, und dann fielen mir Siegfrieds Bücher ein. Ich hatte sie kurz vor den Ferien entdeckt und mit in mein Zimmer genommen, normalerweise standen sie ganz unten in seinem Bücherregal, das bis zur Decke ging; ein Bildband, auf dessen Buchrücken in großen schwarzen Buchstaben *Faschismus* stand, und einige dicke Bücher, in denen es auch darum ging. Der Bildband war voller Schwarz-Weiß-Fotografien, Bilder aus Konzentrationslagern, unbeschreiblich dünne Körper, Wunden, Leichen, Berge von Leichen. Ich hatte die Bücher unter meinem Himmelbett versteckt, es kam nicht infrage, damit zu Siegfried oder zu meiner Mutter zu gehen, aus irgendeinem Grund war mir klar, dass ich das nicht durfte. (Von den Bildern wissen, sie beschämen, zum Erklären zwingen?) Hilde hatte Hitler mal in Berlin gesehen, da hatte er sogar ihre Hand angefasst. Er sei *natürlich ein Idiot* gewesen, sagte sie, aber *jetzt übertreiben sie es ein bisschen*, und danach sagte sie noch mehr, was ich wieder vergaß. Ich wusste fast nichts über das, was ich da sah, und mir wurde jedes Mal schlecht davon, aber ich musste mir die Bilder immer wieder ansehen. Während meine Mutter schlief, holte ich den Bildband hervor und blätterte darin, die Zimmertür ließ ich offen, nur manchmal sah ich kurz auf, dann betrachtete ich wieder die Fotos, angewidert und völlig verständnislos. Plötzlich hörte ich leise die Stimme meiner Mutter, sie lachte und redete auf eine Weise, die mir sofort falsch vorkam. Ich schob den Bildband zurück unters Bett, stand auf und ging langsam zum Glasgeländer. Sie war nicht mehr im Wohnzimmer, ich sah sie nicht. Ich schlich die

Treppe hinunter und ging den Geräuschen nach, den Flur rechts vom Wohnzimmer bis zum Bügelzimmer. Die Tür stand einen Spalt weit offen, meine Mutter telefonierte und betrachtete sich dabei im Spiegel, der neben der Waschmaschine stand. Sie sah aus, als würde sie sich jemandem zeigen, aber eben nicht mir. Mal klang ihre Stimme hoch und spitz, wie beim Anstoßen mit Sektgläsern, mal leise, wie ein Rascheln. Ich stand da und hielt den Atem an und wollte sie anschreien. Ich zog eine Grimasse. Es tat mir weh, sie so zu sehen (mit mir, mit uns war sie nie so froh). Ich zog meine Lippen hoch und streckte ihr die Zunge raus. Sie sollte mich ansehen, gleichzeitig fürchtete ich den Moment. Unsere Blicke trafen sich im Spiegel. Sie blieb stehen, stockte, lächelte. Ich wusste nicht, was ich tun sollte, ich lächelte zurück, und dann winkte ich tatsächlich. Ich winkte ihr, als würde sie am Schultor auf mich warten, und im gleichen Augenblick dachte ich, wie bescheuert, wie *bekloppt* es war, ihr zu winken, bei uns zu Hause. Ich rief: Entschuldigung (viel zu laut), drehte mich um und lief in mein Zimmer.

Seitdem verschwand meine Mutter täglich mehrmals im Gästebadezimmer, im Bügelzimmer, in der Garage (was ich unglaublich fand, ich fand es unerhört). Es war nie sie, die anrief, sie trug das Telefon bei sich, es klingelte, und sie nahm sofort ab. Ich konnte ihr Lächeln hören. Dann schloss sie schnell irgendeine Tür hinter sich, und es machte mich wütend, dass es dabei nicht darum ging, ihr Telefonat zu verheimlichen – das war unmöglich, sie telefonierte stundenlang –, sondern darum, dabei ungestört zu sein. Aber ich passte auf, ich blieb öfter unten, im Wohnzimmer, in der Küche, am Esstisch, hinter den Vorhängen, die in diesen Tagen fast immer geschlossen waren, um uns vor der Sonne zu schützen. Die Hitze war anstrengend, und dauernd aufzupassen war es auch. Wie sie verheimlichte auch ich jetzt nichts mehr. Ich ging ihr nach, ich hielt mich am Türrahmen fest und beugte mich suchend in die Räume hinein, ins Bad, in die Küche oder das Bügelzimmer, und wenn ich sie fand, wenn sich unsere Blicke trafen, gab ich mir Mühe, ungerührt zu gucken, einmal hätte ich fast *Soso* gesagt, aber irgendwie brachte ich es doch nicht fertig. Abends vor dem Schlafengehen ging ich laut seufzend auf der Empore entlang bis in mein Kinderzimmer, dessen Tür ich nicht mehr bloß angelehnt, sondern weit offen stehen ließ. Ich fand das alles nicht okay von mir und schämte mich auch, gleichzeitig hatte ich das Gefühl, sie aufhalten zu müssen, denn was hatte sie vor, hatte sie gar keine Angst?

Wenn ich im Bett lag, wenn ich dabei das Dreieck aus Licht fixierte, das durch die geöffnete Tür auf den Boden fiel, wog ich ab. Alles, was so war wie immer, sammelte ich und stellte es den Unregelmäßigkeiten gegenüber. Zum Beispiel hatte sie Umarmungen nie leiden können, auch nicht von mir. Sie reckte ihren Kopf nach oben wie ein schwimmender Hund, als hätte sie große Angst vor meinen Händen auf ihren Kleidern oder an ihrer Frisur. Jetzt kam sie (oft nach dem Telefonieren) zwischendurch einfach zu mir, sie drückte mich an sich, hob mich hoch, alles mit dieser unheimlichen Kraft, die sie neuerdings hatte. Mit leuchtenden Augen fragte sie, ob wir zusammen etwas lesen sollten oder ins Eiscafé fahren, zum Reiterhof, *nur du und ich?* Es war, als würde sie ihre Freude über mir ausschütten, und ich freute mich auch. Also fuhren wir zum Pizzaessen oder ins Eiscafé, wir fuhren zu schnell und mit offenem Dach, sie lenkte schwungvoll, sie lächelte und hielt dabei meine Hand. Sie trug ein weißes Basecap über ihren dunklen Haaren, ich fand sie wunderschön, wie aus einer Zeitschrift oder wie diese eine ZDF-Kommissarin, sie sah auch plötzlich so jung aus. Sie drehte das Radio laut, und wir hörten Popmusik. Siegfried hätte das Basecap *albern* gefunden, genauso wie die Musik und ihre Cat-Eye-Sonnenbrille. Ich betrachtete meine Mutter von der Seite, ich lächelte, wenn sie mir zuzwinkerte, aber ich saß steif auf dem Beifahrersitz, und meine Sehnsucht blieb, weil sie eigentlich nicht bei mir war, sie war bei sich. Ihre Freude kam mir gefährlich vor, zu groß, es war, als würde sie auf eine verheißungsvolle, verhängnisvolle Zukunft zurasen. Es war unglaublich, wie gesagt.

Wenn sie kein Bargeld dabeihatte, zahlte sie in der Pizzeria einfach mit der Haushaltskreditkarte. Früher hätte sie sich Sorgen gemacht, das gehörte zum Bezahlen dazu – brauchen wir das wirklich, gibt es das woanders günstiger? –, doch jetzt hielt sie die Kreditkarte locker zwischen Mittel- und Zeigefinger, sie schnippte sie mit dem Daumen wie jemand, der noch viel vorhat und keine Angst. Zwei, vielleicht drei Mal nach solchen Ausflügen stand ich nachts vor der Garderobe im Flur, wo ihre Handtasche hing. Es war, als würde ich aus einem Traum aufwachen, aber ich wusste, was zu tun war: Ich musste den Reißverschluss aufziehen, die Karte rausnehmen und verstecken. Ich tat es dann nicht. (Weil ich sie nicht verraten wollte oder mein Respekt vor Kreditkarten zu groß war?)

Auch Siegfried begriff, dass etwas nicht stimmte. Er kam jetzt hin und wieder früher nach Hause (eigentlich undenkbar), außerdem musste er seltener in fremden Städten schlafen, und darüber hätte ich mich eigentlich gefreut, aber er schlich nur ungeschickt umher, wenn er da war, und schien nicht so richtig zu wissen, was er mit der neuen Zeit in unserem Haus anstellen sollte. Er sagte dann Sachen wie: *Musst du denn keine Schularbeiten machen? Zieh doch mal das Kleid mit den roten Streifen an, das ich dir aus New York mitgebracht habe, das sieht so hübsch aus.* Oder er saß auf dem Sofa, las die Zeitung und wechselte dabei ständig laut atmend die Position seiner Beine, was ich oben in meinem Zimmer hören konnte. Irgendwann erhob er sich ruckartig und ging ziellos umher, so als würde er sich eine Ausstellung ansehen, mit der er nichts anfangen konnte. Manchmal stand er im Wohnzimmer, in der Küche, vor der Faltwerktreppe und sah sich einfach nur um. Ich hätte ihm zurufen wollen: Was machst du denn da, geh doch einfach ganz normal arbeiten und bring ein paar Blumen mit, aber ich tat es natürlich nicht. Einmal saß ich auf dem Sofa, meine Mutter stand in der Küche und Siegfried wieder vor der Treppe. Ihn beschäftigte die Frage, woher die Macken auf den weiß lackierten Stahlstufen kamen, er rief sie durchs Haus. Man sieht sie bei Tageslicht einfach besser, rief meine Mutter aus der Küche zurück. Für die Dauer ihrer Antwort schaltete sie die Dunstabzugshaube aus, danach wieder an. Sie klang völlig hoffnungslos, aber ich sagte mir: Alles okay, sie kocht für ihn, sie schlafen in einem Bett, sie sind verheiratet.

Innerhalb kürzester Zeit hatten die beiden sich angewöhnt, so quer durchs Haus zu rufen (und ich hasste es, es war ein so deutliches Zeichen von Nachlässigkeit). An einem Samstagnachmittag war es meine Mutter, die rief, sie müsse noch schnell etwas einkaufen gehen, das Waschmittel sei alle. Ich lag auf dem Bett und las *Maikäfer, flieg!*, ohne auch nur eine Zeile zu behalten. Einige Sekunden später hörte ich die Reifen des Cabrios in der Einfahrt und gleich danach das dumpfe Klingen der Stahlstufen unter Siegfrieds Schritten, der sich auf den Weg hoch in mein Zimmer machte, was so gut wie nie vorkam. Als er durch die Tür trat, guckte er sich um und wirkte erleichtert, ja beinahe gerührt, weil es so aufgeräumt war, auch die Spuren des Staubsaugers auf dem hellgrauen Teppich gefielen ihm. Ich legte das Buch beiseite, setzte mich auf und wusste sofort, was los war, als ich den grünen Persil-Pappkarton in seiner rechten Hand sah. Er ließ sich langsam auf der Bettkante nieder und strich nickend den geflochtenen Zopf auf meinen Schultern gerade. Ich sagte nichts, ich sah ihn nur an, und er sagte auch nichts. Er räusperte sich, was bedeutete, dass er sich gesammelt hatte und es gleich losgehen würde. Ich roch, dass er gerade geraucht hatte. Sein Atem ging etwas schneller, meiner auch – ich hatte das Gefühl, mein Puls würde mein Trommelfell zum Platzen bringen. Ich durfte keinen Fehler machen, nichts Falsches über meine Mutter oder das Waschmittel sagen. (Aber es war kompliziert, denn was war das Richtige?) Ich senkte meinen Kopf, kniff kurz die Augen zusammen, hielt es aber nicht aus und folgte Siegfrieds Händen aus den Augenwinkeln. Er öffnete den Deckel des Kartons, der etwa zu drei Vierteln mit den kleinen hellen Körnchen gefüllt war, dann verschloss er ihn wortlos wieder. Der vertraute, saubere, leicht beißende Geruch schlug mir entgegen, Siegfried nickte schweigend, als hätten wir beide gerade eine schlechte Nachricht erhalten, dann legte er eine Hand auf meinen Arm, und ich hatte das Gefühl, sehr rot im Gesicht zu werden. Was sollte ich sagen? Sollte ich meine

Mutter verteidigen oder so tun, als wüsste ich nicht, worauf er hinauswollte? Aber warum machte sie auch so was, warum fuhr sie weg? Ich holte zu laut Luft, er durchschnitt mein Luftholen mit seiner Frage: ob mir an meiner Mutter irgendwas aufgefallen sei. Er fragte ohne jede Aufregung, fast beiläufig, doch ich war aufgeregt. Denn mir gehörte seine ganze, wichtige Aufmerksamkeit, und dabei zersprang ich fast, weil ich es scheußlich fand, sie so sehr zu genießen (was eigentlich nie aufgehört hat, beides nicht, das Genießen und das Zerspringen).

Siegfried stellte kleine spitze Fragen: Telefonierte sie mehr, blieb sie länger als gewöhnlich beim Einkaufen, sah sie anders aus, verhielt sie sich anders, kaufte sie andere Dinge, trug sie andere Kleider? Er sprach mit mir wie mit einer Erwachsenen, sein Ton war so geschäftsmäßig und routiniert, dass seine Fragen ganz legitim zu sein schienen. Und ich antwortete wie eine Sparkassenangestellte, ohne ihn anzusehen, ich sagte, nein, wirklich, alles sei wie immer. Aber dann hielt ich es doch nicht aus (was denn?) und schob nach: die Musik beim Autofahren sei etwas lauter und sie fahre schneller und sie zahle mehr mit Karte. Ich blinzelte. Ich versprach, ihm Bescheid zu sagen, wenn mir *etwas* auffiel, und hätte mir am liebsten auf den Mund geschlagen. Siegfried nickte, zufrieden, hoffte ich. Dann küsste er mich auf die Stirn und ging.

Ich glaube, es passierte drei, höchstens vier Mal, verteilt über mehrere Monate, dass es abends nach den *Tagesthemen* so laut wurde, dass ich mir im Bett die Decke über den Kopf zog und die Ohren zuhielt, weil ich hoffte, es würde schnell vorbeigehen. (Später fragte ich mich, ob es solche Situationen nicht schon viel früher gegeben hatte, gegeben haben musste. Außerdem immer wieder: was ich hätte tun können.) An einem Abend wurde meine Zimmertür von außen geschlossen. Ich sah nicht, ob es Siegfried war, aber die Schritte hörten sich nach ihm an. Es war ein Tag im Oktober, denn ich hatte morgens im Kunstunterricht ein Bild von einem Erntedankteller malen müssen. Ich hatte unter der Decke gelegen, den Kopf an die Knie gedrückt, und Siegfrieds Stimme war angeschwollen, sie war bis hoch zu mir unters Dach gewachsen, und ich hatte versucht, an die Früchte auf dem Erntedankteller zu denken, Äpfel, Trauben, Nüsse, welche noch? Dann die Schritte, die Tür wurde geschlossen, und dann wieder seine Schritte, die sich entfernten. Am nächsten Morgen war die Tür wieder offen, und ich war mir nicht mehr sicher, ob ich mir alles nur eingebildet hatte.

Viel später, als ich schon Französisch verstand und wir in Braunschweig wohnten, hörte ich meine Mutter einmal am Telefon zu Alice sagen, es sei eigentlich unmöglich, dass ich nichts von dem mitbekommen hätte, was da unten passiert sei, selbst die Nachbarn hätten eigentlich etwas hören müssen. Unser Haus war von einem großen Grundstück umgeben und grenzte an ein Feld, das nächstgelegene Haus war das von Sabrina, vielleicht hundertfünfzig Meter entfernt. Meine Mutter sagte zu Alice, sie habe extra dafür gesorgt, dass einige Fenster offen standen, selbst als es dafür eigentlich zu kalt war, wenigstens eins sei immer offen gewesen. Ich schämte mich, als ich sie das sagen hörte, und nicht weit entfernt von der Scham lag meine Wut auf sie.

Die Erinnerung an die Nächte damals ist grau, oder sie waren schon damals grau, lagen im Nebel, und ich sah nicht wirklich hin. Wenn ich am Morgen das Haus bei Tageslicht sah und feststellte, dass alles noch vorhanden war und genauso stand wie am Abend zuvor, war ich erleichtert. Die Wärme der Fliesen im Badezimmer, der riesige Emil-Nolde-Druck über der Empore, die Fensterfront, der eckige, kalte Handlauf der Treppe, das hallende Geräusch des Stahls, wenn man sie betrat, dann unten der weiche Teppich, die helle Fläche des Sofas und von dort aus der Blick in die Küche, die glänzenden Oberflächen aus Glas, Edelstahl, Marmor – kurz schien alles gut zu sein. Aus irgendwelchen Gründen wurde ich zu der Zeit in der Schule immer besser, ich machte auch nicht mehr diese Sache mit meinem Gesicht, wenn ich mich konzentrierte. Es passierte einfach nicht mehr, ich hatte es unter Kontrolle. Vielleicht half mir die riesige schwarze Kapuzenjacke mit Mickey Mouse hintendrauf, die Siegfried mir aus New York mitgebracht hatte, etwas anderes mit Mickey Mouse hatte er nicht gefunden. Ich verschwand in der Jacke und zog sie jeden Tag an (heimlich, Siegfried hätte das nicht gefallen, ich versteckte sie im Rucksack und holte sie erst raus, wenn ich außer Sichtweite war). Ich streifte sie auch eilig über, als ich an einem Morgen nach dem Aufwachen (es muss im Dezember gewesen sein, im Garten waren die Lichterketten an) sofort wusste, dass außer mir niemand im Haus war (ich hörte es an dem Rauschen in der Luft, wenn es still war, fast ein Flüstern). Als ich die Stahltreppe runterging, sah ich schon von Weitem die leeren Rotweinflaschen auf dem Thonet-Tisch stehen. Das war jetzt schon ein paarmal passiert, ein Phänomen, das zu der neuen Zeit gehörte, der Zeit nach der Amerikareise. Früher hatten sie die Sachen immer gleich weggeräumt, sie hatten auch nicht so viel getrunken, keine zwei, drei Flaschen wie jetzt, manchmal waren es sogar vier. Ich ging auf den Tisch zu, ich wollte sie wegräumen, warum dachte meine Mutter nicht daran, wo war sie überhaupt, warum war sie nicht bei mir? Ich lief mit schnellen Schritten über den weichen hellen Teppich (eine Art zu gehen, die ich mir von ihr lieh, vielleicht um nicht so allein zu sein) und blieb abrupt stehen, als ich eine s-förmige Spur rötlich brauner Tropfen vor mir auf dem Boden sah, die in einem außer Kontrolle geratenen Tröpfeln mündete. Es sah aus wie ein Unglück und war mir sofort peinlich (wegen des Kontrollverlustes, weil es um meine Mutter ging?), und ich kniete mich hin, um herauszufinden, was das war, vor allem aber wollte ich diese Flecken so schnell wie möglich beseitigen. Backpulver, Salz, heißes oder kaltes Wasser? Ich sah mich um, dann sah ich wieder zu den dunkelroten, fast braunen Flecken. Ich wollte sie nicht anfassen, doch ich spürte, dass ich wenig Zeit hatte, also nahm ich die Flaschen vom Tisch und lief in die Küche, wo ich hörte, wie die Tür aufgeschlossen wurde, dann die helle Stimme meiner Mutter. Es gelang mir, die Weinflaschen einigermaßen geräuschlos in den Glasbehälter zu legen, und ich fragte mich, wie es sein konnte, dass ich das Auto meiner Mutter nicht gehört hatte. Der Gedanke, Siegfried davon zu erzählen, schoss mir durch den Kopf, aber plötzlich stand sie vor mir. Sie hatte eine langärmelige, hochgeschlossene Bluse an, deren Kragen fast bis unters Kinn reichte und die sie nur selten trug. Sie bewegte sich, als müsste sie aufpassen, nirgendwo anzustoßen, so als würde sie noch ausprobieren, was an ihrem Körper sich bewegen ließ, es hatte etwas Schaufensterpuppenhaftes. Ich wollte sie umarmen, sie festhalten, aber ich wollte nichts kaputtmachen. Ich wollte mich

198

entschuldigen, stammelte irgendetwas, sie lächelte unsicher, und wir guckten schon wieder, als hätten wir uns gegenseitig ertappt. In der Schule hatte ich gelernt, dass es gut war, sich bei Referaten einen Punkt über den Köpfen des Publikums zu suchen. Also sah ich über das fast schwarze Haar meiner Mutter hinweg, deren Augen wie immer feucht waren. Der Fleck auf dem Teppich war kurz darauf verschwunden.

Der Weihnachtsbaum stand noch da, aber es war schon im neuen Jahr, abends, meine Mutter war oben im Badezimmer und ich im Wohnzimmer, als Siegfried anfing, mit seinen Lederschuhen auf den Kühlschrank einzutreten, nachdem ihm eine Rotweinflasche in der Küche aus der Hand gerutscht und auf den Fliesen zersprungen war. Ich zuckte zusammen, es war, als würde eine Druckwelle durch meinen Körper gehen, während Siegfried immer weiter auf den Kühlschrank eintrat. Es war klar, dass da nichts zu machen sein würde, aber ich wollte etwas tun, ihn besänftigen, vielleicht auch verhindern, dass meine Mutter dazukam, weil mir das gefährlich erschien, die beiden so nah beieinander. Ich ging in die Küche und stand neben ihm, während er immer weiter trat, ohne Notiz von mir zu nehmen. Sein Gesicht war weiß, seine Lippen waren noch schmaler als sonst. Er wirkte kalt, so als würde er etwas erledigen, aber dabei trotzdem verzweifelt, und er tat mir sehr leid. (Warum tat er mir immer so leid?) Erst als er aus dem Gleichgewicht kam, weil die Tür des Eisfaches aufgegangen war, an die er sich beim Treten geklammert hatte, schrie er mich an, ich solle hier nicht so dumm rumstehen. Ich spürte sein Schreien am ganzen Körper, bis in die Finger. Dann ging er rauchen. Er rauchte jetzt noch mehr als sonst, und dabei telefonierte er, meistens auf dem Festnetz, nur manchmal benutzte er das große schwarze Motorola-Mobiltelefon, und dann sprach er Englisch. Ich wusste immer, wenn er mit seiner Sekretärin sprach, weil er dann diesen Ton annahm (eine Mischung aus vertrauensvoll und unfreundlich, wie man redet, wenn man nichts zu verlieren hat). Wenn er mit ihr telefonierte, war ich besonders aufmerksam. Ich verstand, dass *die Situation gerade sehr angespannt* war, weil Siegfried die Immobiliengesellschaft durch eine *sensible Phase führen* und ihren Börsengang vorbereiten musste. *Alles* stand auf dem Spiel, hörte ich.

Nachdem Siegfried in der Küche die Fassung verloren hatte, setzte ich mich mit *Zwei Wochen im Mai* aufs Sofa. Ich ging nicht hoch in mein Zimmer, sondern blieb unten im Wohnzimmer, wo ich mit übergeschlagenen Beinen saß wie eine Aufpasserin, aber es war mir egal. Ich zog die Augenbrauen zusammen, hangelte mich Zeile für Zeile über die Seiten, ohne den Sinn der Worte zu erfassen, und hoffte, dass alles gut gehen würde. Oben war es still, meine Mutter war noch nicht aus dem Badezimmer gekommen, was machte sie so lange da drinnen? An Siegfrieds Schritten und dem Geräusch der Tür hörte ich, dass er eine neue Flasche aus dem Raum holte, in dem der Wein lagerte. Ich hörte, wie er danach wieder in die Küche ging, die Flasche entkorkte, den Alessi-Korkenzieher, der aussah wie eine Frau, in die Schublade warf, und ich nahm, ohne von meinem Buch aufzusehen, seinen Schatten in meinem Sichtfeld wahr. Ich hoffte, er würde zu mir kommen, und tatsächlich setzte er sich mit der Rotweinflasche und einem Glas auf die Kante des Sofas und begann zu reden, leise und freundlich, aber er wurde immer schneller, und er trank auch sehr schnell. Die nächsten Wochen würden hart werden, er dürfe jetzt nicht lockerlassen, er müsse Präsenz zeigen, manchmal sei das so. Ich verstand nicht, warum er darüber mit mir sprach, warum er sich so öffnete (auch dafür schämte ich mich). Er könne deswegen erst mal nicht so oft bei meiner Mutter und mir sein, wie er es gerne hätte, leider, sagte er, und ich nickte und wusste genau, was er wollte, aber ich war trotzdem verwirrt, weil das, was er sagte, nicht zu der Art passte, wie er es sagte. Aber ich lächelte und nickte weiter, und in diesem Moment hörte ich von oben das Klicken des Schlosses der Badezimmertür, und einige Sekunden später erschien meine Mutter auf der Treppe und ging langsam nach unten und begann den Tisch zu decken, und Siegfried erhob sich und tätschelte mir die Wange, wobei er mir mit festem Blick in die Augen sah, als hätte er mir gerade etwas Wichtiges gegeben, und auf die gleiche Weise erwiderte ich seinen Blick, kaum sichtbar nickend. Als er sich umdrehte, sah ich blitzschnell zu meiner Mutter, die den Salat anmachte. Sie hatte mein Nicken nicht gesehen, glaubte ich, aber noch mehr hoffte ich es. Dann setzten wir uns, um zu Abend zu essen, wir saßen vor der Fensterfront in unserem hell erleuchteten Wohnzimmer wie in einer Schneekugel (jedenfalls habe ich dieses Bild so in mir eingefroren und für immer behalten).

Es war eins unserer letzten gemeinsamen Abendessen, es gab Ratatouille. Auf meinem Platz entdeckte ich ein kleines Paket mit Haftnotizzetteln, auf denen *EASTate AG* stand. Das *EAST* war grün, der Rest grau. Ich bedankte mich, zu viel und viel zu wortreich, so als hätte Siegfried mir gerade ein Pony oder ein Haus geschenkt, aber ich wollte, dass er sich freute, und ich fand es auch wirklich schön, dass er an mich dachte. Das ist doch nichts, ich bitte dich, sagte er abwehrend, und dass ich auf die Haftnotizzettel Dinge schreiben könne, die ich nicht vergessen durfte. Ich bedankte mich noch einmal und sah zu meiner Mutter, lächelte sie an, und sie gab sich Mühe, obwohl ihr die Haftnotizzettel eigentlich genauso egal waren wie mir. Siegfried räusperte sich, als würde er Anlauf nehmen. Am nächsten Donnerstag fahre ich, morgens, sagte er, während meine Mutter uns etwas auftat – bis voraussichtlich Montag. Er sprach seine Worte überdeutlich aus, und es wirkte anstrengend. Er sah erst zu meiner Mutter, dann zu mir, dann schob er sich eine Gabel voll in den Mund und begann zu kauen, wobei er die Unterlippe so weit auseinanderzog, dass die Vorderzähne seines Unterkiefers zu sehen waren. Mir gefiel das nicht, es sah aus, als würde er unfreiwillig etwas von sich preisgeben. Meine Mutter dagegen war schön wie nie. Ich spielte an dem Haftnotizzettelblock herum, ertappte mich dabei, legte ihn schnell zur Seite und setzte mich wieder gerade hin. Siegfried tupfte sich mit der weißen Stoffserviette den Mund ab und räusperte sich schon wieder, aber dieses Mal sagte er nichts, er sah uns nur an, er sah erst meiner Mutter, dann mir ins Gesicht, als hätten wir genau jetzt die Chance, die Wahrheit zu sagen (die sich vor meinen Augen ständig veränderte und für die mir die Worte fehlten).

Meine Mutter beugte den Kopf über ihren Teller, als würde sie über einem Brunnen stehen, in den ihr etwas reingefallen war. Sie hielt ihren schmalen Oberkörper kerzengerade, er stand unter der weißen, weiten Bluse wie unter einem Tischtuch, während der Kopf vom Rumpf merkwürdig abgeknickt zu sein schien. Ich musste an den verdrehten Kopf des Vogels denken, der im Sommer gegen unsere Fensterfront geflogen war. Sie sollte so nicht aussehen. Ich dachte, dass sie nur so zart und heilig tat. Ich dachte, sie guckte nur so nach unten, damit wir nicht sahen, wie sehr sie sich darüber freute, dass Siegfried wegfahren würde. Wir waren ihr egal, sie war keine richtige Mutter. Im nächsten Moment war ich traurig, dass ich so über sie dachte, und machte mir Sorgen um sie. Hatte sie Kopfschmerzen, andere Schmerzen? War wieder etwas passiert? War sie müde, traurig? Hatte sie Angst?

Ich war froh, als ich die Teller zusammenräumen und in die Spülmaschine stellen konnte, die Anspannung in meinem Körper musste irgendwo hin. Meine Mutter holte die Schokomousse, ich stellte die kleinen roten Schüsseln auf den Tisch und sagte irgendetwas über Sabrinas Pflegepferd. Wir löffelten, und dabei guckte Siegfried, was meine Mutter machte (die kurzen elektrischen Blicke), oder er sah ins Leere (so als müsste er sich ausruhen). Er hatte aus Höflichkeit irgendetwas über die Pferde gesagt, aber das war jetzt schon zu lange her. Ich setzte an, um etwas zu sagen, aber ich atmete nur laut ein, während meine Gedanken zappelten und ich irgendeinen verwertbaren Satz festzuhalten versuchte: Ich übte jeden Tag, in Mathe gab es keine Probleme mehr, ich führte ein Hausaufgabenheft.

Ich lächelte.

Es war mir zu blöd, mich für die Schule loben zu lassen, also suchte ich weiter: Wie ging es überhaupt Hilde, wir hatten uns seit dem Sommer nicht mehr gesehen, wie war sie eigentlich früher? Das hätte mich interessiert, oder der schreckliche Bildband. Siegfried hatte mir mal erklärt, wer Hitler war, ein Monster, hatte er gesagt und geguckt, als hätte er Magenschmerzen. Ich hätte ihm gerne gesagt, dass ich den Bildband gefunden und mir die Bilder darin angesehen hatte. Es war fast egal, worüber wir redeten, wenn wir nur diese Situation mit Worten bedeckten.

Dann schien Siegfried, der gerade noch stumm gelöffelt hatte, plötzlich aufzuwachen. Er nahm die Fernbedienung der Musikanlage und machte etwas an, Bill Evans ist einfach toll, sagte er, und wir nickten, und ich bedankte mich noch einmal für die Haftnotizzettel, was so unpassend war, dass ich es selbst kaum glauben konnte, aber es schien niemandem aufzufallen, und dann hob meine Mutter den Blick und lächelte uns an, als würden wir nebeneinander an der Supermarktkasse in der Schlange stehen. Siegfried bemerkte ihr Lächeln nicht, er kratzte seine Schüssel aus, bis nichts mehr übrig war. Mit einem automatischen Blick in meine Schüssel registrierte er, dass auch ich die Schokomousse restlos aufgegessen hatte. Abgesehen davon hatte er mich während des Essens nur einmal sanft am Ellenbogen angetippt, um mich daran zu erinnern, dass ich ihn eng am Körper halten solle. An einem schlechten Tag hätte er deswegen auch laut werden können, aber heute nicht (und ich hatte nichts dagegen, dass er mich korrigierte, es beruhigte mich). Ich sah zu meiner Mutter, die rechts neben mir saß. Ich hätte sie gerne berührt in diesem Moment.

Am Mittwoch danach verabschiedete Siegfried sich morgens bei meiner Mutter mit einem Kuss, der trotzig wirkte und ihn irgendwie jünger erscheinen ließ. Er wolle versuchen, zum Abendessen wieder da zu sein, sagte er, und es war traurig, weil ich wusste, dass meine Mutter nicht auf ihn warten würde. Am Nachmittag stand ich dann mit ihr in der Küche (ich war ihr gefolgt wie immer, ich war ein Geist geworden), und sie lehnte an der Marmorplatte des Küchenblocks und sah wieder so aus, als hätte sie vor nichts Angst. Dann sagte sie mir, sie würde am nächsten Tag nach Paris fliegen, zu ihrer Freundin Alice. Sie sagte es einfach so, als wäre es nichts, und ich weiß noch, dass ich für einen Moment nicht atmen konnte und zugleich über das angewinkelte linke Bein meiner Mutter nachdachte, die mir auf eine Weise gegenüberstand, als wären wir Freundinnen. Sie sagte, ich würde nach der Schule mit zu Sabrina gehen, mit deren Mutter sei schon alles besprochen. Ihre Worte klangen ruhig und hart, und heute denke ich, dass sie sich diese Klarheit zulegen musste, um keine Zweifel zu haben, doch in diesem Moment hasste ich sie. Mir kamen die Tränen, und sie schob sich sofort von der Arbeitsplatte weg, sie drückte meinen Kopf an ihren Bauch und streichelte ihn. *Aber ich bin doch am Samstag wieder da.* Meine Tränen hinterließen Flecken auf ihrer blauen Jeans, und es wurden immer mehr. Münzgroße, ausgefranste Punkte, Köpfe mit brennenden Haaren. Ich schluchzte. Sie hatte keine Angst, dass ich Siegfried etwas sagen würde, sie wusste, warum ich das nicht tun würde, doch sie tat so, als ginge es bei meiner Angst um die Übernachtung bei Sabrina. Ich war auf eine unbeschreibliche Weise wütend, aber ich löste die Umarmung nicht auf, ich wollte ja, dass sie bei mir blieb. Sie sagte noch, dass sie meine Tasche packen würde, gleich jetzt, dass Siegfried mir bestimmt noch Gute Nacht sagen würde und dass sie mir Toast Hawaii machen würde, *du liebst doch Toast Hawaii.* Sie schob mich sanft zur Seite und küsste mich auf den Kopf, und als sie aus der Küche ging, sah es fast aus, als würde sie tanzen.

Ich ging früh zu Bett, gleich nach dem Essen, ich weiß noch, dass Siegfried nicht da war. Meine Tür ließ ich geöffnet, vom Bett aus sah ich das Dreieck aus Licht, mein Kopf hat dieses Bild fotografiert, dann schlief ich ein. Die Erinnerung an das, was dann passierte, ist kalt, es gibt Sachen daran, die ich nicht verstehe, aber eigentlich ist sie immer gleich.

Ich wurde von einem Knall wach, den ich sofort der Stahltreppe zuordnete, es folgte ein hoher Schrei oder das Geräusch von zerbrochenem Glas, dann das Geräusch eines Autos in der Einfahrt. Ich war aus dem Bett gesprungen, so sehr hatte ich mich erschrocken. Außer Atem stand ich orientierungslos da und suchte nach den Leuchtzeigern meiner Uhr an der gegenüberliegenden Wand, aber da war nichts. Die Zimmertür war geschlossen, durch den Spalt unten drang Licht. Ich tastete nach der Wand und ging vorsichtig mit bloßen Füßen über den weichen Teppich bis zur Tür, öffnete sie, und als ich mich in die Richtung der Treppe neigte, sah ich den Kopf meiner Mutter über den Treppenabsatz ragen. Sie stand merkwürdig steif dort, sie sah mich an, als hätte sie mich erwartet, und ich dachte in dem Moment, dass ich es doch eigentlich war, die dauernd wartete. Ich kniff die Augen zusammen. Alles war unglaublich hell, jedes Licht im Wohnzimmer, in der Küche, auf der Empore schien zu brennen. Langsam ging ich auf meine Mutter zu, auf halber Distanz zwischen ihr und mir blieb ich stehen. Die Brust meiner Mutter hob und senkte sich unter ihrer weiten Bluse, als wäre sie gerannt. Ihre Haare waren durcheinander wie schwarze Büschel von Rauch, ich wollte sie in Ordnung bringen. Siegfried hat uns eingeschlossen, sagte sie. Ich schüttelte den Kopf. Sieh selbst. Sie zeigte nach unten. Die Haustür, die Terrassentür, sogar das Fenster in seinem Büro. Und meine Karten sind auch weg, die Kreditkarte, die Karte für das Haushaltskonto.

Ich verstand ihren roten Lippenstift nicht, und ich mochte nicht, wie aufgeregt sie war. Ihre Stimme überschlug sich, sie konnte nicht weiterreden, und das fand ich unerträglich, ein hartes, hässliches Gefühl, das ich kannte, aber ich wusste nichts darüber. Ich betrachtete den weißen weichen Teppich unter mir. Es wäre schön gewesen, einfach nach unten zu sinken, aber das ging nicht, und ich sah meine Mutter an. Sie rannte die Treppe hinunter, als bliebe ihr nicht viel Zeit, mich zu überzeugen, ihre Bluse machte Geräusche wie eine Fahne, die im Wind flatterte. Angestrahlt von den beiden Poulsen-Leuchten, lief meine Mutter vor der Fensterfront auf und ab, wie eine Motte oder eine Mücke berührte sie mit ihrem Körper immer wieder die Scheibe, die ich sonst nie anfassen sollte. Guck, sagte sie, hier, siehst du das nicht? Sie lief durch das Wohnzimmer am Esstisch vorbei durch die Glastür in den Eingangsbereich. Von der Empore aus konnte ich sie nicht sehen, ich hörte sie nur an der Tür rütteln. Sie ist auch zu, rief sie, und ihre Stimme überschlug sich. Ich hielt mir den Kopf, und plötzlich war meine Mutter wieder auf der Treppe, ihre Schritte machten ein hohles Geräusch, das nach Metall klang, auf dem Absatz kam sie zum Stehen, und währenddessen redete sie ohne Pause. Ich konnte ihr nicht ins Gesicht sehen und fixierte stattdessen ihre Schultern, dabei fiel mir auf, dass ihr Nacken steif war und sie den linken Arm nicht bewegte. Ich müsse sie verstehen, sagte sie, und es klang flehend und wütend zugleich, ich wisse doch längst Bescheid. (Aber warum kam sie denn nicht einfach zu mir, warum hat sie nie etwas gesagt?) Es würde abends passieren, und dann so, dass man nichts sah. Unter der Bluse ist dieser Arm blau, sagte sie, und in diesem Moment sah ich einen schwarzen Fussel auf dem Boden. Ich wollte ihn unbedingt aufheben, aber ich war so müde, eigentlich konnte ich mich gar nicht mehr bewegen.

Am nächsten Morgen stand meine Tür offen, und ich hörte von unten das Dröhnen der Espressomaschine. Siegfried war da, denn meine Mutter trank keinen Espresso. Es war früh, draußen war es noch dunkel. Ich stand auf, schlich zum Geländer der Empore und beugte mich darüber, bis ich einen Teil von Siegfrieds schwarzem Hosenbein am Küchenblock stehen sah. Ich roch den Espresso und hörte das energische Rascheln der Zeitung. Etwas weiter links stand der kleine silberne Rollkoffer. Die Tür zum Schlafzimmer war geschlossen. Ich schlich ins Bad und sah auf der Ablage die rote Haarspange meiner Mutter liegen und dass ihr Bademantel nicht an seinem Haken neben der Dusche hing. Sie nahm ihn immer mit ins Schlafzimmer und hängte ihn erst wieder an seinen Platz, wenn sie sich angezogen hatte. Ich wollte mich noch mal ins Bett legen und ging zurück in mein Zimmer, für einen Moment schien alles in Ordnung zu sein. Ich wusste, dass das nicht stimmte, aber ich schlief trotzdem ein.

Meine Mutter stand über mir und rüttelte sanft an meiner Schulter. Es ist schon zu spät, du musst dich beeilen, sagte sie und zeigte auf die Kleider über meinem Schreibtischstuhl. Ich erschrak und richtete mich auf. Sie war geschminkt und trug ein graues Wollkleid, ich roch ihr Parfüm. Sie lächelte wie eine Kindergärtnerin oder Lehrerin, so als wäre es ihre Aufgabe, das zu tun, aber sie vermied es, mich anzusehen, dann verließ sie mein

Zimmer. Benommen zog ich mich an, kämmte hastig meine Haare, putzte die Zähne. Ich musste wissen, was unten los war.

Aus irgendeinem Grund hatte ich bis zuletzt gehofft, dass sie doch nicht fahren würde (für mich?), aber als ich am Ende der Treppe ankam, stand meine Übernachtungstasche schon gepackt im Eingang, der Kopf meines Pandabären guckte heraus, ihr schwarzer Rollkoffer stand daneben. Dann hörte ich Siegfried, er machte sein Raucherräuspern, krachend und feucht, wie nasses Holz, das zerbricht, und dann sah ich ihn auch. Er saß auf dem Hocker am Küchenblock, die Zeitung vor sich. Er schlug die Beine übereinander und richtete den Blick nach oben, zur Treppe, starr sah er dorthin, mich beachtete er nicht. Irgendetwas lief da gerade ab zwischen ihm und meiner Mutter, er konzentrierte sich, man durfte ihn jetzt nicht stören, er würde mich anfahren, wenn ich jetzt etwas sagte. Ich fror, wahrscheinlich hatte er die Fenster gerade erst geschlossen, es roch trotzdem überall nach Rauch. Sein Koffer stand neben ihm, und ich hätte ihn gerne gefragt, ob er nicht schon unterwegs sein müsste (er verließ sonst früh das Haus, wenn er auf Dienstreise fuhr), aber dann hörte ich die klackernden Schritte meiner Mutter auf der Treppe, sie kam zu mir und redete los, als wäre er gar nicht da. Ich hole nur noch schnell deine Brotbox und die Trinkflasche, dann können wir los, sagte sie gehetzt, dein Croissant kannst du im Auto essen, ich bin spät dran, und dabei flog ihr Blick über den Esstisch, die Arbeitsplatte, das Geschirr, das dort stand, sie ging hin, räumte es mit routinierten Bewegungen in die Spülmaschine, und ich dachte, so guckt man keine Küche an, wenn man gehen will, wenn man sie wirklich verlassen will, und das gab mir für einen Moment so etwas wie

Hoffnung, während ich regungslos dastand und die beiden nicht aus den Augen ließ. Dann kam sie, legte mir eine Hand auf den Rücken und schob mich sanft zum Eingang.

Deine Mutter fährt nach Paris, wusstest du das?, rief Siegfried uns nach.

Meine Mutter und ich standen vor der Eingangstür, ich bewegte mich nicht, sie ging in die Knie, zog mir den Mantel an, obwohl ich dafür längst zu groß war. Der Reißverschluss des Mantels klemmte, sie riss daran herum, und dabei redete sie auf mich ein, schnell und gedämpft: sie werde die Tasche gleich bei Sabrinas Mutter abgeben und mich am Samstag gegen siebzehn Uhr dort abholen. Sabrinas Mutter hätte Alice' Nummer, aber sie würde sich melden. Sie flüsterte fast, es klang, als würde sie sich das selbst erzählen. Sie vermied es, mich anzusehen, während ich mit meinem Kopf den Bewegungen ihrer Augen folgte, ich beugte mich förmlich in ihren Blick hinein. In diesem Augenblick erschien Siegfried neben uns, über uns. Alice' Nummer?, fragte er höhnisch, dass ich nicht lache, und er lachte wirklich, aber dabei sah er aus, als hätte er Schmerzen, und ich sah schnell zu Boden, auf seine Schuhe. Mir liefen Tränen über das Gesicht, und Siegfried zeigte auf mich und sagte: Muss das sein, willst du das wirklich? Seine Stimme bebte, er zündete sich noch eine Zigarette an. Endlich war der Reißverschluss zu, meine Mutter riss die Eingangstür auf und schubste mich beinahe nach draußen. Aus dem Augenwinkel sah ich, wie sie nach meiner Übernachtungstasche griff, ihr Gepäck daneben blieb, wo es war. Irgendetwas murmelte sie noch in Siegfrieds Richtung, aber ich verstand nicht, was.

Es war kalt im Auto, ich sah meinen Atem und ihren auch.

Sie schnallte sich an, hielt mir die Papiertüte mit dem Croissant hin und warf sie, als ich sie nicht entgegennahm, neben mich auf den Rücksitz. Ich weinte immer noch, obwohl ich mich gar nicht mehr so fühlte, aber ich hätte nicht sprechen können, meine Stimme wäre gebrochen. Ich hoffte, dass sie etwas sagen würde, zu dem Streit eben und was Paris zu bedeuten hatte, aber sie tat, als wäre nichts. Sie müsse zum Flughafen Hannover, spätestens um eins müsse sie dort sein, vorher habe sie noch einiges zu erledigen, die schwarze Stoffhose zum Beispiel sei noch gar nicht gebügelt – sie sagte das alles, als würde es mich interessieren, und ich verstand es nicht, wie so vieles an diesem Tag. Sie saß auch so komisch im Auto, den Oberkörper weit nach vorne gebeugt, fast bis zum Lenkrad. Davor war die Windschutzscheibe und darüber der Himmel, der keine Farbe hatte, er war nur blass. Der Schotter, das Feld, der Asphalt, die Häuser hatten auch keine Farbe. Am liebsten hätte ich ihr gesagt, dass sie keine richtige Mutter sei, aber das traute ich mich nicht, ich wollte es auch selbst gar nicht hören.

Sie fuhr schnell. Ich hielt mich an der Nackenstütze des Beifahrersitzes fest, den Schulranzen zwischen den Knien, und sog den Geruch des Leders in mich ein. Einmal reichte sie mit der rechten Hand zu mir nach hinten und strich mir umständlich übers Gesicht. Sie hielt auf dem Busparkplatz direkt vor dem Schultor, was verboten war. Ich sprang aus dem Auto, und sie fuhr sofort weiter.

Sabrina und ich trafen uns nach der letzten Stunde vor der Schule und machten uns auf den Heimweg. Sie sah missmutig aus, als hätte sie keine besondere Lust darauf, dass ich die nächsten Tage bei ihr wohnen würde. Ich war zweimal bei ihr zu Hause gewesen, und es war sehr gemütlich dort. Überall lagen Sachen herum, volle Wäschekörbe standen im Flur, die Töpfe und Pfannen waren nicht abgewaschen, der Fernseher lief eigentlich immer, und dazwischen saß Sabrinas Mutter mit den Kindern – Sabrina hatte einen kleinen Bruder, und dann gab es noch ein Baby – in dem irgendwie höhlenartigen Wohnzimmer auf dem Boden. Ihr Haaransatz war grau gesträhnt, die Farbe war rausgewachsen, genau wie die Dauerwelle. Meine Mutter hatte über sie mal gesagt, sie sei eigentlich eine *ganz hübsche* Frau. Sie hatte mit den Achseln gezuckt, und ich hatte gedacht, sie würde noch etwas hinzufügen, aber dann war nichts mehr gekommen.

Mir gefiel Sabrinas Mutter, aber ich spürte auch, dass etwas falsch war an diesem Gefühl. Wir waren uns auch ein paarmal in der Praxis ihres Mannes begegnet, der unser Hausarzt war, sie half dort gelegentlich an der Anmeldung aus. Wenn ich Sabrina besuchte, erkundigte sie sich nach meiner Mutter, aus irgendeinem Grund sprach sie gerne über sie. Sie wollte wissen, wie es ihr gehe, ob sie den Plan, ihr Studium fortzusetzen, schon umgesetzt habe. Sie sagte, wie schick meine Mutter sei und dass sie *eine tolle Frau* sei und *das gewisse Etwas* habe, *ein bisschen wie die Frau aus dieser Sektwerbung*. Sie sagte das ohne Neid, aber irgendwie lustvoll. Als genösse sie es, meine Mutter aus der Ferne zu bewundern, und wäre gleichzeitig sehr erleichtert darüber, nicht meine Mutter zu sein, was mich auch ein wenig traurig machte. (Als wir alleine waren, hatte ich Sabrinas Mutter einmal erzählt, dass meine Mutter sich nichts *sehnlicher* wünsche als ein Baby.)

Sabrina und ich liefen schweigend nebeneinander den Feldweg entlang, der erst zu ihrem und dann zu unserem Haus führte. Ich sah sie von der Seite an, aber sie schien es nicht zu bemerken. Sie regte mich auf, sie bekam auch nicht mit, was für ein Glück sie hatte. Der Feldweg machte eine Kurve, dahinter lag Sabrinas Haus. Wir waren fast da, als ich den Kopf hob und zu unserem Haus sah. Ich blieb stehen. Schräg geparkt stand dort ein Krankenwagen mit rotierendem Blaulicht und geöffneten Hecktüren. Ich dachte sofort an meine Mutter, nur an sie. Unser Gartentor war offen, beide Autos waren da, das Cabriolet und Siegfrieds Firmenwagen, gleichzeitig sah ich aus dem Augenwinkel, wie Sabrinas Haustür aufging und ihre Mutter im T-Shirt auf mich zulief. Ich spürte einen festen Griff auf meinen Schultern, hob den Kopf und blickte in ihr rundes, erschrockenes Gesicht.

Hinter uns knirschten Reifen auf dem Feldweg. Ich drehte den Kopf, ein Polizeiauto fuhr an uns vorbei.

Er wollte doch eigentlich auf Geschäftsreise, sagte ich zu laut und auch für mich überraschend, und ich glaube, wenige Momente danach fror ich ein. Zumindest erinnere ich mich nicht an irgendwelche Gefühle, abgesehen von Erleichterung darüber, dass die Katastrophe jetzt offenbar eingetreten war.

Und dann gelang es mir irgendwie, so zu tun, als wäre nichts. Sabrinas Mutter brauchte dafür etwas länger. Sie drückte meine Schultern immer fester, sodass es wehtat. Sie atmete schnell, sie sagte mit brüchiger Stimme etwas wie *Keine Sorge, alles wird gut*, aber sie fing sich wieder. Sie schob mich durch das Gartentor über Steinplatten die Stufen hoch durch die Haustür bis vor den Fernseher, und Sabrina kam hinterher.

Wir guckten alle Talkshows, *Vera am Mittag, Arabella, Andreas Türk*. Ich bekam nicht mit, worum es ging, ich erinnere mich nur noch daran, dass ich manchmal spürte, wie Sabrina mich von der Seite ansah, und dass ich das überhaupt nicht wollte. Ich weiß nicht, wie ich da so einfach sitzen konnte, ich verstehe es nicht, aber ich glaube, ich fiel in eine Art Trance. Zwischendurch brachte uns Sabrinas Mutter Popcorn und Berliner. Sie hatte sie aus der Tiefkühltruhe geholt und *schnell in die Fritteuse geschmissen*. Sie lief hin und her, und sie tat es schneller als sonst, zweimal telefonierte sie. Ich versuchte zu verstehen, mit wem und worum es ging, aber das Baby schrie, und sie ging in den Flur. Sie hatte jetzt einen merkwürdig offiziellen Ton und redete zu laut. Sie sagte mehr in meine Richtung als zu mir, dass sich bestimmt bald jemand melden würde. Mir war das alles entsetzlich peinlich.

Als ich zur Toilette musste, bog ich auf dem Rückweg nicht ins Wohnzimmer ab, sondern in die Küche. Sie war ein gelb gekachelter Schlauch mit Fenstern, von denen man zu unserem Haus sehen konnte. Es kostete mich Überwindung, aber ich stellte mich ans Fenster und sah raus. Keine Polizei, der Krankenwagen war weg, die beiden Autos standen da, die Lichter im Haus schienen aus zu sein. Es war nichts zu sehen. Der Himmel, die Hecken, die Bäume, die Fensterfront. Es wurde langsam dunkel.

Ich dachte, dass ich weinen sollte, und versuchte es, aber es ging nicht. Ich dachte, dass es war, wie es war (wie war es denn?), und vielleicht machte ich mir auf diese Weise ein bisschen Mut. Ich hatte Angst, eine ruhige Angst, und ich wäre mit dieser Angst am liebsten dort am Fenster stehen geblieben, aber

214

die anderen, Sabrinas Familie, sollte mich so nicht sehen, also ging ich wieder zurück vor den Fernseher.

Hans Meiser fing an, die Zeit verging schnell, und alles dauerte ewig. Irgendwann, es lief gerade Werbung, klingelte es an der Tür. Sabrinas Mutter öffnete und rief ganz laut: *Mensch, hallo!* Ich hörte Siegfrieds Stimme und lief sofort zu ihm.

Er hatte einen schwarzen Wollmantel an, den roten Schal, den meine Mutter ihm mal zum Geburtstag geschenkt hatte, darunter einen Anzug mit Krawatte. Ich suchte sein Gesicht ab, ich roch sein Parfüm, der Eingang war voll davon. Der Eingang war voll mit ihm, er stand darin wie ein schwarzer Balken, der fast bis zur Decke reichte. Ich umarmte ihn, ohne zu wissen, wie das gehen sollte. Ab jetzt würde wahrscheinlich vieles anders werden, aber für einen kurzen Moment – etwa so lange, wie es dauerte, in Siegfrieds Umarmung ein- und wieder auszuatmen – fühlte ich mich trotzdem in Sicherheit. Er drückte mich sanft von sich weg, er wollte gehen. Als er einen Schritt zur Seite machte, stolperte er über Sabrinas Schuhe, Sabrinas Mutter entschuldigte sich sofort dafür, Siegfried sagte, das sei doch überhaupt kein Problem. Ich konnte ihm nicht in die Augen sehen, nur auf die Ohren, aber er war zu abgelenkt, um es zu bemerken. Er sagte: *Na?* Und: Hast du alles? Die Schultasche? Wo ist denn dein Mantel?

Er nahm diese Art zu reden an, die berufstätige Männer haben, wenn sie plötzlich mit Kindern zu tun haben. Professionell, zu freundlich und ein bisschen hilflos. Siegfried strich mir über den Kopf, und wenig später strich mir auch Sabrinas Mutter über den Kopf. Er half mir in den Mantel hinein. Ich sah ins Leere und ließ meine Arme hängen. Es fiel mir nicht leicht, das durchzuhalten, mich auf diese Weise zu verweigern, aber ich hatte beschlossen, mich nicht darum zu kümmern, den Mantel ordentlich zuzumachen, auf den Kragen zu achten, auch wenn ich wusste, dass Siegfried darauf Wert legte. Ich dachte an meine Mutter. Wenn sie mich jetzt sehen könnte, dachte ich, würde sie wissen, dass ich auch auf ihrer Seite war.

Siegfried beugte sich zu mir herunter und machte mir den Mantel zu. Er tat das energisch, wenn wir allein gewesen wären, hätte er genervt ausgeatmet. Er bedankte sich dafür, dass ich den Nachmittag bei Sabrina *verbringen durfte*. Aber ich bitte Sie, sagte Sabrinas Mutter. Sie ging suchend auf und ab, um sicherzugehen, dass ich nichts vergessen hatte, und dabei redete sie zu laut, so als wollte sie von etwas ablenken. Gleichzeitig wirkte sie geschmeichelt, fast aufgeregt. Als wir in der offenen Tür standen, sagte sie zum Abschied lächelnd, dass ich immer kommen könne, wenn Siegfried in nächster Zeit Hilfe brauche, und das war ein Verrat an meiner Mutter, fand ich.

Siegfried hatte vor dem Haus auf dem Feldweg geparkt. Er war mit dem Firmenwagen gekommen, einem 7er-BMW, obwohl die Strecke so kurz war. Der Ledergeruch war in diesem Auto noch viel stärker, aber es war nicht *mein Geruch* wie in dem anderen. Siegfried setzte sich hinters Steuer, drehte den Zündschlüssel und fuhr einfach los, als wäre nichts. Die Dinge folgten wieder einer Logik, es war beruhigend und unheimlich. Trotzdem hatte ich mich nicht wie sonst nach hinten, sondern ganz selbstverständlich auf den Beifahrersitz gesetzt. Es war das erste Mal, dass ich das Gefühl hatte, mehr zu wissen als er (dieses Gefühl ist geblieben).

Dann fragte ich einfach: Wo ist sie?

Meine Stimme war plötzlich viel höher, der Atem unregelmäßiger, als ich es beabsichtigt hatte. Ich kam mir dumm vor, *hysterisch* (das sagte er manchmal über meine Mutter), Siegfried räusperte sich.

Im Krankenhaus, sagte er. Sie ist gestürzt. Du weißt ja, ihr war oft nicht gut in letzter Zeit, schwindelig, der Kreislauf, und da hat sie das Gleichgewicht verloren. Nichts Ernstes, aber es wird ein paar Tage dauern. Und danach wird sie wahrscheinlich erst mal wegfahren, wie ich sie kenne.

Nichts Ernstes, wiederholte ich leise und dachte, dass es jetzt eigentlich Zeit sei, zu weinen oder ihn anzuschreien.

Warum bist du nicht auf Geschäftsreise?, fragte ich, und es gelang mir, ruhiger zu klingen.

Verschiedene Gründe, erkläre ich dir in Ruhe, entgegnete er.

Wir standen in der Einfahrt. Meine Brust tat weh, weil ich wusste, dass meine Mutter nicht mehr zu Hause war. Siegfried suchte in seinem Mantel nach den Zigaretten. Er öffnete ein Fenster, zündete sich eine an und sog den Rauch tief ein.

Er sagte: Es gibt noch etwas anderes. Deine Mutter will sich trennen. Sie hat einen anderen, schon eine Weile.

Ich hörte, wie er den Rauch einsog. Er hielt den Atem an, dann sagte er: Und irgendwann ist eben Schluss.

Dann stieß er den Rauch aus und nahm noch einen Zug. Er blickte aus dem Fenster, ich sah sein Gesicht nur im Profil, und er redete weiter.

Du musst dir überlegen, ob du hier bei mir bleibst oder zu deiner Mutter gehen willst. Ich fürchte nur, da wirst du es mit ihrem Neuen zu tun haben. Er wohnt in Braunschweig und ist

Künstler. Und war in New York mit ihr auf meine Kosten essen, während ich gearbeitet habe. Er selbst kann sich ja nichts leisten.

Siegfried lachte kopfschüttelnd und schnippte seine Zigarette nach draußen. Sie flog gegen den Seitenspiegel, Glut stob zu den Seiten. Ich sah, wie wütend er in diesem Moment war. Wie immer guckte er in den Rückspiegel, bevor er ausstieg, und strich sich die blonden Haare nach hinten. Sie wirkten, als wären sie feucht, weil er eine Art Gel benutzte. Es war von Wella und in einem dunkelgrünen Tiegel, meine Mutter kaufte es, und ich konnte mir nicht vorstellen, wie er das ab jetzt allein machen würde. Er stieg aus und knallte die Fahrertür zu. Ich fand ihn lächerlich, ich glaube, ich lächelte sogar und blieb noch einen Moment sitzen. Wie konnte es sein, dass diese neue Wirklichkeit schon so durchdacht und etabliert war, wann war das passiert? (Und warum war es für Siegfried so viel wichtiger, sich in dieser Wirklichkeit zu behaupten, als die Frage, wie es mir ging?)

Die Beleuchtung vor der Haustür ging an, Siegfried stand im Licht und schloss auf. Er ließ die Haustür offen stehen. Ich ging ihm hinterher und überlegte, wie ich meine Fragen am besten stellen sollte.

Wo war sie gestürzt? Was war mit der Polizei gewesen?

Siegfried holte sich zwei Flaschen Rotwein. Er sagte, er müsse noch einige Unterlagen durchgehen, ein Satz, der ihn zu erleichtern schien (und mich auch). Er setzte sich nicht wie sonst in sein Büro, sondern auf das Sofa. Er trank und bewegte Papier und sah immer wieder zu mir. Er stand auf und machte Musik an, die CD mit dem Pianisten, der den Kopf über die

Tasten beugte (Keith Jarrett, *The Köln Concert*). Er sah mir hinterher, als ich aufsprang, um die Spülmaschine auszuräumen, es schien ihn zu beruhigen. Er hob dann nicht mehr so oft den Kopf.

Mich beruhigte es auch, das Ausräumen ging leicht, es tat gut, alles an seinen Platz zu stellen. Wenn ich an meine Mutter dachte, erschrak ich. Ich spürte, wie das Blut sich in mir bewegte, es war, als würde es rauschen. Sie hätte mich so auf keinen Fall sehen sollen, bei der Hausarbeit in ihrer Küche, als wäre nichts, während sie im Krankenhaus lag. Ich wischte die Arbeitsplatte, den weißen Küchenblock, das Ceranfeld.

Was gerade passierte, war falsch, das spürte ich, das wusste ich, aber ich konnte mit diesem Wissen nichts anfangen. Als ich in der Küche fertig war und um die Ecke ins Wohnzimmer ging, schlief Siegfried. Ich deckte ihn mit der grauen Wolldecke zu und legte einige Bücher auf dem Tisch vor dem Sofa wieder richtig hin. Dann machte ich mich auf die Suche: Auf der Gästetoilette waren nicht wie sonst zwei Handtücher in den Halterungen, eins für uns, eins für Gäste (ich änderte das). Im Wäscheraum lief die Waschmaschine. Durch das Bullauge sah ich Handtücher, Badvorleger und den Aufnehmer. War es darum gegangen, Blut auszuwaschen? Der Orangenbaum vor der Fensterfront musste umgefallen sein, hinter dem Topf lagen Erde und Blätter. Waren die übersehen worden, war da noch mehr gewesen, hatte er schnell die Haushälterin angerufen oder hatte er selbst gesaugt? Jedenfalls war hier etwas passiert. Die Lappen und das Putzzeug in der Vorratskammer waren durcheinander, jemand hatte die Sachen gebraucht oder nach etwas gesucht. Ansonsten fand ich keine Spuren. Ich fragte mich, in welchem Krankenhaus meine Mutter lag, in Wolfsburg oder in Braunschweig.

Siegfried schlief, und ich ließ ihn schlafen.

Als ich am nächsten Morgen aufwachte, fiel mir als Erstes ein, was passiert war. (Was war passiert?)

Es war vielleicht halb sieben, ich lag noch im Bett, als er mit Schuhen in meinem Zimmer stand. Ich roch sein Parfüm, sah seine vom Rasieren gerötete Haut, die roten Punkte am Hals. Er müsse gleich los, die Geschäftsreise, trotz allem. Unten klingelte das Telefon, was ungewöhnlich war. Sofort dachte ich an meine Mutter, setzte mich langsam auf und sah ihn an, doch er ignorierte das Klingeln. Es klingelte lange, und er erzählte irgendetwas, als wäre es sehr wichtig, und faltete dabei die Hände wie bei einem Vortrag. Ich konnte mich nicht bewegen, mir kamen die Tränen, aber sie verdampften in seiner Gegenwart irgendwie auch gleich wieder, jedenfalls sah er sie nicht.

Er griff sich an den Krawattenknoten. Den Ehering hatte er nicht ausgezogen, das war mir sofort aufgefallen. Er sagte, *natürlich* solle ich zur Schule gehen, und ich fragte mich, wer mir den Zopf flechten würde. Frau Schäfer (die Haushälterin) würde gleich kommen, sie würde ab jetzt jeden Tag kommen, die Wäsche machen, bügeln, sauber machen, und nach der Schule wäre Hilde schon da, sagte er, vielleicht würde sie ja mit mir schwimmen gehen. Jetzt muss ich aber los, sagte er und fuhr sich durch das frisierte Haar, auf seiner Schulter landeten ein paar Schuppen. Ich wollte sie wegwischen, aber ich konnte mich noch immer nicht bewegen. Er gab mir einen Kuss auf die

Wange, erst links, dann rechts, dann hörte ich seine Schritte auf der Treppe. Unten trank er noch einen Espresso und rauchte, danach hörte ich das dumpfe Geräusch der Haustür, die ins Schloss fiel, wie der Schlusspunkt einer unabänderlichen Melodie: die Schritte, das Dröhnen der Espressomaschine, am Ende die Tür.

Ich lag im Bett und sah zur Decke, ich fragte mich, wie alles in Zukunft sein würde. (Was war mit dem Essen, meinen Haaren, meinem Zimmer, würde sie zurückkommen?) Dann klingelte wieder das Telefon, und ich war mir sicher, dass sie es war, und wieder schaffte ich es erst nicht, aufzustehen, doch irgendwie zwang ich mich dazu, ich schlug die Decke zur Seite und ging über den Teppich zur Treppe. Das Telefon klingelte immer weiter, als wollte es mich nicht entkommen lassen. Du könntest schneller sein, wenn du nur wolltest, viel schneller, dachte ich, deine Mutter liegt im Krankenhaus, und du könntest mit ihr sprechen. Als ich die Treppe runterging, hatte ich plötzlich Angst, an der offenen Seite runterzufallen. Ich hielt mich am Geländer fest, alles dauerte viel zu lange, wie in einem Traum, wenn man nicht rennen kann. Als ich beim Telefon ankam und dranging, war nur noch ein langes Piepen zu hören. (Was hätte sie gesagt? Was wäre gewesen, wenn sie mein atemloses *Hallo* gehört hätte? Hätte uns das nähergebracht, wären die Dinge anders gelaufen?)

Ich ging hoch ins Badezimmer, weil es da immer so gut nach ihr roch. Süß, warm und sauber. Als ich reinkam und den Duft in mich einsog, fiel mir auf, dass ihr Parfüm noch auf seinem alten Platz stand, links auf der Ablage neben der Muschel mit den Taschentüchern drin, Allure von Chanel, der kleine rote

Deckel lag neben dem Flakon. Warum hatte sie es nicht ein-gepackt, um es mit nach Paris zu nehmen, wie war es dazu ge-kommen, eigentlich benutzte sie es täglich. Nichts an diesem Bild ergab Sinn. Ich nahm den Deckel und schmiss ihn auf den Boden. Meine Mutter war niemand, der Deckel nicht ver-schloss. Sie vergaß nie etwas, zumindest hatte ich sie nie etwas vergessen sehen, und wer außer mir war bei ihr gewesen, wer außer mir war Zeugin, wie sie Dinge tat?

Zuerst sah ich den schwarzen Mercedes, dann Hilde. Sie stand mit dem Auto auf dem Seitenstreifen vor dem Schultor, wo man eigentlich nicht halten durfte, und sofort ging eine Druckwelle durch mich hindurch. Ich hatte nicht damit gerechnet, dass sie mich von der Schule abholte. Die Arme vor der Brust ver-schränkt, hielt sie nach mir Ausschau, ihre Finger trommelten auf den Ärmeln des großen schwarzen Wollmantels, darüber leuchtete der helle Pagenschnitt. Ich konnte sie über die Straße riechen, ich konnte ihren Griff fühlen, ich fürchtete mich vor ihm, und gleichzeitig freute ich mich wie schon lange nicht mehr. Ich ging etwas langsamer, Hilde hatte mich noch nicht gesehen. Sie hatte noch nie viel von meiner Mutter gehalten, sie würde hässliche Dinge über sie sagen, es gab für sie nur Freund oder Feind, und wenn ich mich gleich von ihr umarmen und halten lassen würde, dann würde das auch bedeuten, dass ich zu ihr gehörte, zu ihrem Lager.

Ich blieb stehen, und sie erblickte mich. Blitzschnell schoss ihre Hand in die Luft, dann nahm sie Daumen und Zeigefinger und pfiff. Ich winkte und begann sofort, einen Fuß vor den an-deren zu setzen, mich zu beeilen, weil sie es erwartete, aber auch, weil ich es wollte. Und sie sollte um Gottes willen nicht noch mal nach mir pfeifen, alle bekamen das mit.

Als ich bei ihr ankam, flackerten ihre blauen Augen, und sie zog mich an sich. Es war sowieso schon zu spät, dachte ich. Während sie meinen Kopf gegen ihren Mantel presste, sagte sie, dass das *alles beschissen* sei, *wirklich beschissen*, aber sie habe Kuchen mitgebracht, *vernünftigen Kuchen* aus dem Café Krone, und jetzt sei sie ja da. So was Beschissenes, sagte sie immer wieder kopfschüttelnd, auch während der Fahrt noch, als hätte sie es mit einem Ärgernis, einer Unannehmlichkeit zu tun, die man sich nicht gefallen lassen müsste.

Natürlich schlief Hilde nicht wie andere Besucher im Gästezimmer im Erdgeschoss. Sie schlief im Bügelzimmer auf der oberen Etage, das zwischen dem Schlafzimmer meiner Eltern und meinem Zimmer lag, und sie benutzte nicht das Gästebad, sondern unseres. Sie hängte dort gleich ihren schmutzigen Lockenstab an den Handtuchhalter und stellte ihr orangefarbenes Make-up auf die Ablage. Sie war jetzt da, und ab sofort ging sie ans Telefon, wenn es klingelte (oder ließ es einfach klingeln), es war eine unausgesprochene Regel, die sie sofort etablierte. Ich versuchte, sie zu durchbrechen, aber Hilde war schnell (was ich natürlich wusste, aber ich musste es trotzdem testen, sie bekam mein Handgelenk zu fassen und grinste, auch wenn sie versuchte, es zu unterdrücken). Ab sofort wurde entweder gar nicht oder nur schlecht von meiner Mutter gesprochen, auch das war eine unausgesprochene Regel.

Ich fand das schlimm, und schlimm fand ich auch, wie sehr es mir gefiel, dass es bei uns plötzlich nicht mehr still und traurig war, dass kein Streit mehr drohte, wenn Siegfried zu Hause

223

war, dass es nachts nicht mehr laut wurde. Ich mochte auch, dass Hilde nie putzte, sie gab nur der Haushälterin knappe Anweisungen. Hilde hatte Zeit, und es passierten unvernünftige Dinge, die auch ein bisschen Spaß machten. Sie besorgte Kuchen und Haribo, ich durfte viel fernsehen, sogar den *Tatort*, und ins Bett gehen, wann ich wollte. Auch hier hielten wir uns vor dem Fernseher bei den Händen (der Gedanke, dass meine Mutter mich so sehen könnte, war unerträglich). Beim Essen schlug sie mir leicht in die Seite, wenn ich nicht gerade saß. War es zu fest, lachte erst sie, dann lachte ich, und manchmal machte ich den Rücken auch absichtlich rund.

Es dauerte nicht mal einen Tag, bis das Parfüm meiner Mutter aus dem Bad verschwunden war. Ihre Jacken und Schuhe lagen im Ankleidezimmer auf einem Haufen. Dort fand ich sie an einem Nachmittag, als Hilde auf der Toilette war, das war kurz nach ihrer Ankunft, Siegfried war auf Geschäftsreise. Der Haufen sah stumm und schrecklich aus, als wäre jemand gestorben, und für ein paar Sekunden stand ich in der Tür und hielt mir die Hand vor den Mund, meine Augen füllten sich mit Tränen. Dann machte ich auf dem Absatz kehrt und ging wieder nach unten, wo ich mich vor den Fernseher setzte. Ich lenkte mich ab, ich versuchte, nicht über den Haufen nachzudenken oder darüber, wo meine Mutter war, wie es ihr ging, warum niemand mit mir darüber redete. Später kam Hilde und sagte, wir gehen ins Hallenbad, Bahnen schwimmen.

Als wir uns am Beckenrand trafen, trug sie ihren langen blauen Bademantel, in dem sie fast elegant aussah, so groß und schlank, wie sie war. Ich dagegen war blass, klein und dünn, und dann hatte ich auch noch den rosa Bikini an, den meine Mutter mir vor dem Sommer geschenkt hatte (meine Brüste waren inzwischen ein bisschen größer geworden). Am Anfang ließ Hilde sich nichts anmerken, sie ignorierte den Bikini, sie ignorierte mich. Mit verkniffenen Augen las sie die Wassertemperatur von einer großen Digitalanzeige ab. Sie las sie laut vor, auch die Luftfeuchtigkeit, und es war unklar, an wen sie sich dabei richtete, ich war es nicht. Ich ging ihr mittlerweile bis kurz unter die Brust, und mein Blick wanderte vom Beckenrand immer wieder zu ihrem Gesicht, um zu ermitteln, wie die Stimmung dort war, ob sie sich wieder aufhellte, trotz des Bikinis. Ich hatte mir fest vorgenommen, ihn zu tragen, sie sollte sehen, dass meine Mutter zu mir gehörte. Vielleicht würde sie sogar anerkennen, dass ich dafür kämpfte. Doch Hilde ignorierte mich weiter, und ich sprang einfach ins Wasser. Mein Kopfsprung war tadellos, der Eintrittswinkel perfekt, doch als ich auftauchte, stand sie immer noch unter der Digitalanzeige, den Kopf leicht in den Nacken gelegt. Also begann ich meine Bahnen zu schwimmen. Brust, Kraulen, Rücken, und irgendwann brannten meine Muskeln, ich konnte nicht mehr und wartete darauf, dass Hilde mir ein Zeichen gab, aber sie saß mit verschränkten Armen am Beckenrand, sah ins Leere und wirkte gelangweilt. Mit einer Mischung aus Trotz und Demut beschloss ich, mir etwas zu trinken zu holen, die Wasserflasche war bei ihr, ich dachte gar nicht mehr an den Bikini und daran, dass er ein Problem war. Ich stieg aus dem Wasser, und in diesem Moment fixierte sie mich und fing an, den Kopf zu schütteln, nicht besonders heftig, aber unermüdlich, und sie hörte nicht auf, bis ich tropfend vor ihr auf den Fliesen stand. Ich sah zu Boden und schämte mich, für den Bikini, für meine Mutter, vor meiner Mutter. Hilde nahm einen Bikiniträger zwischen zwei Finger, zog daran und ließ ihn auf meine Haut schnipsen.

Was für ein Stofffetzen, sagte sie.

Er ist von Mama, sagte ich zu laut und war selbst überrascht. Hilde wurde weiß im Gesicht, ihre Lippen wurden noch schmaler, und ich hielt es für möglich, dass sie mir an Ort und Stelle eine knallte. Meine Arme und Beine zitterten noch von der Anstrengung des Schwimmens, ich sah auf die nassen Fliesen, sie murmelte, dass es keinen Zweck mehr habe, ohne zu sagen, was sie zwecklos fand. Sie fasste mich bei den Schultern und schob mich wortlos zur Dusche, als müsste sie verhindern, dass ich entwischte. Während ich duschte, wartete sie mit einem Handtuch in der Hand darauf, dass ich fertig wurde. Ich drehte mich zu der Wand mit den hellblauen Kacheln, damit sie wenigstens die Vorderseite meines Körpers nicht nackt sah. Das Wasser war nur lauwarm, ich fror, und ich wollte Hilde anbrüllen. Sie sollte abhauen, sie sollte wissen, dass Siegfried sie in Wirklichkeit nicht leiden konnte, dass sie alt war und stank und ihr Essen ekelhaft war. Dein Sohn hasst dich, wollte ich sagen und dabei ihr Gesicht sehen. Aber meine Mutter hat er geliebt, wirklich geliebt, vielleicht liebt er sie immer noch! Es tat gut, mich abzuwenden und Hilde in Gedanken kaputtzumachen, aber ich musste auch wissen, was sie hinter mir tat. Aus dem Augenwinkel sah ich, dass sie von einem Bein aufs andere trat und mit den Fußballen rhythmisch auf den Boden tippte. Eine ältere Frau, die neben mir duschte, guckte Hilde ein wenig verwundert an. Ich drehte meinen Kopf noch mehr zu Hilde, sie ließ ihren Blick abschätzig über die Frau wandern, ihre dellige Haut, die fließenden Brüste, den hängenden Bauch

226

über dem Geschlecht, die *außer Form geratenen* Oberschenkel. Ich drehte mich wieder zur Wand und heftete meinen Blick auf den Boden, wo das Wasser in den Abguss rann. Es war merkwürdig: Ich wollte nicht, dass die andere Frau sich über Hilde wunderte, und gleichzeitig fühlte ich mich ihr, der anderen Frau, dadurch sehr nahe. Man hätte ihr Hilde niemals erklären können, es wäre vollkommen sinnlos gewesen.

Ich ertrug es nie lange, wenn sie sauer war. Sie sagte, ich solle mich ordentlich einseifen. Und danach noch mal kalt abduschen, sagte sie. Das Frotteehandtuch zwischen ihren Armen aufgespannt, kam sie auf mich zu und begann mich abzureiben. Es war, als würde sie mich schleifen, Brüste, Bauch, Scham, unter den Armen, das Gesicht. Und dabei murmelte sie: Deine Mutter, deine Mutter, von deiner Mutter, ja? Die wird sich umgucken, das sage ich dir. Wir werden die besten Anwälte nehmen. Sie wird nichts haben und nichts behalten. Nichts, nichts, nichts.

Hilde hielt kurz inne, ohne mich anzusehen, und machte weiter. Sie wurde lauter.

Sie hatte es auf Siegfrieds Geld abgesehen, von Anfang an, das habe ich ihm auch gesagt. Aber da war sie ja schon schwanger. Ein Riesenbauch, zur Schau gestellt hat sie ihn. Bei mir hat man ja kaum was gesehen, bis zum Schluss nicht.

Ich unterbrach sie nicht, weil es sinnlos gewesen wäre, abgesehen davon, dass ich mich nicht traute. Die andere Frau hatte den Duschraum inzwischen verlassen, kopfschüttelnd. Hilde hatte rote Flecken im Gesicht, sie rieb weiter an mir herum, obwohl meine Haut schon aussah, als hätte ich mich verbrannt.

Dass Siegfried dich angenommen hat wie sein eigenes Kind, das gibt es in der Natur eigentlich nicht, das ist gegen die Natur. Daran kannst du sehen, wie gut er ist. Selbst mir gegenüber hat er am Anfang behauptet, du wärst sein Kind, so gut ist er. Alles, was du hast, verdankst du ihm. Alles, was ihr habt, habt ihr nur durch ihn.

Inzwischen war sie nicht mehr nur laut, sie rief, nein, sie schrie fast. Sie konnte auch sonst energisch sein, aber das hier war etwas anderes. Dann hielt sie inne.

Es wird eine Schlammschlacht, stell dich darauf ein. Aber ich werde nicht zulassen, dass sie Lügen über Siegfried verbreitet. Und du darfst ihr nicht glauben, nichts.

Ich war froh, dass es nicht darauf ankam, was ich entgegnete, weil sie so außer sich war. Und ich glaubte eigentlich sowieso nichts mehr, weder was die anderen sagten noch was ich sah und dachte.

Es schien alles eine Frage der Perspektive zu sein.

Seit meine Mutter nicht mehr bei uns wohnte, hatte Siegfried wieder ununterbrochen zu tun, und er schien nichts dagegen zu haben. Meistens war er nicht zu Hause, aber dafür war ja Hilde da. Spiegel interessierten uns zu diesem Zeitpunkt eigentlich nicht mehr. Ich lief an ihnen vorbei, und damit war sie einverstanden, vielleicht gefiel es ihr auch ein bisschen. Es gab andere Dinge, die wichtiger waren. Sie war, wie gesagt, besessen vom Telefon. Sie trug es immer mit sich herum, und wenn ich jemanden anrufen wollte, wegen der Hausaufgaben oder für eine Verabredung, musste ich sie fragen und beim Telefonieren in ihrer Nähe bleiben. Manchmal verschwand sie damit, wenn es klingelte, nach einem schnellen Blick auf das Display. Ich war mir sicher, dass dann meine Mutter anrief. Ich litt, weil ich sie sprechen wollte und nicht konnte. Und weil ich mich nicht traute, Hilde zu fragen. Nach einer Weile hörten diese Anrufe auf, oder ich hörte auf, darauf zu achten. Es war viel leichter, einfach nicht daran zu denken.

Wir bekamen dann auch neue Hausschlüssel, die Schlösser wurden ausgewechselt. Um das Haus wurde ein Zaun gezogen, durch den man nichts sehen konnte, und es wurde ein höheres Gartentor eingebaut, das sich nur über einen Code öffnen ließ, den man über eine kleine Tastatur mit silbernen Knöpfen eingeben musste. Den Code kannten nur Hilde und Siegfried. Ich fand das irre, es war wie ein Witz, vor allem weil meine Mutter mir so unendlich weit weg erschien. Sie war an irgendeinem Ort, der zu ihrem Basecap und dem Cabrio passte, sie hörte Popmusik beim Autofahren, ihre Handgelenke waren so schmal: Was sollte sie gegen Hilde und Siegfried ausrichten? Wovor hatten sie Angst?

Viel später erfuhr ich, dass meine Mutter in dieser Zeit einmal nach Hause kam, um einige Dinge abzuholen. Ich sagte mir immer wieder, dass es bestimmt nicht ihre Schuld war, aber es kam mir trotzdem vor wie ein Betrug. Hilde erzählte mir nichts davon, sie sorgte dafür, dass ich bei Sabrina war. Meine Mutter brachte Alice und ihre Anwältin mit. Nur Hilde war zu Hause, und sie sollen sich tatsächlich über Porzellan gestritten haben. Es ging um Frühstücksteller, von denen wir eine ungerade Anzahl hatten, elf, und natürlich gewann Hilde. Siegfried bekam sechs, weiß mit schwarzem Rand, KPM.

Ich weiß bis heute nicht, was es war, worüber Siegfried und

Hilde sich dann zerstritten. Aber Hilde reiste etwa fünf Wochen nach ihrer Ankunft wieder ab, das muss in der zweiten Februarhälfte gewesen sein. Ich kam aus der Schule, und an ihrer Stelle wartete die Haushälterin auf mich, Frau Schäfer, die ein trauriges Gesicht machte und mir mit ihrer schweinchenhaften Hand die Wange tätschelte. Ich weiß aber noch genau, wie warm mir diese Hand vorkam.

Alle zwei Tage rief Hilde an, nachmittags, wenn ich aus der Schule kam und Siegfried arbeitete. Sie fragte mich nach den Hausaufgaben, sie sagte, ich solle schwimmen gehen, und zum Schluss ging es um Siegfried, was er aß, wie lange er weg war, wie er aussah, wie viel er rauchte, wie viel Kaffee er trank, ob er wenigstens joggen ging, wen er sah. Mich ärgerten ihre Fragen so sehr, wie ich sie genoss, denn ich allein konnte sie beantworten. Tatsächlich konnte ich eigentlich nur wenig beitragen, denn ich sah ihn kaum. Manchmal log ich (*Ja, ich sage ihm doch auch, dass er weniger rauchen soll! Er schläft kaum, aber am Wochenende fährt er mit mir für zwei Nächte an den Bodensee, zum Ausruhen, er hat es versprochen!*), und dabei klemmte ich das schnurlose Telefon zwischen Wange und Schulter, wie ich es im Fernsehen und bei meiner Mutter gesehen hatte. Als ich Hilde einmal fragte, warum sie nicht mehr bei uns wohnte, zischte sie durch das Telefon in mein Ohr und sagte etwas von *Albernheiten*, aber dafür sei ich wirklich noch zu jung. Siegfried fragte ich auch, er winkte ab. Er sagte, er könne und wolle sich damit nicht beschäftigen. Irgendwann, es war vielleicht nach einem Jahr, jedenfalls war es noch in unserem Haus in Lehre, sagte er dann, er erinnere sich nicht mehr. Ich fand es unglaublich, wie man so lügen konnte. (Und dass es bei Siegfried nie nach einer Lüge klang, es wirkte nicht unwürdig, sondern legitim, so als verträte er einfach seine Interessen.)

Es war, als hätte es meine Mutter nie gegeben. Beim Autofahren, beim Essen, beim Telefonieren, am Computer, hinter der Zeitung wirkte Siegfried so, als wäre überhaupt nichts passiert, als müsste all das, was mich beschäftigte, eine Sinnestäuschung sein, eine Einbildung – meine Einbildung.

Vielleicht sind meine Erinnerungen an diese Zeit auch deswegen so leer und dünn.

Aber ich weiß noch, ich beobachtete ihn immer sehr genau, wenn er da war (ich weiß es, weil ich mich darüber wunderte, dass er es nicht merkte). Er wirkte zufrieden, fast gelöst, wenn er das Gartentor bediente, das aussah wie eine hohe weiße Wand. Es schien ihm auch zu gefallen, den Zahlencode einzugeben und zu sehen, wie das Gartentor sich gleitend zur Seite schob. Er sagte, er wolle ein Au-pair aus Amerika suchen, ein großes Trampolin kaufen, und er versprach mir ein Pferd, wenn ich es schaffte, mich ein Jahr lang um ein Pflegepferd zu kümmern. Ein Jahr war eine Ewigkeit, aber ich gab mir Mühe, die Idee gut zu finden.

Nach Hildes Abreise brachte er mich zu Sabrina, wenn er am Wochenende wegmusste. Ihre Mutter war dann jedes Mal sehr aufgeregt. Sie hatte Lippenstift aufgetragen und sich die Haare gekämmt, und das waren Momente, in denen ich sie verachtete. Über meine Mutter wollte sie nichts mehr wissen, sie sagte nur, dass *so was* immer schlimm sei, vor allem für die Kinder, aber dass ich mich auch nicht schämen müsse. Dabei kniff sie die Augen zusammen und lächelte und bügelte oder was auch immer sie gerade tat.

Unter der Woche war ich viel allein, so viel, dass ich zu wissen glaubte, wie man erwachsen war. Es überraschte mich, wie gut es mir gelang, es kam mir wirklich nicht besonders schwer vor. Es war sogar ein bisschen leichter allein, weil ich nicht so viel aufpassen musste, auf meine Mutter, auf Siegfried oder Hilde. (Und vielleicht war es auch diese neue Freiheit, die im Alleinsein in dem Lehrer Haus lag, die mir die Entscheidung, nach der Trennung bei Siegfried zu bleiben, leichter machte?) Ich fand es in der ersten Zeit nur schlimm, wenn das Telefon klingelte. Später war das kein Problem mehr, da telefonierten meine Mutter und ich alle drei Tage (nach der Schule, wenn Siegfried nicht da war, rief sie an). Aber in den Tagen nach Hildes Abreise zuckte ich zusammen, wenn es klingelte. Ich wurde wütend und hart, es war für mich unmöglich ranzugehen (so als wollte ich verhindern, dass ich es mir nicht doch anders überlegte). Das Klingeln ging ewig und schien nicht aufzuhören, es war quälend. Einmal rannte ich ins Bad, schloss die Tür hinter mir und drehte den Wasserhahn auf, aber dann fand ich irgendwann den kleinen Knopf am Telefon, mit dem man das Klingeln ausstellen konnte.

Es war Siegfried, der mir sagte, dass es einen *Termin* mit meiner Mutter *geben* würde, Mitte März, bei einem Italiener in Braunschweig. Die Anwältin arrangierte das Treffen, Siegfried gab mir den Hörer. Ich fand es falsch (*bekloppt, albern*), dass die Anwältin am Telefon nicht von meiner Mutter sprach, sondern ihren Vornamen benutzte. Siegfried nannte die Anwältin nur beim Nachnamen, sie war *die Steinmann*, sie war zu dick, und dann trug sie auch noch diese *unvorteilhaften Umhänge*, das verstand Siegfried nicht. Ich war froh, dass er arbeiten war, als ich in das Auto von Frau Schäfer stieg, die mich nach der Schule in ihrem blauen Opel Corsa abholte und nach Braunschweig fuhr. Sie hatte mir einen schönen, geraden Zopf geflochten, und ich hatte das blaue Flanellkleid angezogen, das Siegfried und meine Mutter mir mal aus Prag mitgebracht hatten. Während der Fahrt konnte ich kaum still sitzen, klappte immer wieder die Sonnenblende über dem Beifahrersitz runter, um mich im Spiegel anzusehen. Am Rückspiegel baumelte eine Diddl-Maus aus Stoff mit einem Herzen in der Hand, ihr Glücksbringer, sagte Frau Schäfer und lachte und ermutigte auch mich, mehr zu lachen.

Wir waren etwas zu früh, Frau Schäfer sagte, sie würde mich in das Restaurant begleiten, aber ich sagte schnell, nein, nein, ich gehe rein und komme sofort zurück, wenn sie noch nicht da ist. Dann stieg ich aus und sprang vor den Augen von Frau Schäfer über die Betonplatten auf das Restaurant zu (ohne die Ritzen zu berühren), zum Schluss drehte ich mich noch mal um und winkte ihr, so als wollte ich sie davon überzeugen, dass ich ein fröhliches Kind und alles in Ordnung sei (ich wusste, dass ich ihr leidtat). Einen Moment lang spürte ich wirklich Freude in mir hochsteigen, doch dann wurde mir plötzlich schlecht. Es gab zwei Eingangstüren, die hintereinander lagen, eine war von der Straße aus sichtbar, durch die andere betrat man das Restaurant. Ich ging schnell zu der zweiten Tür, damit Frau Schäfer mich nicht mehr sehen konnte, und hielt mich an dem Türrahmen fest, der aus dunklem Holz war. Mein Sichtfeld wurde an den Seiten durch hellgelbe, fast weiße Flecken überdeckt. Ich kniff die Augen zusammen. Der Boden sah aus wie Marmor, gegenüber stand ein Zigarettenautomat, es lief Eros Ramazotti, ich roch Rauch und Essen. Als ich mit schmalen Augen um eine

Ecke bog und weiter in den Raum hineinging, sah ich sie sofort. Sie saß an einem kleinen Tisch mit blau-weiß karierter Tischdecke, in dessen Mitte eine Kerze brannte. Vor ihr stand ein Glas Rotwein, das fast leer war. Sie blickte in meine Richtung, zur Tür, registrierte mich aber nicht gleich. Sie war noch schmaler geworden, und ihre Augen wirkten größer und dunkler als vorher. Sie hatte neue Schuhe, Wildlederstiefel mit silbernen Schnallen, die sie früher nie gekauft hätte, weil der Absatz ihr viel zu hoch gewesen wäre, *ausgeschlossen* wäre das gewesen.

Abgesehen davon fiel mir nichts auf, keine Spuren, und das war es, wonach ich sofort suchte: Spuren. Von draußen hörte ich eine Sirene. Ich sah ihre Ohrringe, den Hals, ich wusste genau, wie sie roch. Ich hatte Sehnsucht und wollte sie umarmen, konnte mir aber nicht vorstellen, sie anzufassen, ich hatte Angst davor. Langsam ging ich auf sie zu. Die Bar, an der ich vorbeiging, hatte türkisfarbene geometrische Dekoelemente, dahinter stand jemand, der Gläser polierte und mir zunickte. In dem Moment, als ich mich an der Bar festhielt, weil das mit den weißen Flecken plötzlich wieder schlimmer wurde, sah sie mich. Sofort kamen ihr die Tränen. Sie stand auf, sodass der Stuhl auf dem Boden ein lautes, ungeschicktes Geräusch machte, das so ähnlich klang wie ein Schrei. Sie streckte mir die Arme entgegen, zog mich an sich, drückte mich, aber ich blieb steif. Endlich, flüsterte sie, und ich nahm einen tiefen Atemzug, um ihren Geruch einzusaugen, unwillkürlich, als würde ich nach dem Tauchen wieder nach oben kommen.

Ich saß auf meinem Stuhl weit nach hinten gelehnt, die Arme verschränkt, die Beine leicht von mir gestreckt, die Knie geöffnet und zu den Seiten fallend, so wie die Jungs aus meiner

Klasse es machten. Ich merkte, wie abweisend ich war, aber selbst wenn ich es gewollt hätte, ich konnte nichts dagegen machen. (Warum wollte ich nicht?)

Meine Mutter drückte meinen Arm. Sie wollte die Stille überwinden, sie versuchte, sich mit mir zu unterhalten. Ich fand, sie atme zu schnell, und hatte noch immer mit meinen Augen zu tun. Ich versuchte, das Weiße wegzublinzeln.

Schön, dich zu sehen, schön bist du, ich weiß überhaupt nicht, was ich sagen soll, es ist so lange her, wenn du wüsstest.

Ich konzentrierte mich auf die blau-weiße Tischdecke, so wurde es besser. Sie sagte so viel, ihre Sätze stapelten sich zwischen uns, und sie sprach immer schneller. Wie es weitergehen würde, was ich wollte, die Zukunft, einmal fiel ihr die Handtasche auf den Boden. Ich konnte ihre Hilflosigkeit nicht ertragen und versuchte, ganz ruhig zu atmen. Sie fragte, was ich essen wolle.

Pizza Margherita? Spaghetti Bolognese? Oder beides und wir teilen? Möchtest du eine Cola?

Ich schüttelte den Kopf. Ich weitete die Augen, machte sie wieder enger. Es half, wenn ich mich auf einen Punkt konzentrierte, wurde das gelbe Weiß weniger. Ich suchte mir etwas neben ihren dunklen Haaren, hinter ihr, neben dem Fenster war ein roter Bilderrahmen.

Du hast mir so gefehlt, sagte sie.

Ich sah auf meinen Punkt, an ihr vorbei, die Flecken waren nun fast weg, und ich holte tief Luft, und dann fragte ich sie, wie ihr neuer Freund hieß. Das tat ich wirklich. Ich fragte nicht, wie es ihr ging oder was passiert war, warum wir uns so lange nicht gesehen hatten, ich fragte: Und wie heißt er? Fast wäre ich zusammengezuckt, während ich es aussprach, so schlimm fand ich diese Frage, aber wahrscheinlich sah sie mir das gar nicht an. Ich hörte sie seufzen. Aus dem Augenwinkel sah ich sie ihren Rotwein leeren. Sie stellte das Glas mit einem Knallen auf den Tisch, und ich zuckte zusammen. Sie winkte dem Mann hinter der Bar und bestellte noch einen Rotwein. Dann nahm sie mein Handgelenk und hielt es fest, bis ich sie ansah. Sie ließ los, drehte mir die linke Hälfte ihres Kopfes zu und hob das braune, fast schwarze Haar hoch. Darunter war eine etwa zehn Zentimeter lange und vielleicht fünf Zentimeter breite kahle ovale Stelle, über die sich eine dicke, verkrustete Naht zog. Ich musste sofort an Schienen denken, und ich fühlte das Blut in meinem Kopf, den Armen und Beinen. Mir wurde schlecht, und die Flecken waren wieder da.

Wie gesagt: Meine Erinnerungen an diese Zeit sind leer und dünn, sie sind weiß und kalt. Wie der Abend weiterging, weiß ich nicht mehr.

Aber ich weiß, dass wir uns in der Zeit danach selten sahen. Alle zwei Wochen, einmal im Monat, manchmal noch weniger. Ich wollte nicht. Ich blieb bei Siegfried.

Ich kann das nicht erklären. Ich kann nicht erklären, warum ich nie etwas unternahm, um mehr zu erfahren, warum ich nicht einmal wusste, in welchem Krankenhaus sie lag, warum ich erst mal bei Siegfried blieb, warum sie das geschehen ließ. Ich weiß es nicht. Viel später, als meine Mutter schon in Südfrankreich wohnte und ich sie dort regelmäßig besuchte, unternahm ich einen Versuch, mehr herauszufinden. Ich war gerade zwanzig geworden und wollte wissen, was genau passiert war damals, was zwischen uns eigentlich los war.

Es war morgens an dem runden Gartentisch aus Stein unter dem Ahornbaum. Wir frühstückten, es gab Croissants und Kaffee. Ich brauchte ein paar Anläufe, um meine Fragen zu stellen, sie in Worte zu übersetzen. Meine Mutter wurde unruhig. Noch während ich sprach, begann sie aufzuräumen, mit den Kanten ihrer Hände Krümel zusammenzustreichen, Teller zu stapeln. Ich redete schneller, ich hatte Angst, es nicht zu schaffen, bevor sie mit dem Tablett fortging, sie stand schon neben dem Tisch, und dann sagte sie (mit der gleichen Mischung aus Schuldbewusstsein und Brutalität, die auch mein Verhalten ihr gegenüber oft bestimmte), dass sie sich kaum erinnere, aber sie werde mal darüber nachdenken. Sie sah auf das Tablett, das sie mit beiden Händen festhielt, als ob es sehr schwer wäre. Dann ging sie ins Haus.

Fünf

Draußen hatten die Leute sich den ganzen Tag in der Sonne bewegen müssen, und sie hatten mir leidgetan, die Köpfe, die Karosserien, die Helme, das alles hatte sich immer mehr aufgeheizt. Wenn ich zwischendurch von meinem roten Metallstuhl im Wartezimmer aufgestanden war, um ein paar Schritte zu gehen, hatte ich an dem Lamellenvorhang vorbei durch das große weiße Doppelfenster auf die im grellen Licht liegende Straße sehen können und war froh gewesen, mit dem Leben dort draußen nichts zu tun zu haben, mich wieder hinsetzen und die Augen schließen zu können. Hier drinnen, in dem alten Gebäude mit den kühlenden Steinmauern, war es erträglich.

Ich war schon seit einer Weile wieder wach. Als ich Schritte auf dem Linoleumboden hörte, öffnete ich die Augen und sah auf. Ich wusste, dass es die Frau mit den weißen kurzen Haaren von der Anmeldung war, ich erkannte es an dem Geräusch, das ihre Gummisohlen machten. Sie war mittags zum Schichtwechsel gekommen, und nun räumte sie auf. Sie trug Dinge zwischen der Anmeldung und den beiden Sprechzimmern hin und her, und wenn sie an mir vorbeiging, lächelte sie mir zu, und ich lächelte zurück. Sie war die Letzte, alle anderen Pflegerinnen waren schon gegangen. Es war auch schon geputzt worden, aber das hatte ich nicht mitbekommen. Auf dem Boden, der jetzt noch mehr glänzte, stand einer dieser gelben Aufsteller, auf denen jemand abgebildet ist, der ausrutscht. Weiter hinten im Flur war das Geräusch einer zufallenden Tür zu hören, dann wieder Schritte. Ich sah von Weitem das Mädchen in den *Tomb-Raider*-Stiefeln, das zwischendurch kurz neben mir gesessen hatte. Sie stand vor einem Sprechzimmer, das sie gerade verlassen hatte. Als wir uns begegnet waren, hatte ich sofort zu wissen geglaubt, wer sie war. Ich hatte den leicht gelblichen Ton ihrer Haut bemerkt, ich war sicher gewesen, dass ihr Mund nach schwarzem Kaffee und Hunger roch, ich hatte gesehen, wie dünn sie war, dass sie trotz der Hitze nicht nur Stiefel, sondern auch ein langärmeliges Shirt trug und außerdem darauf achtete, dass der Bund immer bis über die Handgelenke ging. Nun kam sie auf mich zu, sie bog um die Ecke zum Aufzug, und ich wollte ihr zum Abschied irgendwie zuwinken oder sie anlächeln, ich hätte ihr sogar meine Nummer gegeben und ihr vorgeschlagen, dass wir mal einen Kaffee trinken, was sicher sehr peinlich gewesen wäre, für uns beide. Aber sie achtete darauf, niemanden anzusehen, und der Aufzug fuhr mit ihr davon. Außer mir war jetzt niemand mehr da.

Ich stand auf und ging wieder zum Fenster. Das Licht war nicht mehr so grell, sondern weicher, die Luft sah staubig aus, und alles wirkte ein bisschen hoffnungslos, aber auf eine merkwürdige Weise hatte das auch etwas Tröstendes. Die Leute in ihren Autos und auf den Fahrrädern waren auf dem Weg nach Hause, und irgendwann würden sie sich dann hinlegen. Wenn man neben dem Fenster mit dem Rücken zur Wand stand, sah man durch eine Glastür auf eine Uhr. Es war zwanzig Minuten nach sechs, und ich fragte mich, ob man hier eigentlich auch schlafen konnte. Bisher hatte ich nicht nach Hause gewollt, seit ein paar Stunden hatte ich nicht mehr darüber nachgedacht, was mich dort erwartete. Ich setzte mich wieder, schob die Hände zwischen Stuhl und Oberschenkel und spürte, wie sich das Muster in meine Haut drückte. Als Kind, bei Hilde im Sommer, hatte ich mich nach dem Schwimmen manchmal bäuchlings auf die warmen Waschbetonplatten gelegt, von denen der Pool eingerahmt gewesen war. Das hatte auch Muster auf der Haut hinterlassen, vorne von oben bis unten, am ganzen Körper, aber unregelmäßige. Ich fand, es sah krank aus, aber ich hatte es geliebt, dort zu liegen. Hilde hatte mir oft erzählt, dass man sie als Kind für einen Jungen gehalten hatte, und wie stolz sie darauf gewesen war. Auf der Flucht soll sie das einige Male vor Vergewaltigungen geschützt haben, nachts im Wald, aber das wusste ich nicht von ihr, sondern von meiner Mutter, die es von Siegfried wusste.

Am Morgen hatte ich nach meiner Ankunft eine ganze Weile einfach dagesessen, war nur ein paarmal zum Fenster neben den u-förmig angeordneten Stühlen und wieder zurück gegangen. Ich hatte mit der Panik und der Sirene gekämpft, es hatte aber auch ruhige Momente gegeben, in denen ich die Augen schloss. Irgendwann am späten Vormittag war ich dann aufgestanden und mit meiner Krankenkassenkarte zur Anmeldung gegangen. Da hatte mein Telefon noch funktioniert, ich hatte immerzu nachgesehen, ob Siegfried oder Alex angerufen hatte, und ich war der Pflegerin mit den weißen Haaren noch nicht begegnet. Eine Frau, die in einem blauen Kittel hinter der Theke saß, hatte mir gesagt, dass ich mindestens eine Stunde warten müsse, bis ich drankäme. Sie hatte mich hektisch gebeten, wieder Platz zu nehmen und zu warten, bis sie mir die Karte wiederbrachte. Ich würde dann aufgerufen werden. Im Wartezimmer saßen da sicher acht Leute, hinter mir in der Schlange standen drei oder vier weitere, die von draußen kamen, allen war zu warm, und alle wollten sich einfach nur hinsetzen.

Als ich zurück zu meinem Platz gegangen war, hatte ich den Oberarzt gesehen, von dem meine Freundin mir erzählt hatte. Er hatte kurze braune Haare und eine runde Hornbrille, er schien nicht alt, aber auch nicht jung zu sein. Während er vorbeilief, bündelte er die ganze Aufmerksamkeit des Raumes, danach ging es wie nach einem Seufzen weiter. Mir kam das etwas lächerlich vor, aber ich konnte mich dem auch nicht entziehen. Sein Äußeres passte zu den Beschreibungen meiner Freundin, ich hatte sofort gewusst, dass er es war. Ich hielt inne und sah ihm nach, ich setzte mich gerade hin, ohne mich dabei anzulehnen, überlegte, was ich ihm später sagen würde. Ich freute mich darauf und war zugleich angespannt, wie bei einer wichtigen Prüfung.

Ich hatte herausgefunden, dass es gegen die Sirene half, wenn ich mich in den Finger oder am Handgelenk biss und dabei ausrechnete, wie viele Metalllöcher die Sitzflächen der Stühle im Wartezimmer hatten (in der vertikalen Reihe waren es einundzwanzig, in der horizontalen siebzehn, was multipliziert dreihundertsiebenundfünfzig ergab, bei insgesamt sechzehn Stühlen, und dann addierte ich einen Stuhl nach dem anderen, in sechzehn Schritten). Davon, dachte ich, würde ich dem Arzt zuerst erzählen, wenn ich in seinem Sprechzimmer saß. Von der Sirene, von der ich genau wusste, dass sie nicht da war, nicht wirklich. *Das bildest du dir ein*, hätte Hilde gesagt, und Siegfried hätte genickt. Mir fiel die Zeit ein, in der wir alle noch zusammenwohnten und Siegfried Probleme mit Albträumen hatte. Meine Mutter hatte es *Albträume* genannt, Siegfried hatte gesagt, er habe schlecht geschlafen, Arbeitsstress. Nachts hatte ich ihn brüllen hören, und dann war er nach unten gegangen und hatte Rotwein getrunken, bis er wieder schlafen konnte, aber das wollte ich dem Oberarzt nicht sagen. Ich würde ihm von Alex erzählen, was gestern passiert war. Dass ich Schriftstellerin sei, aber schon lange nichts mehr geschrieben habe, weil es nicht ging. Ich würde von dem Geld erzählen, das wir nicht hatten, von diesem Druck überall, wegen dem bei uns zu Hause die Teller zerplatzten. Wie die Tage über mir einstürzten und mich unter sich begruben. Er würde mir erklären, wie alles war, er würde einen Namen haben für das, was mit mir war. Ich war nicht verrückt. Es war keine Einbildung, es war ganz normal, es war eigentlich fast so zwingend wie das Ergebnis einer Rechenaufgabe, dass ich hier gelandet war, auf dem roten Metallstuhl. Er würde es mir genau erklären können.

Als ich dort gesessen und mir überlegt hatte, was ich dem Arzt sagen würde, war die Sirene wieder lauter geworden. Ich hatte mir ins Handgelenk gebissen und angefangen zu zählen, doch dann hatte mich der Gedanke an mein Telefon abgelenkt, und ich hatte gesehen, dass es aus war und nicht mehr anging. Mir wurde heiß, und ich konnte meinen Atem nicht kontrollieren. Es war, als würde er meinen Körper hinter sich herziehen

242

wie ein wild gewordener Hund. Wie sollte ich herausfinden, was mit Siegfried war, wie sollte Alex mich erreichen? Wie sollte ich Benjamin und Frau Rieger benachrichtigen, falls ich mich verspätete, was wäre, wenn Johnnys Kindergarten mich anzurufen versuchte? Die Sirene bohrte sich hinter meinem Ohr in den Kopf hinein. Ich sprang auf und stand mit leicht von mir gestreckten Armen und gespreizten Fingern vor meinem Stuhl, ich blickte in das volle Wartezimmer und zur Anmeldung. In diesem Moment sah ich die Frau mit den weißen Haaren zum ersten Mal, sie lief mit einem Klemmbrett an mir vorbei, sie lächelte mich an und nickte mir zu. Obwohl ich abgelenkt war, registrierte ich sie, sie hatte ein ruhiges, rundes, freundliches Gesicht, auch sie trug einen blauen Kittel, ich nickte keuchend zurück. Sie erinnerte mich an irgendwen. Ich drückte noch mal auf dem Telefon herum, aber es war aus. Vielleicht endgültig kaputt, vielleicht war aber auch nur der Akku leer. Ich begann meine Innen- und Seitentaschen nach einem Ladekabel zu durchsuchen. Normalerweise ging ich nie ohne Ladekabel raus, aber dazu gehörte eigentlich auch eine Handtasche, in der das Ladekabel war, die alte Nylontasche meiner Mutter, und auch die hatte ich nicht bei mir. Ich überlegte (Siegfried, Alex, Benjamin, Johnny, der Arzt). Es musste schneller gehen. Die einzige Lösung war, dass ich sofort drankam, ja dass ich vielleicht einfach so tat, als würde ich die Nerven verlieren, *wirklich* ernsthaft die Nerven verlieren. Also klemmte ich mein Laptop unter den Arm und ging los.

Ich lief den Flur entlang. Der Boden war kalt und glatt unter meinen Fußsohlen, er klebte ein bisschen, aber es war angenehm. Vor der Tür, durch die ich vorhin den Oberarzt hatte

243

gehen sehen, blieb ich stehen und schlug mit der Faust einmal dagegen, so sehr, dass es schmerzte. Der Schlag war laut, es hallte, und ich schlug gleich noch mal dagegen, aber niemand öffnete die Tür. Einige der Leute im Wartezimmer reckten die Köpfe nach mir, es war mir egal. Ich sah auf meine nackten rot lackierten Fußzehen, mir fiel plötzlich auf, dass mir in dem Trenchcoat viel zu heiß war, ich fragte mich, was ich überhaupt barfuß in diesem Trenchcoat auf dem Flur einer Psychiatrie machte, mit offenen, unordentlichen Haaren und einem Laptop unterm Arm, und dann musste ich irgendwie lachen und winkte den anderen im Wartezimmer zu. Das konnte doch nicht wahr sein, dachte ich, das war doch ein Witz. Dann rannte ich zurück zu meinem Platz, setzte mich, zählte die Löcher in den Metallstühlen, stand auf, ging noch mal zu der Tür des Behandlungszimmers, um mit der Faust dagegenzuhämmern, lief wieder zurück und immer so weiter, ich rannte den Flur hoch und runter, und einmal drehte ich eine Pirouette, wie ich sie im Ballett als Kind immer wieder geübt hatte. Es ging ganz gut, danach knickste ich, und als ich bei der Tür ankam, boxte ich dagegen. Jemand rief ein paarmal *Aufhören!* aus dem Wartezimmer, aber das interessierte mich nicht.

Alle, die hier waren, hatten irgendwas, dachte ich, sie haben ja alle irgendwas. Und ich weiß noch, ich war sehr aufgeregt, so als stünde ich kurz vor irgendeiner Lösung, aber ich war auch traurig.

Die Tür, hinter der ich den Arzt vermutete, öffnete sich nie, und ich stand nach einer Weile verschwitzt und durstig auf dem Flur und sah mich um. Da kam mir die Frau mit den weißen Haaren entgegen. Entschuldigung, sagte ich lächelnd und fühlte mich wie eine dieser Sportlerinnen, die im Fernsehen am Rande eines Marathons noch ganz außer Atem interviewt werden, zusammen mit Hilde hatte ich so was öfter im Fernsehen gesehen. Entschuldigung, sagte ich und musste das Lachen unterdrücken, aber haben Sie vielleicht ein bisschen Wasser für mich? Es ist echt heiß. Sie nickte wieder so nett und sagte, ich solle mich setzen, sie werde mir gleich etwas bringen.

Zu diesem Zeitpunkt war das Licht hinter dem Fenster noch grell, aber man sah schon, dass bald Schatten kommen würden. Im Sommer war das die schönste Zeit, an heißen Tagen hatte Hildes Gärtner dann noch mal den Rasensprenger angemacht, und wir hatten auf der Terrasse gesessen, sie vor ihrem Sektkelch. Nach so einem Abend war ich einmal nachts bei ihr aufgewacht und hatte etwas trinken wollen. Im Flur war Licht gewesen, ich war in die Küche gegangen, die nur durch das Flurlicht beleuchtet gewesen war, und da hatte Hilde über der offenen Spülmaschine gestanden und mit ihrer großen Zunge die Teller abgeleckt, schnelle, heimliche Bewegungen. Es war mir gelungen, unbemerkt wieder abzuhauen, ich hatte dann einfach auf der Toilette, die neben dem Gästezimmer lag, etwas getrunken.

Ich setzte mich wieder auf meinen roten Metallstuhl, bald würde Schatten kommen, nicht mehr lange. Meine Lippen klebten aneinander, Kopfhaut und Haare waren heiß, mein Mund war trocken, und wenn ich einatmete, brannte es am Gaumen. Ich roch meinen Schweiß, vermischt mit Parfüm. Meine Füße waren geschwollen, das Blut darin schien zu rauschen, ich dachte an Wellen. Ich spürte, wie es sich bewegte, ich hörte förmlich, wie es erst runter bis in die Zehen strömte und

245

dann wieder zurückgepumpt wurde, in die Waden, die Unterschenkel, den Bauch, an den Rippen vorbei bis hoch in den Oberkörper, wo es unter dem Brustbein pulsierte. Ich schloss die Augen, es tat weh, sie offen zu halten, auch sie waren trocken. Ich fragte mich, ob ich schon etwas getrunken hatte an diesem Tag, aber nein, ich hatte es einfach vergessen. Ab jetzt dachte ich nur noch an Wasser, und dabei fiel mir endlich ein, wie die nette Frau mit den weißen Haaren aussah. Es war die Fee aus *Cinderella*, die mit dem lilafarbenen Umhang. Unser Kunstlehrer hatte uns den Zeichentrickfilm eine Zeit lang vor jedem Ferienbeginn gezeigt, und natürlich hatten alle Mädchen Cinderella sein wollen. Wir hatten sogar verglichen, wer die kleinsten Füße hatte. Nachdem ich Siegfried lange genug damit in den Ohren gelegen hatte, hatte er mir irgendwann eine *Cinderella*-Videokassette mitgebracht, eines Morgens lag sie auf dem Frühstückstisch, und ich wusste noch genau, wie die Verpackung der Kassette sich angefühlt hatte, die dünne Plastikhülle, in die das Cover eingeschlagen war.

Auf dem Linoleumboden war das Quietschen von Gummisohlen zu hören, ich sah auf, es war die Frau mit den weißen Haaren. Sie hatte einen zügigen Gang, an dem aber nichts Strenges war, sie trug ein Tablett mit einer Karaffe Wasser und einem Glas darauf. Ich wusste nicht, was ich sagen sollte, ich fand es so nett, dass sie mir nicht nur ein Glas, sondern eine ganze Karaffe gebracht hatte, auf einem Tablett, und plötzlich hatte ich Tränen in den Augen, und vielleicht bemerkte sie das, aber sie stellte das Tablett nur auf dem Stuhl neben mir ab, lächelte mich an und ging wieder. Ich trank und war noch dankbarer, als ich feststellte, dass das Wasser kühl war. Ich trank ein

Glas und dann noch eins, ich trank so lange, bis die Karaffe leer war, und auch dann wollte ich noch mehr trinken.

Das Wasser machte mich wacher, aber ich fühlte mich auch schwerer. So sehr, dass ich mich anlehnte und die Hände über dem Bauch faltete. Von der Anmeldung waren Stimmen zu hören, irgendwo im Flur ging eine Tür. Ich hatte keine Ahnung, wie spät es inzwischen war, und ich wollte nicht aufstehen, um nachzusehen, doch ich war mir sicher, dass ich eigentlich längst hätte aufgerufen werden müssen. Mir fiel ein, dass die Frau von der Anmeldung mir nie meine Karte zurückgebracht hatte, doch als ich ein bisschen suchte, fand ich sie in der Manteltasche. War ich deswegen nicht aufgerufen worden? Hatte ich die Karte gar nicht abgegeben? Oder hatte die Frau sie mir zurückgebracht? Woran erinnerte ich mich nicht mehr? Mein Atem wurde schneller, und ich bekam sofort Angst, ich wollte nicht, dass alles noch mal von vorne losging. In diesem Moment sah ich die Frau mit den weißen Haaren hinter der Anmeldung hervortreten. Sie ging in die andere Richtung, doch ich stand auf und rief ihr mit einer rauen, belegten Stimme nach: Entschuldigen Sie, aber könnte ich vielleicht doch noch etwas Wasser bekommen, bitte? Sie nickte und verschwand.

Dann schlief ich. Ich weiß nicht, wie lange, aber als ich aufwachte, lag das Fenster im Schatten, und das Wartezimmer war fast leer. Es roch jetzt irgendwie medizinisch, nach Desinfektionsmittel, so ähnlich wie in Hildes Schlafzimmer, als sie am Ende so krank war. Ihr Nachttisch hatte eine Schublade, in dem ein gerahmtes Foto von Heinrich lag. Es war mir ein paarmal gelungen, die Schublade heimlich zu öffnen, im ganzen Haus war sonst kein einziges Foto von ihm. Er trug eine Uniform mit

Adler und Hakenkreuz. Er hätte James Bond sein können oder so, er sah gut aus, nicht wie einer, der sich umbringt. Vielleicht hatte Hilde ihn so in Erinnerung behalten wollen. Nach dem Aufwachen tat mein Nacken weh, ich drehte langsam meinen Kopf hin und her, betastete Stirn und Wangen, die klebrig waren. Neben mir stand das Tablett mit der leeren Karaffe, und ich erinnerte mich wieder: Das Telefon war aus. Ich war nicht bei dem Oberarzt im Sprechzimmer gewesen. Erst hatte ich unbedingt zu ihm gewollt, es war eine Aufgabe gewesen, die ich erfüllen musste. Ich war den Flur auf und ab gelaufen, doch dann war ich stehen geblieben, mir war alles falsch vorgekommen. Ich hatte dort gestanden und nicht weitergewusst und unbeschreiblichen Durst gehabt. Die nette Frau mit den weißen Haaren war gekommen, ich hatte sie um Wasser gebeten. Sie hatte es mir gebracht, ich hatte alles ausgetrunken, aber ich war plötzlich so schwer und müde geworden, und ich hatte geschlafen. Ich hatte schon so oft nur schlafen wollen, seit es Johnny gab, aber ich musste immer aufpassen. Auch in Alex' Gegenwart hatte ich aufgepasst, ich konnte mich nicht daran erinnern, tagsüber irgendwann allein gewesen zu sein seitdem, selbst in meinem eigenen Zimmer, in meinem Büro, war das nicht möglich gewesen, ich war einfach nicht mehr allein gewesen. Die anderen waren in mir, ich war sie nicht mehr losgeworden.

Das dünne Mädchen mit der gelben Haut und den *Tomb-Raider*-Stiefeln tauchte auf. Sie stand plötzlich vor mir, und ich verstand nicht, warum sie sich neben mich setzen wollte, es gab genügend freie Plätze. Sie setzte sich, schlug die Beine übereinander und wirkte genervt oder so, als wüsste sie schon, dass sie gleich genervt sein würde. Sie seufzte leise, holte ihr Telefon aus einer Umhängetasche und versank darin. Ich betrachtete sie aus den Augenwinkeln und war mir sicher, dass unter dem langen Ärmel ihres Sweatshirts Narben waren, lilafarbene, dicke Narben, auf die sie unter Umständen sehr stolz war und für die sie sich manchmal umso mehr schämte. Ihr Körper sollte unsichtbar sein, und alle sollten ihn sehen, dachte ich, und dass sie sich nicht einzubilden brauchte, mir etwas vormachen zu können. Ich schüttelte unwillkürlich den Kopf, denn wer hatte gesagt, dass sie das wollte, und da drehte sie sich zu mir und sah mich für einen Augenblick fragend an. Ich überlegte, aufzustehen und ihr Wasser zu holen, aber da wurde sie aufgerufen.

Danach war ich allein gewesen. Ich war immer wieder aufgestanden und zum Fenster gegangen, ich hatte zugesehen, wie das Licht in der Stadt milder wurde, und ich war jedes Mal froh gewesen, dass ich mit dem Leben dort draußen gerade nichts zu tun hatte, dass ich mich wieder auf meinen roten Metallstuhl setzen und die Augen schließen konnte. Das gelbe *Tomb-Raider*-Mädchen kam aus dem Sprechzimmer und ging an mir vorbei nach draußen, und ohne darüber nachzudenken, wusste ich, dass ich nicht mehr auf den Arzt wartete. Irgendwann würde ich gehen, aber noch erlaubte ich mir, ein bisschen zu bleiben, nur ein bisschen noch. Es wurde geputzt, die Pflegerinnen verließen nach und nach die Klinik, die Patientinnen auch. Ich sah, dass es zwanzig nach sechs war und dass ich Frau Rieger und Benjamin tatsächlich versetzt hatte, meine Sendung hatte ich auch nicht vorbereitet, was ich unglaublich fand, aber solange ich hier sein konnte, war es egal.

Ich stand am Fenster, als die freundliche Frau mit den weißen Haaren zu mir kam. Es tut mir leid, sagte sie, aber wir machen jetzt Feierabend. Ich biss mir auf die Unterlippe, aber mir kamen die Tränen. Ich glaube, sie verstand, dass ich nicht weinen wollte, dass aber jede Geste von ihr dazu führen würde, dass alles aus mir herausfiel. Sie stand ruhig vor mir, und dann sagte sie: Ich hole Ihnen noch ein Wasser, ja?

Bitte kalt, rief ich ihr nach, sie nickte im Gehen, und ich dachte, dass ich sie gerne umarmt hätte. Sie brachte die Karaffe und das Glas, und ich trank das Wasser aus, und dann nahm ich den Laptop und den Trenchcoat und ging. Den Flur runter, an der Uhr vorbei, in den Aufzug rein, in dem es keinen Spiegel gab, ich hatte keine Ahnung, wohin.

Als ich die schwere Holztür aufzog und nach draußen trat, spürte ich sofort die Hitze aufsteigen, die in den Steinstufen gespeichert war. Der Himmel war orange, und die Sonne war noch da, aber von den Häusern verdeckt. Schräg gegenüber stand auf einer umzäunten Rasenfläche ein Baum, dessen Blätter schlapp herunterhingen. Die Luft stand still, ein paar Autos fuhren, aber es war merkwürdig ruhig. Ich hörte nur das Geräusch einer S-Bahn, die gerade in den nahe gelegenen Hauptbahnhof einfuhr oder ihn verließ. Für einen Moment erinnerte ich mich an das Gefühl, das ich früher manchmal an Sommerabenden hatte, wenn ich den ganzen Tag in der Unibibliothek gewesen war und dann auf dem Fahrrad beschlossen hatte, doch noch auszugehen. Es war diese Erinnerung, die mich anstieß, und ich ging los, auf den Bahnhof zu. Die Entscheidung war eine Sache von Sekunden gewesen, ich hatte auf die Straße gesehen, auf den Asphalt, und gewusst, welche Straße danach kam und welche dann und dass es immer so weiterging bis zum Schluss. Ich hatte an meine Mutter gedacht und an ihr kleines Haus in der Nähe von Marseille, das einen Garten hatte, in dem ein Tisch unter einem Ahornbaum stand, der den ganzen Tag Schatten gab, und dann war ich losgegangen. Ich war so entschlossen, dass ich nicht darüber nachdachte, dass ich keine Schuhe trug, erst nach ein paar Schritten taten mir die Füße weh, und ich dachte, ich könnte mir im Bahnhof Schuhe kaufen. Ich dachte an meine Mutter, die ich viel zu selten besuchte, ich fragte mich, warum. Meine schöne, traurige Mutter, die ich nie verstanden hatte, und sie mich leider auch nicht. Warum war sie mir oft wie ein Foto vorgekommen, wie ein rätselhaftes Bild? War es das, was passierte, wenn man den eigenen Blick durch den Blick eines anderen ersetzte? Ich könnte sie fragen, dachte ich, ich könnte sie jetzt sofort besuchen, es sprach einiges dagegen, Johnny vor allem, aber es ginge. Ich wollte bei ihr sein, wir könnten draußen an dem Steintisch im Schatten sitzen, und ich stellte mir vor, wie wir in ihrem Garten reden würden, während ich die Straße entlanglief, auf den Bahnhof zu.

Es war noch immer viel zu heiß, und ich hatte das Gefühl, dass zu wenig Sauerstoff in der Luft war. Man konnte die Lunge damit vollsaugen, bis es nicht mehr ging, aber es war einfach zu wenig. Ich ging trotzdem noch ein bisschen schneller, so als wollte ich mir beweisen, dass nichts mich von meinem Plan abbringen konnte. Ich würde einen Zug nehmen, der nach Marseille fuhr, ich würde sie überraschen. Im ersten Moment war sie oft reserviert, sie fand selten Worte, aber wenn wir den Teil übersprängen und unsere erste Umarmung glücken würde, könnte es gut gehen. Nicht immer, aber manchmal drückte sie

251

meinen Körper noch einmal etwas fester an sich, bevor sie mich wieder losließ, und das war der Moment, in dem ich mit der Nase in die Nähe ihrer Haare zu kommen versuchte, um möglichst viel von ihr in mich aufzunehmen. Die Straße bog sich um die Spree herum, die faulig roch. Die jungen Bäume an den Seiten sahen verloren aus, auf dem Fußweg ging außer mir niemand, weil hier nichts war, keine Geschäfte, keine Cafés, nur Bürohäuser, Glas, verspiegelte Flächen und Baustellen. Vor mir lag der Bahnhof, der noch nie funktioniert hatte und der wirkte, als hätte ein Riese einen Schuh in einer Brache liegen lassen, und die Menschen hätten ihn umzäunt und eingerüstet und irgendwie weiterbenutzt. Ich ging, auch wenn es anstrengend war. Ich durfte keine Zeit verlieren, ich musste weiter. Mein Mund war trocken, ich war durstig, meine Beine waren schwach, und ich wollte mich nun doch setzen, wenigstens kurz Pause machen, aber ich sah keine Bank. Siegfried tat so, als würde es meine Mutter nicht geben. Und wenn er etwas wirklich wollte, gab es keine Pause. An meiner Stelle hätte er nicht angehalten, er hätte allerhöchstens die obersten beiden Knöpfe seines Hemdes aufgemacht. Er hätte seine Schuhe eng geschnürt getragen, er verachtete Männer, die Sandalen trugen und ihre Füße zeigten. Die Hitze hätte auch ihm etwas ausgemacht, aber er hätte trotzdem geraucht. Er hätte Durst gehabt wie ich, doch der Schmerz wäre ihm bekannt vorgekommen und er hätte weitergemacht. Zumindest früher wäre das so gewesen, vor seinem Infarkt, jetzt würde ihm sein Körper das so nicht mehr erlauben. Ich dachte daran, wie er am Vortag das Gleichgewicht verloren und sich bei mir abgestützt hatte, in seinem Blick war Verzweiflung gewesen. Es kam mir so lange her vor.

Auf dem letzten Stück vor dem Bahnhof stieg die Straße an, und ich blieb stehen, hielt mich am Geländer fest und schloss die Augen. Mir war schwindelig. Als ich die Augen wieder öffnete, sah ich mich um und fragte mich, ob es überhaupt möglich war, dass das alles hier irgendwann mal nicht kalt und ausgedacht, sondern vielleicht sogar freundlich aussehen könnte. Der Straßenbelag glänzte in der Abendsonne, und ich konnte mir plötzlich nicht mehr vorstellen, weiter durch diese Wüste zu gehen.

Ich hatte Glück, es dauerte nicht lange, bis ein Taxi hielt. Drinnen war es kühl, es roch nach Leder, kaltem Rauch und Wunderbaum. Der Fahrer hatte einen dicken Bauch. Er telefonierte, vielleicht wunderte er sich deswegen nicht über meine Füße. Er unterbrach das Gespräch nur kurz, drehte den Kopf etwas in meine Richtung, ohne von der Fahrbahn wegzusehen, so als wäre es zu anstrengend, den Rest des Körpers zu bewegen, und er reagierte auch nicht, als ich ihm sagte, wo ich hinwollte. Wir fuhren, der Fahrer beendete sein Gespräch, und bis auf das Geräusch des Motors war alles still. Ich rückte in die Mitte der Rückbank und sah mein müdes Gesicht im Rückspiegel. Wir fuhren durch Straßen, durch die ich oft mit Alex gegangen war, und ich dachte plötzlich, wie dumm es gewesen war, ihm von Benjamin zu erzählen, dumm und unnötig (aber trotzdem richtig?).

Das Taxi hielt, ich bezahlte, und der Fahrer nickte. Ich stand in unserer Straße und hatte keine Ahnung, wie spät es war, vielleicht halb neun. Vielleicht brachte Alex gerade Johnny ins Bett, las ihr etwas vor, gab ihr noch einen Kuss auf die Stirn, sagte ihr, dass ich noch arbeiten müsste und bald wieder da sein würde. Mir kamen die Tränen, ich legte den Kopf in den Nacken und sah hoch in den vierten Stock. Alle drei Fenster waren offen, die Vorhänge zugezogen. Alex machte das, damit es sich drinnen nicht so aufheizte. Wahrscheinlich hatte er auch einige Flaschen Wasser in den Kühlschrank gestellt, das tat er immer, wenn es heiß war. In diesem Moment bewegte sich der Vorhang in unserem Schlafzimmer, es sah aus, als würde er ein bisschen zur Seite geschoben. Ich hatte Angst, und ich hatte große Sehnsucht.

Ich beschloss, noch eine Runde zu drehen und erst dann hochzugehen.

Dann steht man da und ist nur Deutschland.

Fred ist eine erfahrene und ehrgeizige deutsche Konsulin. Eine Frau, die eigentlich nichts aus der Ruhe bringt, überall und nirgends zu Hause. Dann jedoch, in Montevideo, scheitert sie erstmals in ihrer Karriere. Sie wird versetzt ins politisch aufgeheizte Istanbul, ihrer bisher größten Herausforderung. Zwischen Justizpalast und Sommerresidenz, Geheimdienst und deutsch-türkischer Zusammenarbeit, zwischen Affäre und Einsamkeit stößt sie an die Grenzen von Freundschaft, Rechtsstaatlichkeit und europäischer Idee.

In ihrem fulminanten, so komischen wie bitteren neuen Roman erzählt Lucy Fricke von einer Diplomatin, die den Glauben an die Diplomatie verliert – und das, was in ihrem Beruf das Wichtigste ist: die Geduld.

Lucy Fricke
Die Diplomatin
Roman

Taschenbuch
Auch als E-Book erhältlich
www.ullstein.de

ullstein